Anekdoten aus 800 Jahren Dresden

Reinhard Delau

Titelbild: Bernardo Bellotto, gen. Canaletto: Der Neumarkt zu Dresden von der Moritzstraße aus. Gemäldegalerie Alte Meister

... viele tausend weitere Fotos zur Kunst, Architektur und Geschichte Dresdens finden Sie in der Deutschen Fotothek unter http://fotothek.slub-dresden.de

Impressum

SAXO'Phon GmbH, Ostra-Allee 20, 01067 Dresden

www.editionSZ.de

1. Auflage November 2005

Satz und Gestaltung: Dresdner Magazin Verlag GmbH
neuwerk – Agentur für Kommunikation
Dan Prietzel

Druck: Medienhaus Lißner OHG

ISBN: 3-938325-18-6

Inhaltsverzeichnis

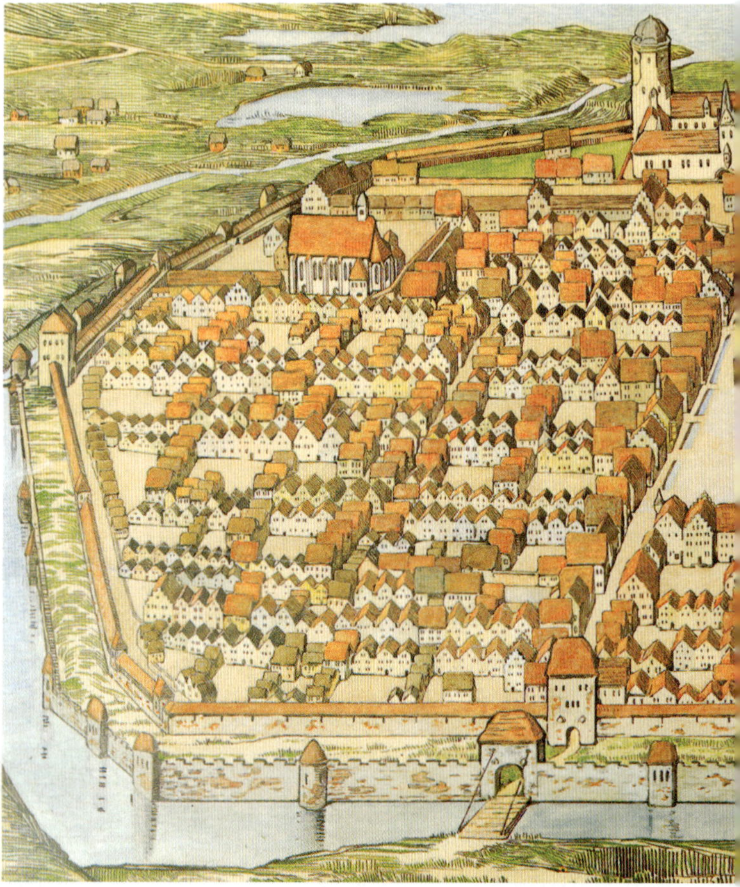

Vor 1206 **Stadtgründung im Dunkel des Mittelalters**

Städte sind an ihrem Gang erkennbar. Dresden im Spätmittelalter (13. -15. Jahrhundert). Gewiss floss die Elbe in ruhiger Bahn, völlig ungeregelt zwischen flachen Ufern. Die Hänge am Fluss unterm Licht, vielleicht bewaldet, und später im Grün der Weinstöcke. Über der Elbe spannte sich bald eine Brücke, anfangs wohl aus Holz, was auch be-

Dresden im Jahr 1521, Stadtmodell. Ehemals Stadtmuseum, verschollen.

stritten wird, bald aus Stein und schnell gerühmt. Zwei Straßen führten am Altmarkt, dem Zentrum der Stadt, vorbei, die Willsche (Wilsdruffer) Gasse nach Freiberg und die Schlossstraße von Süd nach Nord zum Elbtor, wie heute. Sümpfe und Seen umgaben zwei vor den Hochwassern der Elbe sichere Plateaus. Der Kaitzbach floss mitten durch den Ort in Richtung Fluss. Eine geschlossene Siedlung war Dresden im Hochmittelalter noch nicht. Linkselbisch bestand es aus drei Teilen. Sie lagen auf dem heutigen Territorium des historischen Stadtzentrums, der Inneren Altstadt: die Burg nahe der Elbe mit dem Taschenberg, die Siedlung um die erste Frauenkirche, anfangs außerhalb der Palisaden, Wälle und der Stadtmauer gelegen, und das Plateau nahe der Nikolaikirche, später in Kreuzkirche umbenannt. Darauf sollte der Altmarkt entstehen, der Saal der Stadt. Der Altmarkt ist der älteste Platz der Stadt. All die Jahrhunderte sollte er am bedeutendsten bleiben, könnte es vielleicht wieder werden. Aber das ist in die Zukunft gedacht. Noch ist er unfertig.

Schriftliche Quellen über das frühe Werden zur Stadt sind überaus rar. 1206 gilt als Gründungsdatum. Seit Jahren suchen Chronisten, Historiker und Archäologen nach weiteren Aufschlüssen zur frühen Stadtgeschichte. Gelegentlich führen sie einen heftigen Streit. Er ist alt. Ein Sieger steht nicht fest. Den wird es vielleicht auch künftig nicht geben. Die zentrale Frage, die unterschiedlich beantwortet wird: Entstand Dresden allmählich als Siedlung im Schatten der markgräflichen Burg und der Kaufmannssiedlung um die Nikolaikirche, oder ist der Ort eine planmäßig angelegte Gründung des staufischen Königtums (Herrschaft 1138-1254)?

Das 2000 erschienene Buch Reinhard Spehrs *Dresden. Stadtgründung im Dunkel der Geschichte* hat wieder Öl ins Feuer gegossen. Und zwar kräftig! Der Ort entstand als planmäßig gegründete staufische Siedlung, behauptet der Archäologe. Zu diesem streitbaren Schluss kommt Spehr nach der nochmaligen Auswertung seiner Ausgrabungen im städtischen Kern. Der Radebeuler Historiker Karlheinz Blaschke hingegen spricht von einer „Zweistufigkeit in der Entstehung der Stadt Dresden, bei der eine frühe Kaufmannssiedlung und eine darauf folgende Stadtgründung zu unterscheiden sind". Blaschke verteilt Schelte. Und sie liest sich so: „Es ist bedauerlich, dass Reinhard Spehr seine trefflichen Grabungsergebnisse mit fantasievollen Deutungen umgibt, die sachliche Diskussionen unmöglich machen."

Jüngere Ausgrabungen am Altmarkt scheinen zu bestätigen, dass sich um die Nikolaikirche/Kreuzkirche schon früh eine Kaufmannssiedlung herausbildete. Sie soll bereits Mitte des 12. Jahrhunderts entstanden sein. Die Archäologen des Landesamtes für Archäologie legten Fundamentgräben, Flechtwerk und vermutlich

Die zweitälteste Ansicht der Stadt Dresden. Stich 1565.

auch Zäune aus dem 12. Jahrhundert im Hinterhof der Seestraße 19 frei. Blaschke meint, dass Nikolaikirchen an Kaufmannssiedlungen entstanden. Er hebt hervor, dass eine Nikolaikirche in Halle „1116 bezeugt ist". Daraus schlussfolgert er, dass die „Dresdner Nikolaikirche nicht viel später entstanden" sei. Und er behauptet: „Die hier ansässigen Kaufleute haben dann bald die Brücke über die Elbe gebaut ..." (*Das Bild der Stadt in der Neuzeit 1400-1800*, Seite 171). Blaschke sieht die Entwicklung der Kaufmannssiedlung zur „Rechtsstadt" „in der zweiten Hälfte des 12. Jahrhunderts" (ebenda).

Mit der Kaufmannssiedlung war der Akkord für die künftige Stadtmitte, den Altmarkt, angeschlagen, der zuerst „Circulus" hieß. Die ältesten Steinwerke wurden am Altmarkt und an der Kreuzkirche „ab dem ausgehenden 13. Jahrhundert" errichtet (Judith Oexle, Landesarchäologin). Und die Archäologen haben ihren Beweis, die Keller Altmarkt 13, Seestraße 7 und 9 sowie Schreibergasse 10. Die Mauerstärken erreichen immerhin einen Meter, der Grundriss der Häuser beträgt rund neun Meter mal sechs Meter sechzig breit. Steinerne Häuser am Altmarkt, zwei Geschosse hoch, sind demnach bereits im 13. Jahrhundert vorhanden.

Es gilt also nach neuesten Ausgrabungen erneut festzuhalten: Der älteste Platz Dresdens ist der Altmarkt. Er bestand bereits im 13. Jahrhundert. Und – auch das scheint gesichert: Ein Raum mit Kanten und geschlossenen Fluchten bildete sich früh heraus. Die Stadtkenner Heidi Pimpel und Klaus Wirth meinen: „Die Häuser am Altmarkt standen mit ihren nach Norden gerichteten Giebelseiten bereits in einer Flucht zum Altmarkt ..." Einige Funde beweisen: Hier wohnten schon früh die Wohlhabenden, Kaufleute, Tuchmacher, Gewandschneider, vielleicht auch Handwerker. Die steinernen Häuser dienten vor allem als feuersichere Warenlager. Die Funktion des Altmarkts als frühester Handelsplatz gilt als sicher.

Dennoch: Das prägende Bild des mittelalterlichen Dresdens sah nicht steinern aus: Aus Fachwerk und Lehm bestanden die Fassaden, Stroh dichtete die Dächer ab. Große Tore ließen Raum für Erntewagen. Dreck schichtete sich in den schmalen Straßen und Gassen, Abfälle stanken. In heißen Jahreszeiten – dies bedarf keiner allzu großen Vorstellungskraft – stank es unerträglich. Noch 1513 hieß es in einer „Willkür", in einer Anordnung: „Mist und Abraum dürfen vor den Häusern nur eine gesetzlich festgelegte Zeit lang liegen, Unflat und stinkendes Wasser nicht auf die Straßen, Kehricht nicht in die Quergassen geworfen werden."

Es sollte dauern, ehe sich Dresden aus dem Mittelalter entfernte und sich neuem Geist und neuem Bauen zuwandte. Den engen Gürtel, den Wälle, Mauern und Befestigungswerke um die Stadt legten, wurde die Stadt erst um 1829/1830 endgültig los.

31. März 1206 **Streit in Dresden**

Im März 1206 ritten gewichtige Herren aus dem Gau Nissan nach Dresden, 17 geistliche und 34 weltliche Dienstmannen, 21 Ministeriale und mehrere Schiedsrichter, zwei markgräfliche Gesandte und mehrere Schiedsrichter und Vertreter der zwei Streitparteien. Der Meißner Markgraf Dietrich der Bedrängte – seit 1197 im Besitz der Mark Meißen (förmliche königliche Anerkennung 1199) hatte sie an die Elbe gerufen. Wieder einmal war ein Streit zwischen dem Bischof von Meißen und dem Burggrafen von Dohna, Heinrich II., ausgebrochen.

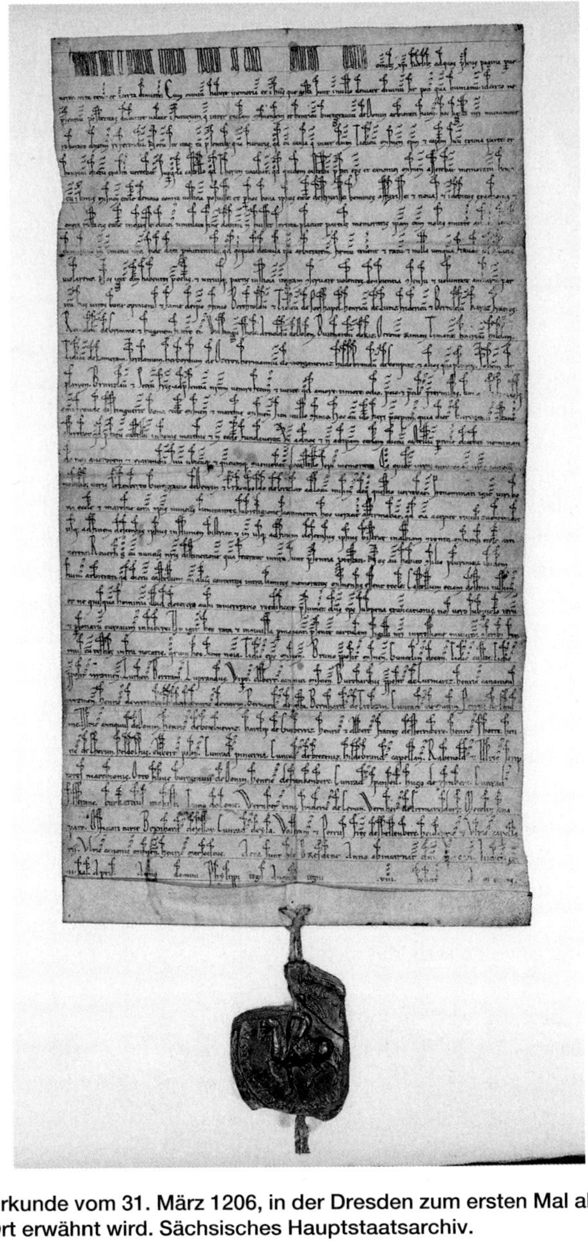

Urkunde vom 31. März 1206, in der Dresden zum ersten Mal als Ort erwähnt wird. Sächsisches Hauptstaatsarchiv.

Fehden um Besitz, Land, Dörfer waren in dieser Zeit nicht außergewöhnlich. Aber dieser Streit hatte es in sich. Und: Er kam Dietrich gelegen, sehr gelegen. Wenn er es geschickt anstellte, konnte er am Ende profitieren und seinen Rivalen, den Dohnaer Burggrafen, schwächen. Ihm, Dietrich, war der Dohnaer Burggraf, der Vertreter des Königs, mehr als unbequem, er strebte wie Dietrich nach Besitzerweiterung und mehr Macht. Noch war nicht entschieden, wer sich zwischen Dresden und Dohna schließlich durchsetzen würde, der Burggraf oder er, der Markgraf.

Dresden war zu Beginn des 13. Jahrhunderts ein unbedeutender Ort. Freiberg mit seinen Silberfunden und Leipzig waren der Siedlung an der Elbe an Bekanntheit und Wohlstand überlegen. Und mit den anderen großen Städten des Mittelalters wie etwa Prag, Erfurt, Wien, Köln konnte sich Dresden nicht messen. Aber Dresden lag an einer strategisch wichtigen Stelle. An der Furt in der Elbe befand sich auf dem rechten Ufer des flachen Flusses eine Straße von Meißen kommend, die weiter nach Dohna und Böhmen führte. Und auf dem linken Ufer ging ein zweiter, älterer Handelsweg aus Meißen über Wilsdruff und Löbtau zur Furt. Dies hatte schon früh zum Bau eines Kastells auf dem hochwassersicheren Taschenberg links des Elbufers geführt. Wer das Kastell besaß, der kontrollierte den Elbübergang, die beiden Handelswege und eine ganzes Stück des Elbtals. Es ist anzunehmen, dass die Herren ins Kastell eingeladen wurden. Dann allzu viele Fachwerkhäuser, die Unterkunft bieten konnten, dürfte der Ort nicht gehabt haben. Markgraf Dietrich legte großes Gewicht auf eine beglaubigte Entscheidung. Wohl deshalb hatte er mehr als 50 Herren nach Dresden eingeladen. Dazu kamen Diener, Pferdeburschen, Bedienstete und Pferde. Es muss ein Großereignis gewesen sein, das sich im März 1206 an der Elbe zutrug.

Der Bischof warf dem Dohnaer Landgrafen die unerlaubte Errichtung der Burg Thorun bei Pesterwitz, heute ein Ortsteil Dresdens, auf bischöflichem Territorium vor. Er forderte ihren Abriss und die Rückgabe von Land, das sich der Burggraf ungerechtfertigt angeeignet haben sollte. Heinrich II. lehnte ab, entschieden, ohne Kompromissbereitschaft. Jetzt sollte der Markgraf Dietrich den Grenzstreit schlichten.

Die 50 Herren wurden Zeuge, wie Dietrich am 31. März entschied. Ein Gericht hätte den Markgrafen als befangen abgelehnt. Mit Recht! Aber Gerichte wurden damals nicht befragt. Dietrich entschied gegen den Dohnaer Burggrafen Heinrich II. Er befahl die Schleifung der Burg und die Rückgabe des angeeigneten Landes westlich der Weißeritz an das Meißner Hochstift. Ob dies geschehen ist, bleibt unbekannt. Aber diese Urkunde, die die Entscheidung Dietrichs festhält, ist für Dresden von größter Bedeutung. In ihr wird Dresden zum ersten Mal erwähnt. Dies ist gewiss ein Zufall, wie ihn die Geschichte oft kennt. Damit tritt aber der Ort aus dem Dunkel der Zeit in seine Geschichtlichkeit ein. Ein authentischer Bericht oder gar eine Urkunde über die Gründung Dresdens sind nicht bekannt, mit hoher Wahrscheinlichkeit auch nie vorhanden gewesen.

1216 Dresden wird Stadt

Das Jahr 1216 ist das zweite wichtige Datum in Dresdens früher Stadtgeschichte. Die Wettiner hatten die Mark Meißen verloren. Sie war von Kaiser Heinrich VI. als „erledigtes Reichslehen", als kaiserlicher Besitz, eingezogen worden. Bald spielte der Tod Schicksal. Der junge Kaiser Heinrich starb. Markgraf Dietrich nutzte die Wirren und die Schwächen der Zentralgewalt zu seinem Vorteil. Er ist es wieder, der in das Licht der Geschichte tritt und die Mark zurückholt. Zehn Jahre nach der ersten urkundlichen Erwähnung Dresdens erhebt Dietrich der Bedränge den Ort zur „civitas", zur Stadt im rechtlichen Sinne. Von seinem Stolz und Einfluss spricht, dass er Dresden als „unsere Stadt" bezeichnet. Dies ist in einer Urkunde festgehalten.

Das Datum ist bemerkenswert. Dietrich setzt damit die Gründung von Städten fort. Zuvor hatte bereits Otto der Reiche mehrere Städte anlegen helfen u. a. Freiberg und Leipzig. Es ist offensichtlich, dass die Wettiner das Gewicht der Städte erkannt hatten. In ihnen lebten viele Menschen. Es entstanden zusätzliche finanzielle Einnahmen.

Dresden lag in der Landschaft Nissan. Damit wurde die Elbniederung zwischen Pirna und Meißen bezeichnet. Die Rückgewinnung der Mark Meißen war für das Haus Wettin und die weitere Entwicklung Dresdens von größter Bedeutung. Vielleicht

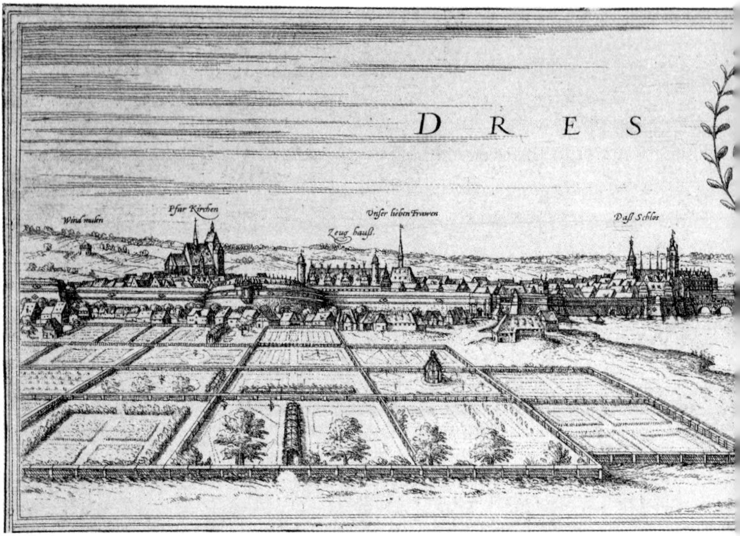

schreibt der Markgraf Dietrich deshalb so stolz von „unserer Stadt". Wie das mittelalterliche Dresden damals aussah, ist nur schwer vorstellbar. Gewiss umgaben Erdwälle und Holzpalisaden, vielleicht gar eine schlichte Mauer die Stadt. Der Elbübergang, die Furt, erreichte zunehmend an Bedeutung. Von Dietrich ist nicht bekannt, dass er darüber hinaus Dresden besonders förderte. Er starb 1221.

1234 Splitter vom Heiligen Kreuz

Eine Frau war es, die zum frühen Ruhm der Nikolaikirche /Kreuzkirche beitrug: Constanze von Babenberg, Tochter des Herzogs Leopold von Österreich. Heinrich der Erlauchte war etwa zehn Jahre alt, vielleicht gar auch erst neun, als ihm Constanze zur Frau versprochen wurde. Das war damals nichts Außergewöhnliches. Solche frühen Anverlobungen dienten freundschaftlichen Bekundungen zwischen den Herrscherhäusern. Constanze war noch sehr jung, als

Dresden und Altendresden, vom linken Elbufer aus gesehen, Kupferstich von F. Hogenberg 1572.

sie Heinrich im Mai 1234 heiratete, auch er war nicht viel älter. Mit 18 Jahren dürfte er sie geheiratet haben.

Die Überlieferung berichtet, dass Constanze von Babenberg einen winzigen Splitter vom Heiligen Kreuz als Mitgift nach Dresden mitgebracht hätte. Eigens für die Reliquie wurde an die Nikolaikirche eine Kapelle angebaut. Dort fand der Splitter seine Aufnahme. Die Reliquie soll bald sehr berühmt geworden sein. Von nah und fern pilgerten Gläubige nach Dresden, um die Wunder des Splitters zu erfahren. Zum Johannisfest (13. bis 25. Juni) fanden sich besonders viele Pilger in der Stadt ein. Heinrich sicherte jedem zu diesem Fest freies Geleit zu. Wer zum Fest des Heiligen Kreuzes vom 3. Mai bis 14. September die Kirche besuchte, dem wurde ein vierzigtägiger Ablass gewährt. Später kamen zu den Festen weitere Umzüge der Geistlichen und der Zünfte hinzu. Die Enthauptung Johannes des Täufers vor der Nikolaikirche wurde in einem Spektakel der gruselnden Menge alljährlich vorgeführt. Es spritz-

Thurm an der Kreutzkirche zu Dresden, 1680.

te viel Blut. Zuletzt sollen an die 10 000 Besucher an den Festen und Umzügen teilgenommen haben.

Kenner sind sich einig, dass die alljährlichen Pilgerfahrten zu Dresdens wirtschaftlichem Wohlergehen beigetragen haben. Mit der Einführung der Reformation 1539 wurden die Feste um die Reliquie untersagt. Die Nikolaikirche wurde in Kreuzkirche umbenannt, zur Erinnerung an die Reliquie. Die Erinnerung an den Splitter vom Heiligen Kreuz jedenfalls lebte noch lange nach der Reformation fort.

Constanze von Babenberg gebar zwei Söhne. Sie starb 1243, nach neun Jahren Ehe mit Heinrich dem Erlauchten. Heinrich sollte noch zweimal heiraten.

1271 Die Residenz Heinrichs des Erlauchten

Die Geschichte hat den Meißner Markgrafen Heinrich III., den Erlauchten, auch Landgraf von Thüringen, auf eine besondere, gar nicht in ein Herrscherbild passende Art herausgehoben. Die Manessische Liederhandschrift, die kostbare Texte der deutschen Minnesänger zu Beginn des 14. Jahrhunderts enthält, bildet Markgraf Heinrich den Erlauchten von Meißen und Thüringen in einer Miniatur ab. Er befindet sich auf der Falkenjagd. Dieses schöne Blatt in dunklen Rot- und Brauntönen zeigt Heinrich zu Pferde. Heinrich der Erlauchte war ein kluger Kopf. Er vermehrte das wettinische Territorium. Und er förderte Dresden. 1271 verkauft er sogar seinen landesherrlichen Marktzoll an die Stadt.

Die Wettiner besaßen zu dieser Zeit noch keinen festen Herrschaftssitz. Sie zogen im Lande umher und hielten an verschiedenen Orten Hof. Aber Meißen hatte sich schon früh als bevorzugte Residenz erwiesen. In den letzten beiden Jahrzehnten seines Lebens favorisiert Heinrich der Erlauchte neben Tharandt zunehmend Dresden als feste Residenz. Die Stadt lag auf markgräflichem Grund. Dafür zog der Markgraf sogar Steuern ein. Ein markgräflicher Vogt übte die Gerichtsbarkeit aus. Allerdings standen ihm bereits sieben bürgerliche Geschworene zur Seite, ein Zeichen, dass der Vogt nicht achtlos schalten und walten konnte. Während Heinrichs Anwesenheit an der Elbe begann sich frühes Hofleben zu entwickeln Das bekam Dresden. Historische Quellen berichten, dass er Pracht und Feste liebte wie kein Wettiner vor ihm, dass sich Minnesänger in seiner Burg aufhielten. Mit der Prachtentfaltung soll er sogar den Kaiser in Erstaunen versetzt haben. Und: Er übte sich offensichtlich erfolgreich in der Kunst des Minnesangs. Sonst wäre er nicht in die Manessische Liederhandschrift aufgenommen worden.

Eine scheinbar unwichtige Episode sagt einiges über das damalige Stadtleben aus. Es ging wohl nicht immer geordnet und gesittet zu. Bürger, sogar Adlige, die in der Stadt Schulden gemacht hatten, durften sie nicht eher verlassen, bis der Fall geklärt bzw. die Schulden gepfändet waren. Dass Heinrich einem solchen Recht zustimmte, lässt durchaus den Schluss zu, dass es häufig Grund zur Pfändung gab. Dresden rückte in den Mittelpunkt der Meißner Markgrafschaft. Heinrich trat als Bauherr hervor. Die Burg („Castrum") dürfte er erweitert haben. Er war es auch, der das Maternihospital stiftete. Zum ersten Mal war nun in Dresden für alte, arme und kranke Menschen eine Unterkunft geschaffen. Von besonderer städtischer Bedeutung war der Verkauf des landesherrlichen Marktzolls an die Stadt. Dresden erwarb ihn für zehn Mark. Das war ein zweiter wichtiger Schritt auf dem langen Weg zu Dresdens städtischer Entfaltung.

Markgraf Friedrich der Freidige gelobt 1319, die Bürger von Dresden „bei allen Rechten und Ehren zu lassen“. Dresdner Stadtarchiv.

1287 Erste steinerne Brücke

Dresden 1287. Erstmals wird eine „steinerne“ Brücke über der Elbe erwähnt. Gewiss sind damit die steinernen Pfeiler gemeint. Aber bereits 1272 soll es eine Brücke über der Elbe gegeben haben, wahrscheinlich aus Holz. Sie überquerte etwa die Stelle zwischen Dresden und Altendresden, die zuvor als Furt genutzt wurde.

Eine gesicherte Herkunft der Quellen ist nicht bekannt. Wer die Brücke erbaute, ebenfalls nicht. Es ist anzunehmen, dass sie vor allem von den Kaufleuten errichtet wurde, vielleicht auch von den Bürgern der Stadt. Vielleicht haben auch die Markgrafen einen Anteil an ihr. 1287 lebte noch Heinrich der Erlauchte, der Minnesänger. Der Bau der steinernen Brücke würde zu ihm passen. Aber Quellen sagen darüber nichts aus. Dies muss nicht unbedingt von Wichtigkeit sein. Denn schriftliche Berichte sind zu dieser Zeit in der Mark Meißen nicht allzu häufig. Fest steht: Ein so gewaltiges Bauwerk muss von vielen gefördert worden sein. Dazu muss eine große Notwendigkeit bestanden haben. Zweifellos dürfte das große Berggeschrei von der Entdeckung des Silbers in Christiansdorf (Freiberg) zur Anlegung der Brücke beigetragen haben. Über die neue Brücke war die Hohe Straße, die Königsstraße, zu erreichen. Sie verband West- und Osteuropa. Eine Straße führte von Freiberg nach Dresden und weiter über den Fluss. In Sachsen führte die Hohe Straße von Leipzig über Oschatz-Großenhain-Kamenz-Bautzen-Görlitz nach Krakau.

1349/1350 Pest und Feuertod

1349 brach im Meißnischen Land die Pest aus. Sie erreichte auch Dresden. Die Geißel des Mittelalters fand in den Städten reichlich Nahrung. Auf dem Altmarkt häufte sich Unrat. Mitten in der Stadt lief Viehzeug umher. Schweine suhlten sich im Schlamm. Es stank nach Kot und Urin. Vor den Häusern stapelte sich Mist. In einem offenen Graben floss der Kaitzbach zur Elbe. An warmen Tagen war der Gestank kaum zu ertragen.

Die Pest kam dem hoch verschuldeten Markgrafen Friedrich dem Strengen recht. Er hatte sehr viel Geld bei den Juden geliehen. Sie wurden beschuldigt, an der Pest schuld zu sein. Viele von ihnen wurden bei lebendigem Leibe auf dem Altmarkt verbrannt. Dies fand unter den Dresdner Bürgern Beifall. Auch der Klerus unternahm nichts dagegen. Nach der Verbrennung war der Markgraf einen Großteil seiner Schulden los. Die Verbrennung der Juden 1349 ist eines der düstersten Kapitel der Dresdner Geschichte. Weitere Pestjahre folgten unter anderem 1507, 1521, 1540, 1552/53, 1555. Sehr schlimm wütete die Pest im Jahre 1566. Sie hielt fast ein Jahr an. Eine Quelle berichtet, dass 420 Personen hinweggerafft wurden. Die letzte Pest in Dresden wird für das Jahr 1680 angegeben. 11 517 Menschen sollen gestorben sein. Diese Zahl allerdings scheint stark übertrieben. 1699 lebten in Dresden – das rechtselbische Altendresden und die Vorstädte nicht gezählt – 21 298 Menschen.

Juden auf dem Scheiterhaufen. Zeitgenössische Darstellung.

1380 Vom „Kaufhaus" zum Rathaus

Dresden hat nicht das Glück, seine alten Rathäuser – wie etwa Leipzig, Zwickau, Görlitz, Plauen, Bautzen, Meißen, Pirna – vorweisen zu können. 1380, also 174 Jahre nach der ersten Nennung Dresdens, wurde auf dem Altmarkt ein „Kaufhaus" erwähnt. Seit wann es das „Kaufhaus" wirklich gab, ist unbekannt. Markgraf Friedrich I., der von 1291 bis 1323 regierte (Meißen erst ab 1307), bestätigt in einer Urkunde den Beschluss der Dresdner Bürger, für die Elbbrücke von den Gewandbänken am „Kaufhaus" Standgeld zu Gunsten der Brücke zu erheben. Die Gewandschneider müssen also einen festen Platz besessen haben, eben das „Kaufhaus".

Der Archivar Otto Richter vermutet in seiner Verwaltungsgeschichte Dresdens, dass das „Kaufhaus" am Markt gestanden habe. Er geht sogar weiter: Das Kaufhaus nahm die spätere Stelle des Rathauses ein, „ja war mit diesem identisch". Und er schlussfolgert: „Man wird unbedenklich die Errichtung des Kaufhauses in die Zeit der Gründung der Stadt zurückverlegen dürfen." Und er fährt fort: „Nach einer Ratsurkunde vom 18. März 1362 befanden sich unter dem Kaufhause auch die Schuh-, Brot- und Fleischbänke."

Was auch geschlussfolgert wird. Das „Kaufhaus" ist 1380 gesichert. Um 1400 wird das Gebäude „oraetorium" und 1405 „theatrum" genannt. 1418 hieß es nur das „hus" (Haus).

Das Kaufhaus war nicht in die Platzwand des Altmarkts eingebunden. Es stand frei auf der Nordseite des Platzes, am Schnittpunkt der wichtigsten Handelswege. Sein genauer Standort befand sich zwischen der Schlossgasse, die in den Altmarkt mündete, und der Schössergasse. Die Schössergasse verband bis zur Zerstörung der Stadt im Februar 1945 den Altmarkt mit dem Kanzleigässchen am Schloss, südlich vom Kanzleihaus. Das Erdgeschoss des Kaufhauses war vermutlich aus Stein erbaut. Darüber lag das Fachwerk. Das Dach war mit Schindeln, also Holz, gedeckt.

Das Kaufhaus gilt als Vorgänger der nachfolgenden Rathäuser. Sie bleiben später alle im linkselbischen Dresden dem Altmarkt treu. Im städtischen Leben spielte das Kaufhaus schon früh eine gewisse öffentliche Rolle. Aus einem Bericht aus dem Jahr 1404 geht hervor, dass alljährlich um Martini in dem Rathaus ein Fest mit Tanz und Gelage stattfand, das „als uralte Gewohnheit des Markgrafen" bezeichnet wurde. Dieser „Adelstanz" (1385 erwähnt) wurde offensichtlich vom Markgrafen ausgerichtet. Drei Jahre später wird erstmals von einem Jahrmarkt gesprochen.

Mit dem Wachsen der Stadt veränderte sich das „Kaufhaus" mehrere Male. Es stieg als Rathaus zum wichtigsten Gebäude der Stadt auf. 1407 wurde auf der Ostseite des Rathauses eine Kapelle angefügt. Nach der Einführung der Reformation in Dresden wurde sie überflüssig. Sie wurde als Archiv genutzt. 1473 sind größere Umbauten belegt. Über das Bauen geben Rechnungen Auskunft. Ein gewisser „Meister Bastian der Steinmetz" leitete den Umbau. Er erhielt pro Woche 18 Groschen Lohn. Meister Bastian dürfte auch die Neugestaltung der Ratsstube geplant und überwacht haben. Knapp hundert Jahre später kamen die Trinkstuben im Erdgeschoss sowie die Gerichts- und Vormundsstuben hinzu. Mitte des 16. Jahrhunderts fanden weitere Umbauten statt. In dieser Gestalt, die ihre Ausprägung in der Zeit der Renaissance erhielt, dürfte das Rathaus noch zu Beginn des 18. Jahrhunderts bestanden haben.

21. Dezember 1403
Stadtrecht für Altendresden

Die Nachrichten zum mittelalterlichen Altendresden, also dem rechtselbischen Ort, sind rar. Aber 1350 wird es als „Antiqua Dresdin" erwähnt. Ältere Quellen meinen, dass Altendresden aus einer slawischen Siedlung hervorgegangen sei. Sie könnte im 12. Jahrhundert entstanden sein, meint Reinhardt Eigenwill in *Dresden. Die Geschichte einer Stadt*. Die Elbbrücke – das darf angenommen werden – förderte die Entwicklung des rechtselbischen Dresden ganz besonders.

Wie so oft sind Schicksale und Förderungen mit wichtigen Persönlichkeiten verbunden. Dies trifft auch auf Altendresden zu. Wilhelm I. von Meißen, auch der Einäugige genannt, gelangte 1382 nach der Teilung der wettinischen Lande in Chemnitz in den Besitz der kostbaren Mark Meißen. Der Markgraf war ein tatkräftiger Mann. Er sicherte sein Territorium gegen die Ansprüche des Kaisers, der die Mark am liebsten den Wettinern abgenommen hätte, und drängte die Gebietsforderungen der böhmischen Krone im Raum Pirna zurück. Ihr trotzte er Pirna, den König- und den Lilienstein ab. In Dresden hielt er sich nachweislich mehrere Male auf. Meißen, das alte Meißen, das König Heinrich I. als militärisches Lager im slawischen Feindesland anlegen ließ, blieb allerdings seine bevorzugte Residenz.

Altendresden muss sich als Ort erfolgreich entwickelt haben, muss selbstbewusst und fordernd aufgetreten sein. Am 21. Dezember 1403 schlug Altendresden die große Stunde. Wilhelm I. verlieh der Siedlung das Stadtrecht. Damit gab es zwei selbstständige Städte an der Elbe. Etwa ein Jahr darauf stiftete der Markgraf das rechtselbische Augustinerkloster. Die Stadt erhielt eine eigene Pfarrkirche, die Dreikönigskirche, benannt nach den Heiligen Drei Königen. Etwas später kam die Dreikönigsschule hinzu. Das linkselbische Dresden

Altendresden mit Dreikönigskirche (Ausschnitt). Gabriele de Thola, 1583 Stadtmuseum.

behauptete sich dennoch. Hier war das Burgareal, hier befanden sich die Frauen- und die Kreuzkirche. Hier wurde Macht ausgeübt. Altendresden blieb trotz des Stadtrechts rechtlich unselbstständig. Ein markgräflicher Amtmann übte die Gerichts- und Polizeigewalt aus. Dennoch entstand ein Rathaus, ein eigener Stadtrat lenkte die Geschicke des Ortes.

1429 Hussiten „brennen" Altendresden

Manchmal werden kleinere Orte in die Auseinandersetzungen der Zeit verwickelt, die sie hart treffen. Meistens müssen die Menschen darunter leiden. So erging es Altendresden Ende des ersten Drittels des 15. Jahrhunderts. Im benachbarten Böhmen brodelte es. Jan Hus war in Konstanz auf dem Scheiterhaufen verbrannt worden. Die Anhänger des böhmisch-tschechischen Reformers bedrängten die herrschende katholische Kirche. Sie forderten die Freiheit der Predigt und die Armut der Geistlichen. Dies lehnten König und Kirche ab. Die Auseinandersetzungen zwischen den Hussiten, die nicht nachgaben, der Kirche und der Zentralgewalt spitzten sich zu. Bald flammte Widerstand auf. 1419 brachen die Hussitenkriege aus, die auch das meißnische Land erfassten. Auch die beiden Dresden waren davon betroffen, vor allem Altendresden.

Der radikale Teil der Hussiten, die Taboriten, benannt nach dem südböhmischen Tabor, ihrem Hauptsitz, stritten gegen die Kreuzzüge der katholischen Mächte. Markgraf Friedrich IV. von Meißen, als Kurfürst Friedrich I., der Streitbare genannt, stürzte die Mark Meißen und ihre Städte in beträchtliche Schwierigkeiten. Er eilte dem deutschen König Sigmund, der auch böhmischer König werden wollte, in seinem Kampf gegen die Hussiten zu Hilfe. An seiner Seite machte er sich 1420 nach Böhmen auf. Die Streitmacht der „aufrechten Christen", ihre „Kreuzzüge" erwiesen sich als wenig erfolgreich. Deren Heere erlebten gegen die Hussiten ein Debakel nach dem anderen. Es gehört zu den besonderen Merkwürdigkeiten früher meißnischer Geschichte, dass auch eine Frau in diese Kämpfe eingriff, Katharina, Friedrichs Frau. Aussig, das die Wettiner als Lehen besaßen, war von den Hussiten genommen worden, als sich Friedrich der Streitbare auf dem Reichstag befand. Katharina handelte schnell. Sie stellte bei Freiberg ein Heer zusammen. Darunter befanden sich etwa 350 Dresdner, auch Altendresdner. Ihr Ziel: Aussig sollte zurückerobert, die Hussiten geschlagen werden.

Dort kam es im August 1426 zum großen Kräftemessen. Die schweren sächsischen Panzerreiter waren den schnellen Hussiten unter Prokop, auch Prokop der Große genannt, in keiner Weise gewachsen. Sie erlitten eine verheerende Niederlage. Sogar der Burggraf von Meißen fiel. Auch im nächsten Jahr behaupteten sich die Hussiten erfolgreich. Niemand vermochte sie aufzuhalten. Die „Hussitenplage" nahm zu. Sie drangen in die meißnischen Gebiete ein, plünderten die Oberlausitz, zogen gegen Leipzig, stießen elbabwärts bis Magdeburg vor.

Eines allerdings hatte sich für Friedrich den Streitbaren trotzdem gelohnt. 1422 starben die Askanier aus. Sie hatten das Herzogtum Sachsen-Wittenberg besessen, an das die Kurwürde gebunden war. König Sigmund bedankte sich für die Unterstützung in den Kämpfen gegen die Hussiten und erhob Markgraf Friedrich IV. von Meißen in den Kurfürstenstand (1423). Hinfort gehörten die Wettiner zu den ranghöchsten sieben Fürsten, die den deutschen König wählten.

Gegen Ende des dritten Jahrzehnts ging im Lande große Angst um. Dresdens Mauern wurden verstärkt, die Brücke befestigt. Altendresden hingegen ging nahezu leer aus. Offen lag es zwischen Heide und Fluss, unbewehrt, ohne feste Mauern, nur von einem flachen Graben umgeben, ein Leichtes, die Stadt zu erobern. 1429 kam es zur Katastrophe. Wieder einmal drangen die hussitischen Scharen unter ihrem erfolgreichen Führer Andreas Prokop ins Nachbarland ein. Das wohlhabende Pirna fiel nach kurzem Widerstand. Prokop zog weiter flussabwärts. Im Oktober stand er vor Altendresden. Die vier Viertel, in welche die Stadt vor allem aus militärischen Gründen eingeteilt war, verteidigten sich mutig. Ihre Chancen, erfolgreich zu bestehen, waren gering. Prokops Scharen nahmen die Stadt ein. Sie plünderten, was zu plündern war. Prokop selbst labte sich nach dem Sieg im Neustädter Bade am Brückenaufgang. Der Dresdner Chronist und sächsische Festungsbauprediger Johann Christian Hasche berichtete, dass lange Rohre auf dem Brückenturm aufgestellt wurden. Der Brückenmeister Hans Gunstadt, in jüngerer Literatur auch als Büchsenmacher bezeichnet, hätte durch sie in die Altendresdner Badestube, in der Prokop schwitzte, Feuer eingeworfen und ihm so das Vergnügen verdorben. Dies klingt sehr märchenhaft.

Nach dem Fall Altendresdens bereitete Prokop die Eroberung der linkselbischen Stadt vor. Er begann seinen Angriff am Altendresdner Brückenaufgang. Noch rechtzeitig traf Landgraf Friedrich von Thüringen mit einigen hundert Reitern ein. Die Brücke wurde verteidigt, Dresden blieb unversehrt. Altendresden aber vermochte auch er nicht zu helfen. Als es dort nichts mehr zu holen gab, zogen die Hussiten elbabwärts ab. Vorher aber setzten sie die kleine Stadt in Brand.

Die militärische Vernachlässigung Altendresdens hatte sich bitter gerächt. Das Kloster der Augustiner-Eremiten, das Wilhelm I. in Altendresden gestiftet hatte, ging in Flammen auf, die alte Dreikönigskirche lag in Asche. Wie viel Tote es gab, wurde weder überliefert noch irgendwo festgehalten. Die Toten wurden auf dem Friedhof an der Dreikönigskirche begraben.

Hussitengefecht, um 1450. Wien, Nationalbibliothek.

Im Dezember 1429 brach noch einmal an der Elbe Panik aus. Die Hussiten kehrten zurück. Altendresden konnte sie wieder nicht abwehren. Aber das befestigte Dresden einzunehmen gelang den Hussiten auch diesmal nicht. Wohl aus Ärger brannten sie die Dresdner Vorstädte ab. Ihrem Zorn fiel auch das Maternihospital, das außerhalb der Stadtmauer im linkselbischen Dresden stand, zum Opfer. Sie zerstörten das Gebäude. Diese Tat gilt als besonders ruchlos, da in dem Hospital, das sich nahe der Kirche zu „Unserer lieben Frauen" befand, alte und gebrechliche Menschen Unterkunft und Pflege erhielten. Nach der Verwüstung Altendresdens durch die Hussiten drängte der Neustädter Rat stärker auf Schutz und Befestigungen. Vorerst vergeblich. Die Stadt selbst, in der vor allem Bauern und Handwerker lebten, auch einige besser gestellte Tuchmacher, war mit einem Festungsbau völlig überfordert. Kurfürst Friedrich II. – Friedrich I. war 1428 gestorben – schien dies wenig zu interessieren. Es sollten noch einige Jahre vergehen, ehe sich Kurfürst Moritz Altendresdens energischer annahm, er begriff, dass die rechtselbische Stadt ebenfalls eine bessere Befestigung nötig hatte.

1452 Der Altmarkt starrt vor Dreck

1452 traf der Franziskanermönch und Bußprediger Johannes aus Capistrano in Dresden ein. Es war Dezember, wahrscheinlich kein schönes Wetter. Capistrano war vom Heiligen Stuhl mit Vollmachten ausgestattet. Er sollte energisch gegen die Ketzerei und die Beschimpfung der Pfaffen in Dresden vorgehen. Ob er damit Erfolg hatte, ist nicht bekannt.

Der Dresdner Rat hatte sich vor dem Eintreffen des Franziskanermönchs schnell besonnen. Er wollte dem Gast eine halbwegs saubere Stadt vorführen. Er erteilte zwölf Männern den Auftrag, die Straßen und Plätze zu fegen und den Unrat aus der Stadt zu karren. Allein drei Tage lang waren die Arbeiter nur mit dem Säubern des Altmarkts beschäftigt. Den Gestank, der aus den Häusern drang, vermochten sie freilich nicht zu entfernen. Aber den gab es auch in anderen Städten, auch in Rom. Noch wurden die Häuser von Menschen und Vieh gleichermaßen bewohnt. Und die Schweine suhlten sich in den Höfen und im Kaitzbach.

1455 Stapelrecht für Dresden

Das Tempo der Stadtentwicklung hing im Mittelalter weitgehend von ihren Sonderrechten ab. Die vermochte allerdings nur der Landesherr zu vergeben, denn die Städte waren auf seinem Territorium gegründet worden. Dresden musste lange warten, ehe es wirtschaftliche Vorteile genießen konnte.

1434 erlaubte der Kurfürst Friedrich der Sanftmütige (1428-1464) der Stadt, einen Tag in der Woche und zur Weihnachtszeit den Striezelmarkt zu halten. Dies war ungeheuer wichtig, denn woanders als auf dem Markt oder am Rathaus durften kaum Waren verkauft werden. Im September 1455 war Dresden dann ein erster großer Erfolg beschieden. Der Landesherr verlieh der Stadt das Niederlags- und Stapelrecht. Das kam vielen Kaufleuten unerwünscht. Dresden war ihnen als Handelsort nicht interessant genug, die Stadt war zu klein und nicht sehr wohlhabend. Es reichte ihnen, dass sie schon in Pirna ihre Waren zum Verkauf auslegen mussten. Dafür hatten die Meißner Bischöfe gesorgt, denen Pirna unterstand. Jetzt, 1455, mussten die Kaufleute und Fuhrleute drei Tage in Dresden Station machen, aber nur diejenigen, die weiter in den Süden wollten. Alte Quellen berichten, dass die Kaufleute regelrecht zum Aufenthalt in Dresden gezwungen werden mussten. Sie legten ihre Waren auf dem Altmarkt aus. Im 15. Jahrhundert nahm der Handel auf der Frankenstraße zu. Sie führte von Nürnberg, Chemnitz, Freiberg nach Dresden und weiter nach Bautzen zur Hohen Straße. Insofern wirkte sich der Stapelzwang in Dresden zum wirtschaftlichen Vorteil aus.

Dennoch bleibt festzustellen, dass die Nahmarktfunktion an der Elbe überwog. Im Fernhandel spielte die Stadt nur eine untergeordnete Rolle. Verglichen mit anderen deutschen Städten wie Nürnberg oder Augsburg zum Beispiel ging es in Dresden sehr bescheiden zu. Selbst Pirna, Freiberg und Leipzig waren der Stadt wirtschaftlich überlegen. Um 1440 wohnten etwa 3 000 Menschen in Dresden. Zum Vergleich: Görlitz besaß 1426 etwa 7 800 Einwohner, 1533 waren es gar 10 000. Altendresden zählte etwa 1 000 Einwohner. Der reichste Bürger Dresdens soll um 1488 ein Vermögen von 2 350 Gulden besessen haben. Doch sollte es bald in Dresden schneller vorwärts gehen.

D
P. Schut fecit.

Ansicht von Dresden, 1640. Pieter Hendricks Schut.

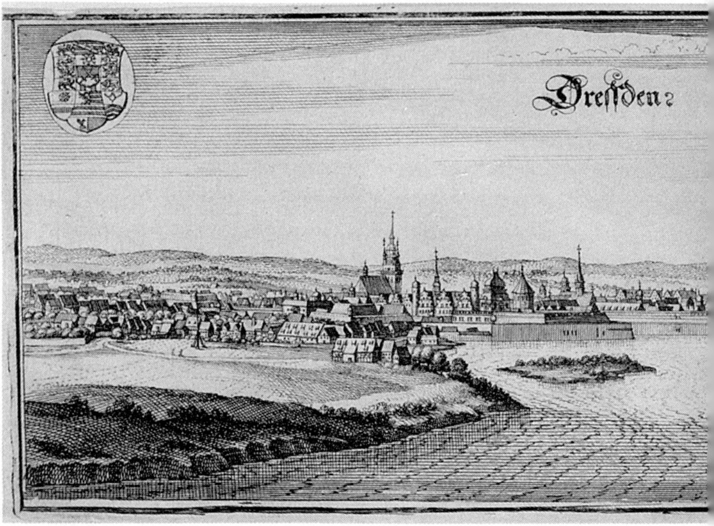

1485 Ständige Residenz Herzog Albrechts

1485 sollte für Sachsen zu einem tragischen Jahr werden. Dresden hingegen profitierte davon. Wieder einmal verwob sich die Geschichte des Hauses Wettin mit Dresdens Stadtentwicklung. Die beiden Brüder Kurfürst Ernst und Herzog Albrecht hatten ihrem Vater am Totenlager geschworen, das Land gemeinsam zu regieren. Sie wählten Dresden zu ihrer Residenz. Im Schloss richteten sie ihre Hofhaltung ein. Fast 20 Jahre lang schien es, als sollten sie den Schwur bis in alle Ewigkeit erfüllen. Sie beschlossen sogar den Bau eines künftigen Schlosses in Meißen auf dem Burgberg, das später den Namen Albrechtsburg erhielt. Die schlossartige Burg entstand, aber sie wurde nie als gemeinsame Residenz genutzt. Zum Glück für Dresden. Es ist verlockend zu spekulieren, wie sich Meißen entwickelt hätte, wäre es ständige Residenz der Wettiner geworden. Bleiben wir aber lieber bei den Tatsachen. Auch sie sind interessant.

Herzog Albrecht hielt sich oft für längere Zeit außerhalb Dresdens, ja des Landes auf. Der Herzog liebte den Kampf, wohl auch Abenteuer

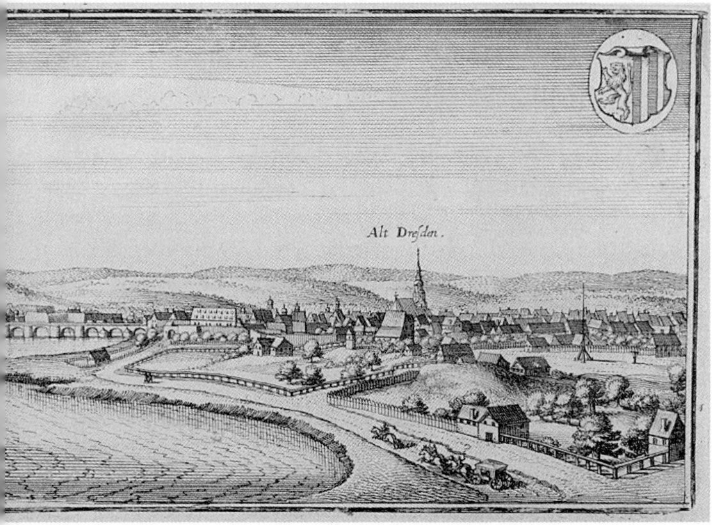

Matthias Merian, d. Ä. (1593-1650). Ansicht von Dresden. Kupferstich-Kabinett.

und Reisen. Unerschrocken focht er für König, Kaiser und das Reich. Die Last der Regierungsgeschäfte trug sein Bruder Ernst, der Kurfürst. Nach etwa 15 Jahren kam es zu heftigen Differenzen. 1480 reiste Ernst für längere Zeit nach Rom. Albrecht rechnete damit, dass ihm der Bruder während seiner Abwesenheit die Regierungsgeschäfte übertragen würde. Er irrte sich. Ernst entschied anders. Er beauftragte seine Räte, die Geschäfte wahrzunehmen. Dies ärgerte Albrecht über alle Maßen. Nach Ernsts Rückkehr aus Rom gaben die Brüder 1482 die gemeinsame Hofhaltung in Dresden auf. Albrecht wählte Schloss Hartenfels in Torgau zu seinem Wohnsitz, Ernst blieb in Dresden. Damit stieg die Stadt zur ständigen Residenz des Kurfürsten auf.

Noch einmal gelang eine Annäherung. Die beiden Brüder einigten sich, dass Ernst die nächsten zehn Jahre allein regieren sollte. Aber sie hatten diese Entscheidung nur halbherzig getroffen. Zu groß war der Riss zwischen den beiden Wettinern, zu ausgeprägt das Machtinteresse, zu stark das Misstrauen. Ernst sah in einer endgültigen Teilung des Landes die Lösung. Damit verstieß er gegen den Schwur am Totenbett seines Vaters. Er beauftragte seine Räte, eine Teilung des wettinischen Territoriums in die Wege zu leiten. Die Vorbereitung der Teilung wurde in einem „thüringischen" und einem „meißnischen Zettel" festgehalten. Es war ein großer Besitz zu teilen. Er reichte vom Thüringer Wald im Westen bis zur Schwarzen Elster im Osten. Ernst, der Kurfürst, legte fest, was und wie zu teilen war. Neben dem geteilten Land sollte es weiter gemeinsamen Besitz geben, unter anderem die Bergwerke. Die Räte warnten bis zum Schluss vor der Teilung. Sie sahen offenbar weiter als die beiden Brüder. Es soll beschwörende Szenen gegeben haben. Selbst Albrecht soll von der Spaltung abgeraten haben. Aber offensichtlich bestand Ernst, der Ältere, auf der Teilung des Territoriums.

Am 17. Juni 1485 wurde die Teilung in Leipzig beschlossen. Dort ereignete sich etwas, was ganz und gar nicht im Sinne Ernsts war. Entsprechend hergebrachtem Recht stand es dem Jüngeren zu, als Erster den künftigen Besitz zu wählen. Und Albrecht wählte, was Ernst in Zorn versetzte. Der Jüngere entschied sich für den meißnischen Teil, für die Markgrafschaft Meißen. Ernst musste dies akzeptieren. Der Bruch war endgültig. Der Kurfürst verließ Dresden und residierte seitdem in Torgau und Wittenberg. Albert kehrte nach Dresden zurück. Damit wurde die Residenz zur Hauptstadt des Herzogtums Sachsen. Die Leipziger Teilung hatte zwei Territorien geschaffen. Aus Thüringen und dem Herzogtum Sachsen-Wittenberg, an das die Kurwürde gebunden war, entstand das ernestinische Kurfürstentum Sachsen. Hinfort entwickelten sich zwei Linien, die ernestinische und die albertinische, die sich schließlich unversöhnlich gegenüberstanden. Bevor es so weit war, sollten allerdings noch einige Jahre vergehen.

Dresden bekam die Teilung. Die Stadt huldigte Albrecht, dem neuen Landesherrn, am 4. Dezember 1485. Gelegentlich wird angenommen, dass Albrecht auf das Dresdner Baugeschehen Einfluss nahm. Aber das ist nicht belegt und auch wenig wahrscheinlich. Albrecht war – obschon er sein Herzogtum hätte führen müssen – ab 1488 häufig unterwegs. So sehr schien ihn Dresden nicht zu interessieren. Zwei Jahre später starb Albrecht der Beherzte. Er war erst 47 Jahre alt. Zuvor hatte er in seiner „Väterlichen Ordnung" die Unteilbarkeit seines Herzogtums und die Erbfolge festgelegt. Sie gebot, dass der Erstgeborene die Erbfolge antritt. Damit wollte er künftig verhindern, was 1485 geschehen war, die Teilung des Landes. Eines freilich darf mit einer gewissen Sicherheit angenommen werden. Die Dresdner Burg wandelte sich allmählich zu einem Schloss, in dem es sich bequemer leben ließ. Damit bildete sich das wettinische Machtzentrum in Dresden heraus. Es sollte bis 1918 bestehen.

14. Juni 1491 Feuersbrunst

Am 15. Juni 1491 brach hinter dem Schmeißerschen Haus in der Bäckerei in der Webergasse ein Feuer aus. Ein kräftiger Wind sorgte für schnelle Verbreitung. Das Feuer verheerte das linkselbische Dresden. Von den rund 470 Gebäuden der inneren Stadt brannten 240 vollständig ab. Die Chronik klagt: „Auch des heiligen Kreuzes Kirche ist jämmerlich verbrannt". Verbrannt waren die Fachwerkhäuser, die Stände am Rathaus. So zynisch es klingen mag. Der Brand eröffnete Dresden neue Bauaussichten. Ein neuer Stil klopfte an die Tore des mittelalterlichen Dresdens: die Renaissance. Herzog Albrecht ließ die erste Dresdner Bauordnung erarbeiten. Sie befahl, die Eckhäuser und die Fassade des ersten Geschosses in Stein auszuführen.

1513, 1559, 1573 Verbote helfen wenig

Die Zustände in der Stadt müssen auch zu Beginn des 16. Jahrhunderts erbärmlich gewesen sein. 1513 verbot eine Willkür (Erlass): „Mist und Abraum dürfen vor den Häusern nur eine gesetzlich festgelegte Zeit liegen, Unflat und stinkendes Wasser nicht auf die Straßen, Kehricht nicht in die Quergassen geworfen werden." Der Städtebürger nahm es mit der Sauberkeit auch danach nicht so genau. 1559 erließ der Rat weitere Anordnungen. Sie untersagten das freie Herumlaufen des Viehs, das Halten von Tieren mitten in der Stadt, das Laufenlassen von Gänsen, Ziegen und Schweinen. Auch diese Forderungen wurden kaum befolgt.

1518 Luther in Dresden

1518 reiste Martin Luther zum zweiten Mal von Wittenberg nach Dresden, wahrscheinlich wieder in Ordensangelegenheiten. Ein Dreivierteljahr zuvor hatte er seine 95 Thesen in Wittenberg veröffentlicht. Sie hatten in den deutschen Landen schnell für Aufsehen und ersten Aufruhr gesorgt. Er war also kein Unbekannter, als er im Juli in der Residenz der Albertiner anlangte. Bereits ein Jahr zuvor war er im Auftrag seines Ordens nach Dresden gekommen, um im Augustinerkloster nach dem Rechten zu sehen. Das zweite Mal predigte er in der Schlosskapelle. Herzog Georg war nicht zugegen. Er befand sich auf dem Reichstag zu Augsburg. (Hierzu gibt es unterschiedliche Berichte. Im Dresdner Stadtlexikon heißt es, dass Herzog Georg bei der Predigt anwesend gewesen sei.) Die Einladung zur Predigt war eine großzügige Geste. Immerhin hatte der Vatikan im Juni den Prozess gegen den Augustinermönch eingeleitet. Noch aber hoffte der Heilige Stuhl, den Mann zur Vernunft zu bringen. Zu dieser Zeit war Georg der Bärtige noch nicht der unerbittliche Gegner des Reformators, zu dem er werden sollte.

Herzog Georgs Sekretär und Hofkaplan Hieronymus Emser lud Luther in sein Haus ein. Zugegen waren dort auch andere Theologen, darunter der Prior des Altendresdner Augustinerklosters Melchior Miersch und der Leipziger Theologe Weißestadt. Im Verlaufe des Abends erhitzten sich die Herren Theologen. Emser griff Luther und seine Predigt vom Bann scharf an. Luther – nicht fein – hielt wortreich und gallig dagegen. Der Streit lag bloß, die Gegensätze waren unüberbrückbar. Als Luther Dresden verließ, war eine treue und intensive Feindschaft begründet. Emser wird es sein, der zum Teil im Auftrag Georgs des Bärtigen Luther gnadenlos bekämpft und mit seinen Streitschriften verfolgt. Er verfasste im Auftrag Georgs des Bärtigen eine Gegenbibel. Luthers erste offizielle Verdammung erfolgte am 24. Januar 1520 durch den Meißner Bischof.

Luther wird Dresden nie wieder betreten. Er hatte die Stadt nicht sonderlich gemocht. Er wird es auch während der Auseinandersetzungen mit Georg dem Bärtigen vermeiden, das albertinische Territorium zu bereisen. Die Gefahr der Festnahme war zu groß. Im Dezember 1520 wird er die Bannandrohungsbulle des Papstes in

Wittenberg unter dem Beifall der Studenten öffentlich verbrennen, nachdem zuvor seine Schriften verbrannt worden waren. Damit hatte der Reformator den endgültigen Bruch mit der alten Kirche und seiner höchsten Autorität, dem Papst, herbeigeführt.

1521/1522, 1530
Eingeschlagene Fenster und Tumulte

Es grollte in den deutschen Landen. Der unbekannte Mönch Martin Luther, Professor an der neu gegründeten ernestinischen Universität Wittenberg, der Hauptstadt des Kurfürstentums Sachsen, hatte sich mit dem mächtigen Rom angelegt. Er fordert die Erneuerung der römisch-katholischen Kirche und verurteilt in seinen 95 Thesen den Ablasshandel und andere kirchliche Missstände. Dieses Gewitter zog auch über das Herzogtum Sachsen. Dresdens verschlossene Stadttore vermochten das ketzerische Gedankenwerk nicht zu aufzuhalten. Als im Frühjahr 1521 die Bannbulle des Papstes Leo X. gegen Luther in Dresden bekannt gegeben wurde, kam es zu ersten Unruhen.

Aufgebrachte Dresdner Bürger warfen Hieronymus Emser, dem Sekretär Herzog Georgs, die Fensterscheiben ein. Auch dem Dresdner Stadtpfarrer Peter Eisenberg wurde in einer Schmähschrift Gewalt angedroht. Auf ihn war auch der Dresdner Rat schlecht zu sprechen, schenkte er doch in der Pfarre hinter der Kreuzkirche Bier aus. Dies schmälerte die städtischen Einnahmen vom Bierverkauf. Frech wurde sogar behauptet, dass der Gottesmann mit Kirchengeldern Wucher betreibe. Die Erregung nahm zu. Das war unerhört im Gral des rechten Glaubens, dem der Herzog Georg zutiefst anhing. Eisenberg beschwerte sich in einem Brief an den Kurfürsten: „Das ich euer fürstlichen Gnaden gistern vom stormen (stürmen) meynes hauses geschriben, habe ich in großer eyl vergessen zu deuten auf fensterauswerfen, wie Embser (Emser) geschehen." Der Herzog raste. Vier Dresdner Einwohner, die Privathäuser gestürmt haben sollen, wurden auf dem Dresdner Altmarkt am Schandpfahl gestäupt (mit Ruten geschlagen).

Das strenge Vorgehen führte nicht zur Ruhe. Zu groß war der Zorn vieler Dresdner über die Missstände in der Kirche und auf die Pfaffen.

Mehr als 20 Dresdner Weiber beschuldigten den Dresdner Erzpriester Walter der Unzucht und Belästigung. Der „Unfug!" der Weiber nahm zu. Sie zogen vor das Haus von Georgs Hofsekretär Thomas von der Heyde und riefen dort erbost. „Ich bin Martinisch (lutherisch), ich bin Hussisch (hussitisch), du willt (gemeint ist Heyde) alle Martinische weyber lib haben, kum heraus. ich habe noch etliche kue, die mußtu mir dermaß versorgen." Bald machten Schmähgedichte die Runde. In einem hieß es: „Pfaffen, monnich (Mönche), huren und buben sal man ertränken." Der Dresdner Historiker Reinhardt Eigenwill berichtet über diese Zeit: Heyde wurde wiederholt in einem Schmähgedicht angegriffen. „Am 22. Januar 1522 wurde als Verfasser dieses Schmähgedichts der Dresdner Bürger Jobst Weisbrot ermittelt, verhaftet und in das als ‚Kaiser' bezeichnete Amtsgefängnis im Schloss gebracht, wo er mehrfach verhört wurde, um die Namen seiner Anhänger preiszugeben. Bereits am 5. Februar befahl der Landesherr die „Bestrafung auf dem Markt auf einem erhochten gericht". Sie fand aber erst im folgenden Jahr statt, nachdem die Schöppen in Leipzig und Magdeburg über das Strafmaß gehört worden waren. So wurde Weisbrot schließlich am 20. Juli 1523 vom Henker, der sein Vergehen ausrief, auf dem Dresdner Altmarkt an den Pranger gebunden, wo er sein Schmähgedicht, das er am Halse trug, herunterschlingen musste" (*Dresden. Die Geschichte der Stadt*. S. 38). Danach wurde er aus der Stadt getrieben. Weisbrot war unbelehrbar. Er verfasste weitere Schmähgedichte und sandte sie dem Dresdner Stadtrat zu. Er wurde 1530 in Pulsnitz verhaftet und dort im Beisein von Dresdner Ratsmitgliedern mit dem Schwert hingerichtet.

So sehr sich auch Georg der Bärtige mühte, Ruhe und Ordnung wieder herzustellen, es gelang ihm nur schlecht. Bald sollte alles noch schlimmer werden. Die Lehre Luthers fand in seinem Herzogtum zunehmend Anhänger. Daran änderte sich auch nichts als, dass er den Mönchen im Altendresdner Augustinerkloster drohte, sie außer Landes zu jagen, wenn sie sich den Wittenberger Ordensbrüdern anschließen sollten. Er verbot ihnen das Lesen der Bücher von den Reformatoren „Wigkliff und Johannes Hus". Ein Großteil der Mönche hatte schon vorher das Kloster verlassen. Georg blieb unbeirrbar. Er zögerte nicht, das Edikt, das Luther in Worms für vogelfrei erklärte, in Dresden zu veröffentlichen. Der Stadtrat musste Wächter aufstellen, um das wiederholte Abreißen der Verordnung zu verhindern. So brodelte es in Dresden in den Jahren 1521/1522.

Bernardo Bellotto, gen. Canaletto, Der Neustädter Markt, 1750. Kupferstich-Kabinett.

1527, 1528 Neues Rathaus für die Neustädter

Nachstehen wollten die Altendresdner den Nachbarn am linken Ufer der Elbe nicht. Zwar hatte ihnen Markgraf Wilhelm I. von Meißen 1403 das Stadtrecht verliehen, aber ein Rathaus, das etwas hermachte, besaßen sie nicht. Bereits 1455 wurde zwar ein Rathaus erwähnt. Wie es aussah, ist allerdings nicht bekannt. Besonders repräsentativ dürfte es mit Sicherheit nicht gewesen sein. Schon seit längerem bestand daher der Wunsch, ein neues, größeres Gebäude zu haben. Es sollte sich mit dem linkselbischen messen können. Die Frage war nur, ob sich die Bürger einen neuen Bau leisten konnten. In keinem Fall sollte der neue Ratssitz zu mickrig ausfallen. Die Frage war, wie bezahlen? Reich waren die kleinen Gewerbetreibenden und Handwerker im rechtselbischen Dresden nicht. Und vom Landesherrn war nichts zu erwarten.

1527 war es so weit. Melchior Trost, ein Steinmetz und Baumeister, von dem man nicht genau weiß, wann er geboren wurde, entwarf ein neues Haus. Er muss damit aufgefallen sein. Er wird bald an anderen wichtigen Bauten beteiligt sein. Die Kapelle im Residenzschloss wird er errichten, am Bau des Zeughauses wird er mitwirken, das später zum Albertinum umgebaut wird. Melchior Trost stieg zum Festungsbaumeister auf und war auch an den Schlossbauten in Torgau und in Pirna beteiligt. Ihm verdanken die Altendresdner den neuen Bau.

Trost setzte das Gebäude auf die Nordseite des Neustädter Marktes, der sich seit der Stadtgründung in unmittelbarer Nähe des Brückenaufgangs herausgebildet hatte. Es stand völlig frei auf dem Platz zwischen der Haupt- und der Kasernenstraße. Zweigeschossig schmückten es zwei Ziergiebel an der Längsfront. Sie waren unverkennbar in der neuen Art des Bauens ausgeführt, im Stil der Renaissance. Den First zierte ein bescheidener Dachreiter, in dem sich eine Glocke befand. Dort tagte der Altendresdner Rat. Melchior Trost vollendete den Bau 1528. Jetzt konnten die Altendresdner zufrieden sein, denn nun besaßen sie auch einen Ratskeller, in dem sie Wein und Bier trinken konnten. Und an der Rückseite befanden sich die Brot- und Fleischbänke. Das Gebäude hatte ein langes Leben. Es überstand den verheerenden Brand von 1685. Erst nach dem Bau des neuen Neustädter Rathauses wurde es im letzten Drittel des 18. Jahrhunderts abgerissen. Zum Glück gibt eine Radierung Canalettos eine Vorstellung von Trosts Gebäude. Das zweite Rathaus wurde 1945 zerstört, die Ruine abgetragen.

1533/1535 Der Georgenbau

Das war ein großes Ereignis für Dresden, dessen Häuser zumeist aus Lehm, Holz und Schindeln bestanden. Die Renaissance, die von Italien aus über die Alpen in den Norden und Südosten gelangte, klopfte auch an Dresdens dunkle Stadttore. Und sie fand dort einen Fürsten vor, der der neuen Art des Bauens aufgeschlossen war – Herzog Georg. Es ehrt ihn, der sich im Kampf gegen Luther und die Reformation zerschliss, dass er sich gleichwohl einen Sinn für neue Entwicklungen bewahrt hatte. Mehr noch. Er förderte die neue Art des Bauens gegen den Widerstand der alten Bauzünfte, die sich auf den neuen Stil nicht einlassen wollten. Noch hingen die alten Baumeister und Steinmetzen an den aufstrebenden Pfeilern und den Kreuzgewölben der Gotik. Der Georgenbau wurde an Stelle des alten Elbtores zwischen Stallhof und Nordflügel des Schlosses errichtet. Er überspannte die Schlossstraße. Ein Durchgang unter dem ersten Obergeschoss führte zur Brücke. Der Georgenbau – wenn auch mehrfach verändert – steht noch heute an ursprünglicher Stelle.

Er wurde höchst kunstvoll ausgeführt. Er erweiterte das Dresdner Residenzschloss. Geschmückt war der Bau mit dem „Totentanz“, einem Fries von Gestalten aller Stände, die der Tod anführt. Auf dem Sandsteinfries sind gleich drei Herrscher dargestellt: Kaiser Karl V., der deutsche König Ferdinand und Herzog Georg der Bärtige. Herzog Georg ließ den Georgenbau für seine beiden Söhne Johann und Friedrich errichten. Während des Bauens kam es zu einem Unglück. 1534 besichtigte der Herzog höchstpersönlich die Baufortschritte. Dabei brach das Gerüst durch. Der Herzog und weitere Personen stürzten drei Gerüstgeschosse tiefer. Wie berichtet wird, nahmen sie keinen ernsthaften Schaden. 1535 war der Georgenbau fertig gestellt. Er diente den beiden Brüdern als Wohnung. Das Gebäude muss im Inneren prächtig ausgestattet gewesen sein. Als König Ferdinand I., der spätere Kaiser, Dresden 1537 besuchte, soll er den inneren Glanz „mit Entzücken“ betrachtet haben, vielleicht war er auch von dem Figurenschmuck und dem dreigeschossigen Giebel begeistert.

Der Architekt des Georgenbaus ist nicht mit Sicherheit bekannt. Vielleicht war es Sebastian Kramer. Da er die Empore in der Kreuzkirche und das Zollhaus auf der Brücke gebaut hat, könnte er als Baumeister in Frage kommen. Aber der Kunsthistoriker Heinrich Magirius meint, dass „die Reife der Gesamtgestaltung und eine Vertrautheit mit dem Formengut der oberitalienischen Frührenaissance“ nicht für Kramer sprechen. Auch den reichhaltigen Schmuck auszuführen dürfte kein deutscher Künstler in der Lage gewesen sein, betont der Kunsthistoriker Fritz Löffler. Er ist gar der Meinung, dass Zierde und Schmuckwerk am Georgenbau so aus dem Rahmen der Dresdner Architektur fallen, dass sie nicht von hiesigen Handwerkern verfertigt worden seien. Wer sich dort auch immer betätigt hatte, mit dem Georgenbau setzte zum ersten Mal der Stil der Renaissance in Dresden ein. Damit gab der Hof ein Zeichen zur Umgestaltung der Stadt. Fritz Löffler spricht von der ersten „großen Blüteperiode“. Der Georgenbau blieb nicht ohne Wirkung. Die wohlhabenden Geschlechter Dresdens begannen in der Stadt zu bauen. Häuser mit verzierten Stufengiebeln und Erkerschmuck entstanden, schöne steinerne Rundtore und Portale gewährten Einlass. Langsam verschwanden die alten Fachwerkhäuser. Dieser Bauaufschwung hielt etwa hundert Jahre an.

Der ursprüngliche Georgenbau ist nicht erhalten. 1701 fiel er wie andere Teile des Schlosses einem großen Brand zum Opfer. Aber der „Totentanz", der die Fassaden schmückte, wurde gerettet. Er ist ein bedeutendes Bildwerk aus der Dresdner Renaissancezeit. In der wiederaufgebauten Dreikönigskirche hat er einen würdigen Platz erhalten.

6. Juli 1539
Einführung der Reformation in Dresden

Am 17. April 1539 starb der albertinische Landesherr Herzog Georg der Bärtige. Erbarmungslos hatte er die Lutheraner in seinem Herzogtum bekämpft, verfolgt, sie außer Landes getrieben. Er ließ Druckschriften reformatorischen Inhalts einziehen, verbrennen, verbot lutherische Predigten, bestrafte Stadträte und Pfarrer, warnte die Mönche, die nach Wittenberg schielten. Sogar das Auslaufen der Kirchgänger untersagte er, das heißt das Anhören der lutherischen Predigten in benachbarten ernestinischen Gebieten. Georg sah durchaus die Missstände in der katholischen Kirche, wollte aber niemandem gestatten, ihre Autorität in Frage zu stellen. Er tolerierte anfangs gar Luthers Thesen gegen den Ablass. Aber seit der Leipziger Disputation zwischen dem Ingolstädter Theologieprofessor Johann Eck, dem Vertreter der Altgläubigen und dem unversöhnlichen Gegner des Reformators, dem Wittenberger Andreas Bodenstein von Karlstadt und dem Ketzermönch Luther war Georg der Bärtige zum unnachsichtigen Gegner des Reformators geworden. Noch kurz vor seinem Tode verheiratete er seinen letzten am Leben gebliebenen, schwachsinnigen Sohn Friedrich mit Elisabeth von Mansfeld, um eventuell die Nachfolge zu sichern. Vergeblich. Der Sohn starb noch vor Georg. Schon vom Tode gezeichnet, verbot dieser in seinem Testament die Einführung der Reformation für alle Zeit im Herzogtum Sachsen. Auch diese Mühe war umsonst. Der Tod Georgs des Bärtigen löste im Dresdner Rat große Besorgnis aus. Mit Recht! Hatten doch die Männer treu zu Georg gestanden und waren selbst „mit drakonischen Maßnahmen“ gegen das lutherische Gift vorgegangen. Jetzt saßen sie in der Bredouille. Aber man wusste sich schnell Rat.

Georg der Bärtige starb früh um neun Uhr in Dresden. Die Nachricht von seinem Tod gelangte sehr schnell nach Freiberg, ins Freiberger Schloss. Dort residierte Georgs Bruder Herzog Heinrich der Fromme. Er hatte in seinem „Freiberger Ländchen“ ein beschauliches und unbeschwertes Leben geführt, Staatsgeschäfte hatten ihn nie interessiert. Er liebte schöne Pferde, gute Speisen und Wein. Da sein Bruder keine erbfähigen Nachkommen hinterlassen hatte, traf ihn das Hausgesetz der Wettiner. Er hatte die Pflicht des Kurfürsten zu übernehmen. Bereits am Abend traf er mit großem Gefolge in Dresden ein. Fackeln erleuchteten den Weg ins Dresdner Schloss. Dort vollzog er, was viele Dresdner erwartet hatten.

Das Gedankengut des Wittenberger Reformators war Heinrich dem Frommen nicht fremd. Er war bereits 1536, wohl heimlich zum protestantischen Glauben übergetreten. Dafür hatte schon seine Frau Katharina, eine Mecklenburgerin, gesorgt, die Luther und dem ernestinischen Hof anhing. Heinrich kümmerte sich weder um das Testament seines Bruders noch nahm er warnende Stimmen zur Kenntnis. Er führte sofort die Reformation in Dresden ein und verfügte eine Kirchvisitation. Nennenswerten Widerstand gegen Luthers Lehre gab es weder im Herzogtum noch in Dresden. Der Rat hatte sich schnell entschieden. Er handelte nach dem biblischen Grundsatz: Dienet der Obrigkeit.

Am 21. April 1539 huldigten Rat und Bürgerschaft dem neuen Landesherrn. Er nahm es gnädig entgegen. Die Mönche, vor allem aus dem Dresdner Augustinerkloster, die nicht davongelaufen waren, erhielten auch künftig Speis, Trank und Gewand. Ihre Kutten mussten sie ablegen. Am 6. Juli wusste alle Welt von den Veränderungen in Dresden. Ein großer Gottesdienst fand in der Kreuzkirche statt. Daran nahm auch der ernestinische Kurfürst Johann Friedrich aus Wittenberg, der Lutheraner, teil. Der 6. Juli 1539 gilt als offizielles Datum der Einführung der Reformation in Dresden und im albertinischen Herzogtum. Damit war die Religionseinheit in Sachsen wieder hergestellt.

13. April 1547 Überfall auf Dresden

118 Jahre nach der Zerstörung des wehrlosen Altendresdens durch die Hussiten (1429) waren die Bewohner der Stadt erneut Drangsal ausgesetzt. Wieder hatte Altendresden den Angreifern wenig entgegenzusetzen, keine festen Mauern, keine Bastionen, lediglich ein paar Erdwälle und schlecht befestigte Tore sollten Feinde abhalten.

In den Landen der Wettiner und im Reich herrschte Krieg. Luthers Lehre hatte der alten Kirche den Kampf angesagt. Die Reichsfürsten waren in zwei Lager gespalten, die Anhänger der Reformation und die Verteidiger der alten katholischen Kirche. Moritz, der das albertinische Sachsen seit 1541 als Herzog regierte, hatte sich auf die Seite Karls V., des katholischen Kaisers, gestellt. Mit ihm kämpfte er gegen die im Schmalkaldischen Bund vereinten protestantischen Reichsfürsten. Karls Ziel war eindeutig. Er wollte die Protestanten vernichtend schlagen und die Einheit der alten Kirche wieder herstellen. Der Führer des Schmalkaldischen Bundes war der sächsische Kurfürst Johann Friedrich der Großmütige. Die Kämpfe wogten auf und ab. Kurfürst Johann Friedrich ging energisch gegen Moritz und Kaiser vor. Am 13. April 1547 rückte Johann Friedrich mit drei Heeresabteilungen an beiden Elbufern auf Dresden vor. Er stieß nicht auf Widerstand. Moritz befand sich im fernen Böhmen. Dort wollte er sich mit den kaiserlichen Truppen vereinen und gegen den Schmalkaldischen Bund ziehen. Die beiden Städte besaßen kaum militärischen Schutz.

Das Kriegsvolk Johann Friedrichs führte Artillerie mit. Es war für den Kurfürsten ein Leichtes, Altendresden zu nehmen. Auch der Elbbrückenturm, der nach den Hussiteneinfällen errichtet worden war, wurde gestürmt. Es gehört nicht gerade zu den feinen fürstlichen Tugenden, dass der Kurfürst, ein rechter Christ, Altendresden zur Plünderung freigab. Sogar die Dreikönigskirche wurde ausgeraubt, Kirchgeräte verschwanden für immer. Die weitere Beschießung der linkselbischen Stadt hinter den festen Mauern blieb ohne Erfolg. Über die Elbbrücke in das linkselbische Dresden einzudringen wurde verhindert. Das hölzerne Zwischenstück der Brücke war rechtzeitig herausgebrochen worden. Bereits einen Tag später verließ Kurfürst Friedrich die rechtselbische Stadt, die wieder einmal verwüstet worden war. Auch die Vorstädte des linkselbischen Dresdens hatte es hart getroffen. Um freies Schussfeld zu haben, waren sie vor dem Rampischen und Wilsdruffer Tor auf Befehl des Kommandanten der Stadt abgefackelt worden. Das war damals so üblich.

Herzog Moritz gab Befehl, die beiden Städte stärker zu befestigen. Bereits im Dezember 1545 hatte der Landtagsausschuss in Dresden getagt. Moritz hatte ihn gebeten, seinen Plänen zuzustimmen und Geld zu bewilligen. Der Ausschuss zeigte sich auch jetzt sperrig. Beide Städte, das rechts- und linkselbische Dresden, gleichzeitig zu befestigen, lehnte er ab. Ein großes Wehklagen setzte ein. Es fehle an Geld, versicherten sie. Moritz wollte eine großartige, sichere Befestigung der beiden Städte. Auf seinen Feldzügen hatte er in den Niederlanden die modernste Festungsbaukunst Karls V. studieren können. Gent und Antwerpen besaßen damals die sichersten Festungen. Ähnliches wollte er in Dresden verwirklichen. Und er brachte auch gleich den Baumeister für seinen Festungsbau mit: Caspar Voigt von Wierandt, der wahrscheinlich zuvor in kaiserlichen Diensten gestanden hatte.

Trotz aller Bedenken startete der Festungsbau auch in Altendresden, freilich auf einem weit niedrigeren Niveau als „drüben" an der Elbe. Moritz ging es vor allem darum, die Elbbrücke zu befestigen. Immerhin, Altendresden wurde etwas sicherer.

1539 Ende des Augustinerklosters

Herzog Moritz fackelte nicht lange. Heinrich der Fromme und er enteigneten Kirchen und Klöster, darunter auch das Augustinerkloster in Altendresden. Die Klosteranlage muss stattlich gewesen sein. Das „Inventario" von 1541 weist insgesamt 42 Räume aus, darunter Wirtschaftsräume, Ställe, Kornhaus, Brauhaus, Speisesaal, Sakristei, Badestube an der Brücke, Schlaf- und Gästezimmer, Malzhaus. Der Weinkeller war „von so einer großen Weite", dass man „mit Pferd und Wagen hineinfahren" konnte. Als Moritz die Schließung des Klosters befahl, befanden sich „vier folle faß bir" und mehrere Fässer Rot- und Weißwein im Keller, darunter auch Beerenweine. Der Taxwert des Klosters betrug 12 070 Gulden.

Die fünf Mönche und sechs Laienmönche erfuhren eine großzügige Behandlung. Ihnen wurde bis zu ihrem Lebensende ein Gnadengeld zugesichert. Widerstand leisteten sie ohnehin nicht gegen die neue Religion, bereitwillig legten sie ihre Kutten ab und zogen „gewöhnliche Kleidung“ an. Einige waren schon zu Georgs Lebzeiten von der Lehre des Wittenberger Mönchs infiziert worden. Er hatte sie verwarnt und ihnen Strafen angedroht. Sie hätten sich dem „Verlaute nach an die Brüder ihres Ordens zu Wittenberg und desselben neuen Lehre fast beliebt, indem sie ... Johann Hussens Bücher über Tische lesen lassen“. Er wollte sie aus Dresden jagen, „wenn sie nicht nach seinem Willen leben möchten“.

Altendresden erhielt die Güter und Einkünfte des Augustinerklosters zugewiesen. Daran knüpfte Moritz die Bedingung, aus den Einkünften den Kirchen- und Schuldienst zu bezahlen. Dies hatte vorher das Kloster getan. Das Augustinerkloster hatte bis zur Reformation die Dreikönigskirche betreut. Es erging Befehl, für Altendresden ein neues Pfarrhaus zu bauen. Bilderstürmerei setzte ein. Moritz befahl den Abbruch des Klosters. Die Steine sollten als Baumaterial der Befestigung Altendresdens dienen. Ob das gesamte Kloster dem Erdboden gleich gemacht wurde, bleibt fraglich. Der Historiker Otto Mörtsch vermutet, dass das Kloster nicht vollständig abgerissen wurde. Ein Teil der Steine sei später für den Bau des Jägerhofes verwendet worden.

4. Juni 1547
Hauptstadt des Kurfürstentums Sachsen

Moritzzeit. Dresden wird stark von diesem Wettiner profitieren. Wieder einmal wird sich die Entwicklung der Residenz mit bedeutenden zeitgeschichtlichen Ereignissen verweben. Allzu häufig war das der Stadt bisher nicht vergönnt gewesen. Moritz, der an der Seite des katholischen Kaisers Karl V. gegen die evangelischen Fürsten gekämpft hatte, ließ sich ganz nach römischem Vorbild am 4. Juni 1547 im Feldlager von seinen Truppen zum Kurfürsten ausrufen. Den Schmalkaldischen Bund, Verteidiger des Protestantismus, hatten Kaiser und Moritz in der Schlacht bei Mühlberg besiegt, Wittenberg, der Sitz der sächsischen Kurfürsten, hatte kapituliert, sein Verwandter, der Ernestiner Johann

Friedrich der Großmütige, war geschlagen und in Gefangenschaft gesetzt. Moritz, bald darauf vom Kaiser zum Kurfürsten erhoben, holte die Kurwürde nach Dresden. Ein neues Kapitel der Stadtentwicklung begann. Dresden wurde ständige Residenz der albertinischen Wettiner. Dies förderte Bauaufschwung und Bedeutung. Hinfort wird sächsische Landesgeschichte in Dresden geprägt.

Moritz ist eine der schillerndsten Figuren des Hauses Wettin. Tizian soll ihn gemalt haben, Luther misstraute ihm. Er soll über den sechzehnjährigen Moritz geäußert haben, als er sich in Torgau am Hof des ernestinischen Kurfürsten aufhielt: „Sehe er wohl zu, gnädiger Herr, dass ihr nicht einen jungen Löwen aufziehet." Moritz geht als „Judas von Meißen", als Verräter des protestantischen Glaubens, in die Geschichte ein. Zweifellos ist Kurfürst Moritz eine widersprüchliche Herrscherfigur.

Die Spekulationen über seinen Tod halten bis heute unter Historikern an. Ist er ermordet worden? Wenn Mord – wer erteilte den Auftrag? Kaiser Karl V.? Moritz war dessen Parteigänger gewesen, hatte mit dem Kaiser gegen die protestantischen Fürsten gekämpft und sich schließlich von ihm abgewandt. Selbst die genauen Umstände des Todes sind umstritten. In neueren Aktenfunden bestätigen Ärzte, dass die Verwundung nicht lebensgefährlich gewesen sei. „Doch trosten die wunderzte, es werde seinen churfürstlichen gnaden nicht schaden, dan seine churfürstliche gnaden reden frisch und, so ist er auch nicht weidewund." Der Historiker Karlheinz Blaschke schließt nicht aus, dass Moritz vergiftet, dass er aus Rache umgebracht worden ist. Feinde hatte Moritz mehr als genug! Moritzens Kritiker verzeihen ihm nicht, dass er gemeinsam mit dem Kaiser gegen die im Schmalkaldischen Bund vereinigten protestantischen Fürsten gekämpft und sie besiegt hatte. Bis in die Gegenwart gehen die Urteile der Historiker über den Wettiner kräftig auseinander. Viele sehen in ihm den skrupellosen Machtmenschen, der in der Wahl seiner Mittel bedenkenlos war. Historiker prägten dafür den Begriff des Renaissancefürsten, sie ordnen Moritzens Machtstreben einem ausgeprägten Staatssinn unter.

Moritz regierte zwölf Jahre. Nach dem Sieg über den Schmalkaldischen Bund löste sich Moritz vom Kaiser, wurde dessen Gegner

Heinrich Gödign, d. Ä, Ein Rennen getan mit Sigmund v. Milititz 1554 zu Dresden. Ehemals in der Rüstkammer.

und schloss sich den protestantischen Fürsten an, ja wurde ihr überragender Führer. Er förderte die Reformation, ließ das katholische Kircheneigentum säkularisieren und schuf sich damit eine starke wirtschaftliche Grundlage. Er widersetzte sich den kaiserlichen Zentralbestrebungen und schwächte des Kaisers Einfluss. Sachsen stieg nach Habsburg zu einem der ersten deutschen Territorialstaaten auf, wenn nicht gar zum ersten. Moritz wollte seine neue Würde erhöht wissen. In Dresden begann das große Bauen.

1548-1556 Das Renaissanceschloss entsteht

Kurfürst Moritz, jung, erfolgreich, wagemutig, wollte seine Erhöhung zum Kurfürsten aller Welt vorführen. Und dies mit neuen Bauten. Das alte, wohl mehr burgartige Schloss, in das er bereits als Herzog eingezogen war, genügte ihm nicht mehr. Einer seiner ersten Befehle nach der Kapitulation seines Vetters Johann Friedrich des Großmütigen bei Mühlberg war auf Veränderungen bedacht. Moritz ließ das Tor in dem von Georg dem Bärtigen errichteten Georgenbau vermauern. Östlich davon entstand das neue Elbtor, das den Aufgang zur Brücke freigab. Und: Er gab Befehl, die Residenz, das Schloss, umzugestalten. Obschon es erst vor kurzem vergrößert worden war, wahrscheinlich durch Arnold von Westfalen, den Erbauer der Meißner Burg, wollte er das Schloss größer haben, eindrucksvoller, lichter. Er wünschte, dass es der prächtigen Schlossanlage der Ernestiner in Torgau, die weit über Sachsen hinaus bekannt war, nicht nachstehe. Auch so wurde Rivalität gelebt!

Bereits 1547 erfolgte der Abriss des Westflügels mit der Schlosskapelle. Im September 1548 begann der Neu- und Umbau. Ein Wendelstein im Hof trägt die Jahreszahl 1549. Das große Bauen hatte begonnen. Das Schloss wurde fast um das Doppelte vergrößert. Das wichtigste Bauergebnis: Es entstand der Große Schlosshof, eine vierflüglige Schlossanlage, die in den deutschen Landen für Aufsehen sorgte. Ganz so, wie es sich Moritz gewünscht hatte. Die Bilderwelt Italiens hielt in Dresden Einzug. Die Ziergiebel und Fassaden überzogen Sgraffiti, weißgraue Dekore, die in den Putz gekratzt wurden. Welch eine Welt aus Figuren, Zeichen! Ornamente leuchteten an den Fassaden des Schlosses. In den Ecken des Hofes gelangte man über Treppentürme ins Innere des Schlosses. Die Fassaden waren verziert.

Italiener waren es wohl, die die kunstvollen Sgraffiti-Dekore ausführten. Entworfen haben die Fassadenkunst die Brüder Gabriele und Benedict Tola aus Brecia. Später kam noch ein Franzose hinzu. Es ist schon erstaunlich, wie offen und einladend man anderen Künsten auch im Dresden der Renaissancezeit gegenüberstand. Gabriele Tolas Name ist mit Dresdens Geschichte darüber hinaus verbunden. Ihm verdankt Dresden die frühesten Stadtansichten, von der steinernen Brücke zum Beispiel, von Altendresden mit der Dreikönigskirche. Deutsche Handwerker vermochten damals solche Sgraffiti noch nicht auszuführen. Leider ist diese Bilderwelt vollständig verloren gegangen. Die Treppentürme waren reich mit Figurenschmuck verziert, die Giebel mit Sgraffiti-Figuren. Hermen beschützten die Treppentürme, unter dem Hauptsims befanden sich figürliche Reliefs. Ein Altan, ein Vorbau, schmückte die Nordfassade, die sich der Elbe zeigt. Und im Inneren entstand der Riesensaal. Der nahm die gesamte obere Etage ein.

Zeit, sein neues Schloss zu genießen, verblieb Moritz kaum. Im Juli 1553 verwundete ihn ein Pistolenschuss in einem Reitergefecht. Er starb am 11. Juli. Kurfürst August, der Bruder Moritzens, ließ die

Johann Azelt. Großer Schlosshof mit Tierkampf um 1680. Kupferstich-Kabinett.

Vierflügel-Anlage vollenden. Aber damit war das Bauen am Schloss noch lange nicht beendet. Am Ende des 16. Jahrhunderts ließ Kurfürst Christian I. das Schloss erneut erweitern. Es entstand der Kleine Schlosshof, der südlich an den Bau angeschlossen wurde. Eine Kostbarkeit, die damals gestaltet wurde, schmückt noch heute den Eingang zum Kleinen Schlosshof: das Renaissancetorhaus, wenn auch nicht völlig im Original erhalten. Etwa 700 Jahre lang wurde am

Dresdner Schloss gebaut. Daher scheint es nur gerechtfertigt, dass Sachsens Denkmalpfleger und Kunsthistoriker das Schloss als „Monument der sächsischen Geschichte“ bezeichnen.

Als Moritz starb, war allerhand am Schloss geschehen. Der Hausmannsturm war erhöht, der Fassadenschmuck wohl ausgeführt worden, die Ecktürme standen. Dresden hatte ein Schloss erhalten, das sich zur „Repräsentation und zum geeigneten Austragungsort für Feste und Turniere eignete“, es stieg „zum Hoheitszeichen der Residenz“ (Dirk Syndram, *Das Schloss zu Dresden*, Seite 24). Der Große Schlosshof, dessen Kubatur bis heute erhalten blieb, wird dann auch von den kommenden Kurfürsten weidlich als Festspielort genutzt.

1549 Altendresden verliert seine Selbstständigkeit

Der 29. März 1549 zählt zu den bedeutenden Daten der Dresdner Geschichte. Das Gezänk in den beiden Städten links und rechts der Elbe nahm nicht ab. Der eine missgönnte dem anderen den wirtschaftlichen Erfolg. Es gab Streit um Fleisch- und Brotbänke, um Märkte und Stadtrechte. Vielleicht missfiel dies dem Kurfürsten Moritz. Sein Blick reichte weit über seine Residenz hinaus. Der Rat und Vertreter der Bürgerschaft Altendresdens wurden ins Rathaus am Altmarkt bestellt. Amtsschösser Ambrosius Erich verkündete ihnen den Befehl des Kurfürsten. Er ordnete an, „Altendresden aus dem kurfürstlichen Amt Dresden zu entlassen“ und Gericht und Steuerwesen dem Rat von Neudresden zu unterstellen. Die Betroffenheit der Herren war groß, der Zorn sprudelte.

Nicht widerstandslos wollten sich die Bürger fügen. Eine Abordnung der Stadt reiste nach Torgau, dort hielt sich der Kurfürst auf. Er empfing den Bürgermeister Wolf Fischer und den Stadtschreiber Prüfer. Die Audienz war kurz. Moritz hielt an seinem Befehl fest. Der Widerstand missfiel ihm sehr. Kurzerhand ließ er die Abordnung einsperren. Sieben Tage saßen die beiden Männer im Torgauer Schloss fest. Erst als sie Gehorsam gelobten, wurden sie freigelassen. Kaum waren sie in

Dresden angelangt, kam es zur neuen Ratswahl. Wolf Fischer und der zweite Bürgermeister Altendresdens Nickel Mader wurden Mitglied des neuen Rates. Damit endete nach knapp 146 Jahren die Selbstständigkeit Altendresdens, die ihr Markgraf Wilhelm I. verliehen hatte. Die Forderung war eindeutig. Alten- und Neudresden sollten zu „einer Gemeinde in Räten, Zünften, Siegeln und sonsten" werden (Heinrich Butte, *Geschichte Dresdens bis zur Reformation,* 1967, S. 278). In einem widersetzten sich die Altendresdner Bürger erfolgreich. Im Rathaus sollte dem kurfürstlichen Teppichmacher eine Werkstatt eingerichtet werden. Dies widerstrebte den Altendresdnern sehr. Diesmal waren sie erfolgreich. Das Rathaus blieb ihnen als Gerichtsstätte und Ort des Vergnügens und der Hochzeitsfeste erhalten.

Nach der erzwungenen Einverleibung Altendresdens zeigte sich Moritz großzügig. Der Kurfürst sicherte den Rechtselbischen auf alle Zeit zwei Vertreter im Rat zu. Das städtische Weichbild erfuhr eine Erweiterung, indem der Kurfürst der Stadt rechtselbisch Land zur Verfügung stellte. Und: Die Bürger wurden von den lästigen Jagdpflichten, denen sie seit altersher nachkommen mussten, großzügig befreit.

Ganz ohne Vorteil war also der Zusammenschluss für die Altendresdner nicht. Sie konnten ungehindert auf der anderen Seite der Elbe in der Festung ihre Waren auf den Wochenmärkten verkaufen. Dies war ihnen vorher verweigert worden. Besonders die Fleischer stärkte der Zusammenschluss. Zwar durften sie bereits vor der Einverleibung in der linkselbischen Festung verkaufen, jetzt aber mussten sie gar keine Rücksichten mehr nehmen. Freilich, die Verluste wogen vorerst wohl schwerer. Sowohl der Montagsmarkt, der bisher nur im rechtselbischen Altendresden angesiedelt war, als auch der Freitagsmarkt mussten in die linkselbische Stadt verlegt werden. Auch die Altendresdner Tuchmacher, Schuster und Bäcker verloren ihre Eigenständigkeit. Damit besaß Altendresden nach der Einverleibung keine selbstständigen Markttage mehr. Der Dresden-Historiker Heinrich Butte meint, dass mit dem Verlust der Märkte die Altendresdner „wirtschaftlich eigentlich zu Vorstädtern absanken" (*Geschichte Dresdens bis zur Reformationszeit,* Seite 279). Altendresden blieb bis zum großen Brand 1685 nahezu unverändert. Um 1630 zählte es 374 bewohnte Häuser. Darin wohnten rund 2 600 Menschen. Lediglich der Bau des kurfürstlichen Jägerhofes wertete die Stadt etwas auf.

1568 Der Jägerhof

Kurfürst August betrieb die Jägerei mit großer Leidenschaft. Ihr verdankte die Stadt den Jägerhof. Gleich vier Kurfürsten sollten an ihm bauen lassen, August, Christian I. und II. und Johann Georg I., der die Anlage vollendete.

In der engen Festung des linkselbischen Dresdens war für eine geräumige, repräsentative Jägerei kein Platz vorhanden. Ein bescheidener Jägerhof befand sich zuvor außerhalb der Stadtmauer an der

Hetzjagd auf der Elbe bei Dresden mit Jägerhof, 19. September 1614. Ehemals Jagdschloss Moritzburg.

Weißeritz. August, auch Vater August genannt, nutzte nach dem Abriss des Augustinerklosters den freien Platz in Altendresden und ließ dort ab 1568 den neuen Jägerhof errichten. Um ihn entstanden Ställe und Wagenschuppen. Zu Beginn des 17. Jahrhunderts „ist ermeldetes Jägerhaus ... mit den fördersten großen steinernen Stocke nach der Stadtwerts erweitert, vergrößert und ... 1614 fertig geworden. Dieses Churfürstl. Sächs Jägerhaus hat nun einen stattlichen geraumen fast gevierdten Hof, auf selbigem steht ein Bärenfang, angleichen die Abbrüheküche und dann nächst dabey eine Schwemme für die Hunde ... Hierüber ist ein absonderliches Löwenhauß zu Behältnis allerhand wilden Tieren nebst einer arena oder Kampf-Platz in ovaler Figur nach dem Beeren Garten warts angelegt ... In dem oberwehnten förderten Stocke des Jägerhauses seynd absonderliche Fürstliche Zimmer und unter selbigen fürnehmlich ein schöner Saal“ vorhanden. „Ende des 17. Jahrhunderts“, schreibt Alfred Döring in seinem Buch *Die neue Königstadt,* „war die Anlage zu drei großen Höfen erweitert, die von Ställen, Wagenschuppen und Zeughäusern eingefasst waren ... Südlich des großen langen Zeughauses, das 145 Meter lang war, erstreckte sich bis zu den Elbwiesen ein großer Weingarten“.

Ein Stich von 1740 vermittelt eine Vorstellung von der Anlage aus dem 18. Jahrhundert. Eine weitere bildliche Darstellung folgt 1860. Zu dieser Zeit steht der Jägerhof völlig frei in der Landschaft. Vier Flügel umschließen den Hof. Ziergiebel schmücken die Gebäude. Ein Turm mit Helm erhebt sich über den Dächern. Er blieb bis heute erhalten. Mehrere Nachrichten besagen, dass im Jägerhof Tiere gehalten wurden. Mitte des 17. Jahrhunderts sollen dort 350 Hunde, 40 Bären, 25 Luchse sowie Löwen, Affen und Leoparden untergebracht gewesen sein. 1830 wurde der Jägerhof aufgelöst. Baulich verändert und vergrößert, diente er hinfort als Kaserne. Im zweiten Drittel des 19. Jahrhunderts setzte verstärktes Bauen in der Inneren Neustadt ein. Der Jägerhof nahm zu viel Platz in Anspruch. Große Teile des Militärgebäudes wurden um 1897 abgebrochen. Übrig blieb ein Flügel des ehemaligen Hauptgebäudes. Vor dem Ersten Weltkrieg entstand dort das Museum für Sächsische Volkskunst (1913).

Das Restgebäude des ehemaligen Jägerhofes hatte Glück. Nur die beiden Obergeschosse wurden im Februar 1945 stärker beschädigt und brannten aus. Bereits im Dezember 1945 öffnete das Erdgeschoss wieder als Museum. Bis 1957 wurde das Restgebäude des Jägerhofs wieder errichtet.

1571 Nachtwächter gegen Ruhestörer

Die Dresdner scheinen nicht nur brave Bürger gewesen zu sein. Eine Verordnung aus dem Jahre 1571 lässt ahnen, dass sie sich nicht schon um 22 Uhr die Mütze über die Ohren zogen. Um die nächtliche Ruhe und Ordnung zu sichern, stellte der Rat einen Nachtrichter und sechs Wächter ein. Damit sollten die Bestimmungen der Landesordnung, gegen die immer wieder verstoßen wurde, endlich durchgesetzt werden. Sie hatten ungebührliches Trinken, Raufen, Schreien und unzüchtiges Tanzen verboten. Die Landesordnung verbot auch das unmäßige Trinken der Handwerksgesellen und den blauen Montag. Ob die Verordnung etwas genützt hat, ist nicht bekannt. Wahrscheinlich nicht. 1621 erlässt der Kurfürst ein Mandat, ein Gesetz. Es verbot das Brennen von Branntwein aus Roggen, Weizen und Gerste. Bald wurde eine Kleiderordnung befohlen, weil sich vor allem Bürgerliche zu fein kleideten, gar die Hofmode nachäfften. Eine Polizeiordnung von 1661 sprach von der Verrohung der Sitten und vom Nachlassen der Gottesfurcht. Auf die Heilighaltung des Sonntags wurde gedrungen. Wer den Gottesdienst missachtete, in der Zeit gar in Wirtshäusern zechte, Karten spielte oder Waren verkaufte oder einer Arbeit nachging, dem wurden hohe Strafen angedroht. 1639 zählte der Rat 1 400 „Nichtstuer“. Bald sollte es in Dresden Bordelle geben.

1585 Hexenverbrennung

Am 20. Juli 1585 ereignete sich in Dresden ein schreckliches Schauspiel. Eine gewisse Helene Weigel wurde der Hexerei und Zauberei bezichtigt. Unter der Folter gestand sie ihre Vergehen. Sie gab zu, die Zauberkunst von einem Mönch aus Kamenz erlernt zu haben. Sie wurde außerhalb der Stadt, vor dem Wilsdruffer Tor, auf dem Scheiterhaufen verbrannt. Sehr viele Schaulustige waren gekommen.

1586/1591 Der Stallhof

Kurfürst Christian I. gelangte 1586 zum Kurhut. Er gehört wohl zu den mäßig begabten, vielleicht gar unfähigsten Herrschern des Hauses Wettin. Er starb mit 31 Jahren, am Suff, sind sich die Historiker einig. 1591, in seinem Todesjahr, wurde der Bau vollendet. Es ist nicht bekannt, ob er ihn gerühmt hat. Aber anzunehmen ist dies, denn der Mann war an Kunst interessiert. Dennoch darf man an ihn mit Milde denken. Sofort mit dem Regierungsantritt gab er den großartigen Stallhof in Auftrag, der sich zwischen Neumarkt, Augustusstraße und Schlossstraße befindet. Das Bauen war ein schwieriges Unterfangen. 24 Bürgerhäuser mussten dem Gebäude weichen. Christian griff tief in die Tasche. Er bezahlte für den Erwerb der Grundstücke 19 657 Gulden. Auch die ehemalige Synagoge musste beseitigt werden. Am 6. Juni 1586 wurde der Grundstein gelegt. Das Erdgeschoss nahm den Marstall für die kurfürstlichen Leibpferde auf. Mit dem Bau des Stallhofs erhielt die Schlossanlage einen Turnierhof, der noch heute zu erleben ist. Dresden ist wahrlich nicht mit Renaissancebauten überreich geschmückt. Der Stallhof, besser, was von ihm erhalten blieb, ist eine Kostbarkeit von unschätzbarem bauhistorischem Wert.

Von dem einstigen Gebäude blieben die beiden kreuzgewölbten Hallen für die Stallungen und die toskanischen Säulen erhalten. Sie sind einfach großartig. Der Dresdner Kunsthistoriker Fritz Löffler vermutet, dass die Bogenhalle von dem Italiener Giovanni Maria Nosseni ausgeführt wurde. Das Gebäude wurde später mehrfach umgebaut, aber der Renaissancecharakter am Langen Gang blieb bestimmend. Weit bekannt wurde das Stallgebäude, als es nach einem Umbau die kurfürstliche Gemäldesammlung aufnahm.

1601 Die Hinrichtung des Kanzlers Krell

Dr. Nikolas Krell, Leipziger Professorensohn, Kanzler Christians I., hatte seine Gegner und ihren Hass unterschätzt, sonst hätte er sich wohl nach dem Tode des Kurfürsten fluchtartig außer Landes begeben. Das hat er versäumt. Er sollte es mit dem Leben büßen. Und das gaffende Dresden wird daran teilnehmen.

Der Stallhof des Residenzschlosses. Hier ist heute die Schiffsabteilung des Verkehrsmuseums untergebracht.

Gleich zwei unerbittliche Gegner wollten ihn vernichten: die lutherische Geistlichkeit und die Adelsstände. Sophie, Christians Frau, gehörte auch zu den entschiedenen Gegnern Krells. Sie wird bei jeder Gelegenheit das Feuer schüren helfen. Krell hatte versucht, gegen die Adelsstände zu regieren, ihren Einfluss einzuschränken und absolutistische Regierungszüge einzuführen. Und er hatte eine vorsichtige Abkehr von den katholischen Habsburgern eingeleitet. Er hatte sogar mit Christians Zustimmung den Geheimen Rat aufgelöst, das Machtzentrum des Adels am Dresdner Hof. Krell schreckte nicht davor zurück, gegen das orthodoxe Luthueranertum anzugehen und eine zweite Reformation einzuleiten. Solange Christian I. lebte, kamen seine Gegner nicht an ihn heran. Dem Nachfolger Christians II. waren Krells Ambitionen gleichgültig. Er ließ Krells Feinde gewähren, wie es ihnen beliebte. Die Veränderungen wurden wieder rückgängig gemacht.

Aufzug der Festungsgarde auf dem Jüdenhof am 28. Dezember 1677. Rüstkammer.

Krell wurde sofort nach Christians Tod verhaftet. Ohne Gerichtsurteil wurde er auf dem Königstein in Gefangenschaft gesetzt. Dort musste er zehn Jahre zubringe, ohne dass ihm Gelegenheit zur Verteidigung gegeben wurde. Ein Ständeausschuss sprach Krell nach einem Gutachten der böhmischen Appellationskammer schuldig. Auch Sophie forderte ausdrücklich seine Hinrichtung. Woher ihr Hass rührte, ist nicht ganz nachvollziehbar. Vielleicht verzieh sie es Krell nicht, dass er großen Einfluss auf ihren Mann hatte, während sie kaum zum Zuge kam.

Der ehemalige Kanzler wurde 1601 auf dem Jüdenhof im Beisein zahlreicher Schaulustiger mit dem Schwert hingerichtet. Sophie hatte extra eine Bühne errichten lassen. Von dort sah sie zu, wie dem Manne der Kopf abgeschlagen wurde. Sie soll der Meinung gewesen sein, dass Krell ihren Mann „verführt“ habe. Daher sei die Todesstrafe gerecht gewesen. Auch Sachsen hat also seine Salome hervorgebracht, die das Haupt Johannes des Täufers gefordert hatte. Ein K. am Jüdenhof in einem Pflasterstein kennzeichnet noch heute den Ort der Hinrichtung.

1631 Kroaten überfallen Dresden

Am 30. September 1631 bestand Altendresden eine große Bewährung. Der Dreißigjährige Krieg tobte. Etwa 500 kroatische Reiter näherten sich der Stadt. Die Glocken läuteten Sturm. Besonders bedroht war Altendresden. Die Befestigung war bei weitem nicht so ausgebaut wie im linkselbischen Dresden. Aber die Altendresdner besetzten Mauern und Wälle, verschanzten sich hinter den Toren. Sie wehrten den Angriff der Kroaten ab. Es gelang nicht, Altendresden zu stürmen. Damit bestand die neue Befestigung, die Kurfürst Moritz zu bauen befohlen hatte, ihre Feuerprobe. Altendresden verteidigte sich zum ersten Mal erfolgreich gegen Angreifer.

1670 Johann Georg II. ruft Handwerker

Dresden, genauer die zur Festung ausgebaute Stadt, war im dreißigjährigen Krieg nicht besetzt worden. Damit behauptete sie den Ruf ihrer Uneinnehmbarkeit. Aber die Stadt hatte dennoch stark gelitten. Pestjahre dezimierten die Einwohnerzahl, Militäreinquartierungen und Sonderabgaben führten zur rapiden Verschlechterung der Wirtschaft und des bescheidenen Wohlstandes. Das Handwerk lag darnieder. Bettler durchzogen die Stadt. 1656 kam Johann Georg II. zum Kurhut. Thronwechsel sorgten immer für Beunruhigungen. Der Rat bat den Landesherrn, er möge sich den „kümmerlichen zustand seiner zu Sumpf und Boden getriebenen Untertanen zu Herzen nehmen, die Bedürfnisse der Regierung über des Landes Vermögen nicht erstrecken, die Ausgaben nach den Einnahmen richten, alle Kosten soweit möglich, insonderheit bei seinem Hofstaat, einzuschränken“. Das war durchaus selbstbewusst.

Johann Georg II. war bemüht, die Zahl der Dresdner Einwohner zu erhöhen. 1559 war das Dorf Ostra in den Besitz der Wettiner gelangt. Kurfürst August hatte dort ein mustergültiges Gut und Vorwerk anlegen lassen. Wie es in der Überlieferung heißt, soll der Vorwerksverwalter Johann Gottfried Otto dem Kurfürsten Johann Georg II. die Gründung einer Handwerkersiedlung in Ostra, auf dem Territorium der heutigen Friedrichstadt, vorgeschlagen haben. Mit dem Datum vom 25. Juni 1670 erließ der Kurfürst einen Aufruf. Er wurde in 20

Städten angeschlagen. Darin hieß es, „zur Mehrung der Mannschaft unserer Residenzfestung“ nach Dresden zu kommen. Der Kurfürst sagte zu, Baugrundstücke zu schenken. Außerdem sicherte er den Ankömmlingen das Brau-, Schank- und Marktrecht zu. Befreit werden sollten die künftigen Bürger auch von Einquartierungen und von der Land- und Quatembersteuer (Vierteljahrssteuer). Oberlandbaumeister Wolf Caspar von Klengel entwarf sogleich einen Bebauungsplan. Der Aufruf war nicht nach dem Geschmack der alteingesessenen Dresdner Zünfte, Kaufleute und Handwerker. Sie befürchteten, dass vor den Toren der Stadt Konkurrenz heranwuchs. Sie erhoben Einspruch. Der Kurfürst scherte sich nicht darum.

Der Aufruf hatte wenig Resonanz. Ein Jahr später wurde er wiederholt. Auch diesmal mit wenig Erfolg. In etwa zehn Jahren erwarben nur 17 fremde Personen Grundstücke. Darunter befanden sich nur vier Handwerker. Auch den nächsten Jahren war wenig Erfolg beschieden. Das Risiko, vor der Stadt zu siedeln und zu bauen, war zu groß. In Kriegen wurden Vorstädte meist abgebrannt. Außerdem verweigerten die Dresdner Zünfte den neuen Handwerkern die Aufnahme in die Zünfte. Sie verhinderten sogar den Verkauf ihrer Waren auf den Märkten. Daran vermochte auch der Kurfürst kaum etwas zu ändern. Die erhoffte große Ansiedlung blieb aus.

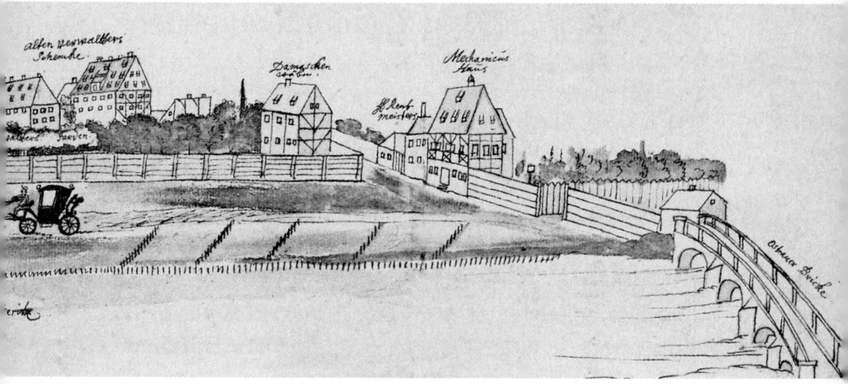

Östliche Ansicht von Neustadt-Ostra, 1692.

Der neue Kurfürst Johann Georg III. (1680-1691) ordnete eine Überprüfung der Grundstücksverhältnisse an. Der Kunstkämmerer und Mathematikus Beutler, ein korrekter Mann, wurde mit der Aufgabe beauftragt. Was er vorfand, lag ganz und gar nicht im Interesse des Kurfürsten. Hofangestellte und Adlige hatten sich zumeist in den Besitz des Landes geteilt. Unter den neuen Besitzern befanden sich Namen von Klang: Oberlandbaumeister Klengel, der Oberhofmarschall von Wolframsdorf, der Obrist und Baumeister Starcke.

In den nächsten Jahren kam es dann doch zu einigen Ansiedlungen. Auf dem Gelände entstanden Manufakturen. Einer der Unternehmer war Daniel Krafft. Er gründete dort die kurfürstliche Seidenmanufaktur. Zwei Jahre später kam eine Wollmanufaktur dazu. Aber Krafft musste auf französische Fachleute zurückgreifen. Die waren teuer. Krafft erging es wie den anderen. Obwohl seine Erzeugnisse den ausländischen aus Frankreich, Holland und England ebenbürtig waren, verweigerten die Dresdner Kaufleute ihre Abnahme. So führte schließlich engstirniges Denken zu Misserfolgen. Johann Georg II. starb 1680. Erneut brach die Pest aus. Eine Viehseuche kam hinzu. Das alles trug nicht zur wirtschaftlichen Entwicklung von Neuostra bei. Johann Georg III. entließ Daniel Krafft.

1685 Der große Brand von Altendresden

Am 6. August 1685, gegen 11 Uhr, brach im Hause eines Kunsttischlers in der Meißnischen Gasse ein Feuer aus. Holz, Sägemehl und Späne boten dem Feuer gute Nahrung. In der Stadt wehte Westwind. Er blies kräftig. Die Flammen breiteten sich schnell aus. Die Schindeln auf den Dächern brannten lichterloh. Die Glocken der Dreikönigskirche läuteten Feuersturm. Die Männer und Frauen der Viertel eilten mit Eimern, Äxten und Tragspritzen zu Hilfe. Sie schöpften aus den Brunnen Wasser, an der Elbe füllten sie Wasser in Fässer, die Pferde heranzogen. Aus den nahen Dörfern eilte Hilfe herbei, über die Brücke aus der Festung ebenfalls. Alle Mühe war vergeblich. Das Feuer sprang von Haus zu Haus, von Viertel zu Viertel. Abends brannte fast das gesamte Altendresden, auch die Dreikönigskirche wurde vernichtet. Von den Flammen verschont blieben lediglich das frei stehende Rathaus auf dem Markt, der Jägerhof und die an der Elbe gelegenen Häuser der Kloster- und der Meißnischen Gasse. Gut 2 000 Menschen waren obdachlos geworden, 331 Häuser unbewohnbar, auch die Fleischbänke fielen dem Feuer zum Opfer. Für viele Bewohner wurde der große Brand zum finanziellen Ruin.

Noch am gleichen Abend schrieb der Rat an den Kurfürsten Johann Georg III. Er schilderte ihm das Unglück: „ ... daß heut ... der gerechte Gott abermals eine große Feuersbrunst allhier verhangen, indem zu Alt-Dresden ... ein unvermuthet Feuer aufgegangen ... und also in vier, fünf Stunden die ganze Stadt und darunter vornehmlich die Kirche nebenst dem Glockenturm, Pfarre und Schulgebäude, wie auch Ew. Churfürstl. Durchl. Regimentshause und Holzhoffe im Rauch aufgegangen“ sind. Im Brief hieß es weiter, dass etwa 18 bis 20 Häuser verschont geblieben seien. Besonders nachteilig wirkte sich aus, dass viele Altendresdner einer Hofjagd in Moritzburg zuschauten. Zu wenig Leute waren in der Stadt. Sie fehlten beim Löschen.

Die Altendresdner waren rechte Christenmenschen, ihre ersten Gedanken galten dem Wiederaufbau der Kirche. Vorsichtshalber fragte der Rat bereits im September beim Kurfürsten an, wie der künftige Wiederaufbau vonstatten gehen solle. Offenbar waren Gerüchte über andere Planungen im Umlauf. Der Rat verwies auf Rumors, „daß die Kirchen- und Schulgebäude an einem anderen orth der Stadt trans-

Der Brand von Altendresden 1685. Stadtmuseum Dresden.

feriret, der künftige Aufbau der privaten Häuser auch anders disponiret, und also denen Einwohnern uff ihren Brandstellen hinwieder zu bauen, nicht verstattet werden sollte". Der Rat fragte an, ob die Schule wieder an alter Stelle aufgebaut werden könnte, auch beabsichtigten viele Hausbesitzer – ließen sie den Kurfürsten wissen – auf den alten Fundamenten zu bauen. Der Winter stünde vor der Tür, das Bauen sei dringend.

So merkwürdig es klingen mag. Der große Brand eröffnete die Chance, eine neue Stadt zu bauen und ihre mittelalterliche Enge zu beenden. Der Mann, der dazu in der Lage war, lebte in Dresden, Wolf Caspar von Klengel, inzwischen Oberlandbaumeister. Bereits Johann

Georg II. hatte ihn nach Dresden gerufen. Für ihn sollte er planen und bauen. Klengel war ein weitgereister Mann, er kannte die Niederlande, Belgien, Frankreich und Italien; er kannte die wichtigsten europäischen Städte Paris, Rom. In der Fremde hatte er sich als Offizier in Kämpfen bewährt, hatte an der Seite der venezianischen Stadtrepublik erfolgreich gestritten. Der Ruf des sächsischen Kurfürsten hatte ihm geschmeichelt. Der Kurfürst hatte ihm die oberste Bauaufsicht angeboten. Klengel hatte nicht lange gezögert, war in die enge Residenz der Wettiner zurückgekehrt. Der sinnenfreudige und lebenslustige Johann Georg II. wollte seine Residenz erstrahlen lassen. Das hatte ihm, Klengel, Schwung verliehen. Vielleicht konnte er einiges verwirklichen, was er in den anderen Städten und Residenzen bewundert hatte. Er war Dresdner, er kannte die Stadt, wusste um ihre Entwicklung. Er baute dem Wettiner einiges hin, das Komödienhaus, das neue Schießhaus. Im Schloss erhöhte er den Hausmannsturm, versah ihn mit einer Haube, ganz im Stil seiner Zeit. Jetzt lag drüben an der Elbe eine ganze Stadt wüst. In Gedanken formte er erste Pläne. Inzwischen war Johann Georg III. zum Kurhut gelangt. Er war von anderer Art als Johann Georg II., er war sperrig, sparsam, kein Mann großer Feste und Bauten. Aber zusehen und abwarten, ob die mittelalterliche Stadt nach dem großen Brand auf alte Weise neu entstand, das wollte Klengel nicht. Er wollte für eine neue Stadt kämpfen; er musste den Kurfürsten gewinnen, ihm neue, seine Ideen eintröpfeln. Vielleicht hatte er Erfolg. Und tatsächlich, Johann Georg III. ließ seinen Oberlandbaumeister gewähren. Vielleicht begriff er seinen Baumeister, ahnte er die neue Stadt, die drüben zwischen den Wällen an der Elbe entstehen sollte. Der Kurfürst berichtete seinen Untertanen aus Torgau, was er vorhabe. Einige Gassen und Gebäude würden verändert „sowohl zu mehrer commodität der Innwohner als Zierath der ganzen Stadt“. Was der Kurfürst und sein Baumeister so nicht erwartet hatten, trat ein. Die Pläne stießen in Altendresden ganz und gar nicht auf Gegenliebe, im Gegenteil, sie wurden abgelehnt.

1686/1691 Klengels Aufbaupläne

Wer heute durch die Rähnitzgasse, den Obergraben, die Heinrichstraße spaziert, der erlebt zumeist Baugeschichte des ausgehenden 17. und der ersten Hälfte des 18. Jahrhunderts. In etwa 80 Jahre wurde das barocke Altendresden neu und großzügiger gestaltet. Damit fand seine mittelalterliche Enge allmählich ein Ende. Der Wandel vollzog sich unter Konflikten und gegen die Widerstände der Bäcker, Tischler, Fleischer, der Hauseigentümer. Am Ende dieser städtebaulichen Entwicklung wird ein neuer Stadttyp am rechten Ufer der Elbe stehen, eine Stadt mit Miethäusern. Dies ist noch heute besonders gut auf der Königstraße zu beobachten.

So viel ist verbürgt: Wolf Caspar von Klengel, Festungsbaumeister, Artillerieoberst und Architekt, durchwanderte die verrußten, engen Gassen. Überall vorspringende Ecken und Kanten, die in die Straßenverläufe stachen, schmale Häuser, die enge Rähnitzgasse, der dunkle Graben. Schutt lag umher, verkohltes Holz, ausgebrannte Häuser starrten. Dieser Anblick machte die Altendresdner mutlos. Und in der Tat waren die Zerstörungen des großen Brandes von 1685 noch lange nicht beseitigt. Viele Einwohner hatten Altendresden verlassen, hatten in den Vorstädten Unterkunft gefunden. Andere warteten verunsichert ab. In Altendresden lebten kaum Wohlhabende. Es waren meist kleine Handwerker und Ladeninhaber, die für ihr Auskommen hart zu sorgen hatten.

Oberlandbaumeister Klengel, der bei dem Kurfürsten Johann Georg III. in gutem Licht stand, nutzte seine Chance; er entwarf eine neue Stadt, die ein wenig jenen Atem besaß, der ihm in den europäischen Metropolen entgegengeweht war. Beträchtlich vergrößerte er den künftigen Marktplatz, den ehemaligen Dorfplatz, der nur 7 800 Quadratmeter groß war. Von ihm aus legte er Straßen an, die sich strahlenförmig in südliche, südöstliche und südwestliche Richtung entfernten. Genial war seine Idee: Vom Lausitzer Tor, auch Schwarzes Tor genannt, heute etwa Höhe Südseite Albertplatz, Beginn Hauptstraße gelegen, führte er eine gerade breite Straße auf die Elbbrücke zu, nicht ganz auf die Brückenmitte, sondern etwas nach Westen verschoben. Zu dieser Zeit gab es noch nicht die Blickfänge am linken Elbufer, die Kathedrale, die Brühlschen Bauten auf der Renaissancefestung, die Oper, das Ständehaus. Er ließ seine geplante Allee, die spätere Hauptstraße, auf eine Platzwand zu laufen.

Dort, an ihrem Ende, sollte für den Kurfürsten ein Palais entstehen. Klengel bediente sich eines Tricks, einer optischen Täuschung. Am Lausitzer Tor war die Allee nur 38 Meter breit, bis zu ihrem Ende an der Brücke erreichte sie eine Breite von 57 Metern. Wer von der Brücke kam, dem erschien die Straße länger, und vom Tor aus rückte der Marktplatz mit seinen Gebäuden näher. 1687 wurde diese Straße angelegt. Andere Straßenplanungen folgten. Die Heinrichstraße, ursprünglich Pfarrgasse, endete zuvor in einer Sackgasse, sie wurde zum Weißen Tor (Leipziger Tor) im Westen verlängert. Die Klostergasse erfuhr ebenfalls eine Verbreiterung.

All diese Entwürfe und Planungen verbrauchten Bauland. Aber die Bauwilligen wollten in der Regel die alten Fundamente ihrer abgebrannten Häuser nutzen. Nach Klengels Plänen, schrieb der Historiker Döring, „fielen 36 Häuser in den Markt und die Allee und überhaupt 123 Häuser in das neue Straßenland und das Hinterland der neuen Baublöcke“. Das war keinesfalls im Sinne der Hauseigentümer. Ein ernsthafter Konflikt bahnte sich an.

Klengels Pläne stießen auf wachsende Ablehnung. Bereits im Januar 1686 deuteten der Rat zu Dresden und die Geheimen Räte leichte Kritik an. „Zuerst müsste an den Wiederaufbau des Gotteshauses und der zugehörigen Geistlichen- und Schulgebäude gedacht werden“, ließen sie den Kurfürsten Johann Georg III. wissen. Im Februar wurde der Rat deutlicher. Die Forderung nach steinernen Häusern sah er kritisch. 40 Hausbesitzer würden sich zum Wiederaufbau „nicht verstehen wollen“. In so kurzer Zeit sei der Schaden „nicht zu verwinden“. Und er meinte, „daß den Aufbau merklich wieder befördern dürfte, wenn die Gassen geräumt, die hin und wieder liegenden Schutthaufen aus dem Weg geschafft“ würden.

Johann Georg III. wischte ihre Forderungen vom Tisch. Er wollte Klengels Stadt. Klengel war klug genug, von seinen Maximalforderungen abzurücken. Er nahm einige alte Straßenführungen wieder auf wie den Ober- und Niedergraben und das Kirchgässlein. Damit erhielt er die alten Baugrundstücke und ermöglichte die

Wiederverwendung der Fundamente. An der Hauptstraße aber ließ er nicht rütteln, auch an der Vergrößerung des Neustädter Marktes nicht. Die Breite Gasse erweiterte er durchgehend auf zwölf Meter, den Ober- und Niedergraben auf elf, die Gasse am Kirchhof (heute An der Dreikönigskirche) auf 14 Meter Breite.

Der Streit nahm in den folgenden Jahren an Heftigkeit zu. Besonders die vielen Hausbesitzer am Marktplatz und an der Allee weigerten sich, Klengels Plänen zu folgen. Der neue Marktplatz verschlang wirklich viel Bauland, auch die einmündenden sehr schmalen Straßen, die breiter werden sollten. Die Gasse, die von der Brücke zum Lausitzer Tor führte, hatte nicht mehr als fünf bis sechs Meter Breite gehabt. Mit Johann Georg III. war jedoch nicht gut Kirschen essen. Er machte kurzen Prozess, enteignete die Hausbesitzer und wies ihnen an anderer Stelle größeres Bauland zu. Da es mit dem Bauen nicht so recht vorwärts gehen wollte, erließ er den Bauwilligen rückständige Steuerzahlungen und billigte ihnen zudem noch sechs Freijahre zu. Dafür verlangte er aber „Steinbau". Klengel rang um seine Stadt. Er wusste, dass er die Hauseigentümer nicht überfordern durfte. Sonst wäre seine neue Stadt mehr als gefährdet gewesen. Im Mai 1686 beruhigte er den Kurfürsten, der sich ungeduldig zeigte. Mit dem Werk sei „ein guter Anfang gemacht worden". Er hob hervor: „Und soweit gebracht worden, daß es nicht nur die Einwohner zum Anbau encouragiert (ermutigt), sondern auch dem Ansehen nach, einige Auswärtige, deren zwei aus der Mark und von Magdeburg sich bereits angegeben haben."

Im März 1687 forderte der Baumeister vom Kurfürsten 1 500 Taler für die Hauptstraße und andere Häuser. Wie ernst es Johann Georg III. mit der neuen Stadt war, belegt seine schnelle Antwort. Er wies die Obersteuereinnahme zur Zahlung des geforderten Geldes an. Die Behörde stand vor einem Dilemma. „Sie wüßten nicht, wie sie die 1 500 Tlr. aufbringen sollten, es wäre kein barer Taler vorhanden", ließ sie den Kurfürsten wissen. Auch die Stadt saß finanziell im Keller. Sie verfiel auf eine Idee, die grotesk anmutet. Um die abgebrannte Kirche und die Schule wieder aufbauen zu können, schickte sie Geldsammler ins Land. Je zwei Bürger gingen auf Reisen. Sie sollten für „den schlechten Zustand der Einwohner von Alten-Dresden" um Geld bitten. Der Brand von Altendresden, die Zerstörung der

Kreuzkirche im linkselbischen Dresden durch Feuer und viel armes Volk aus Böhmen und Ungarn, das sich in der Festung aufhielt, zwängen sie zu diesem Schritt.

Die Betteltour brachte nichts ein. Von den ersten beiden, die auf Reisen gingen, blieben nach Abzug der Spesen „33 Tlr. 14 gr." übrig (441 Taler hatten sie gesammelt). Die beiden anderen hatten von Mai bis Oktober 65 kleinere und größere Städte besucht. Sie sammelten 130 Taler und gaben 412 Taler aus. Ungeachtet dessen gingen die Altendresdner daran, ihre Kirche wieder aufzubauen. Dafür wurde in den Kirchen des Kurfürstentums um Geld gebeten. Das Ergebnis blieb mehr als mager. Daher beschloss die Gemeinde, die Kirche wieder an alter Stelle aufzubauen, also auf der Hauptstraße. Klengel, der dies gern verhindert hätte, war machtlos. Es entstand ein einfacher, schlichter Kirchbau vorerst ohne Turm. Ein Gerüst neben der Kirche nahm die vier Glocken auf. Bereits zu Ostern 1688 weihte der Neustädter Pfarrer die neue Kirche. Der Bau der Kirche an alter Stelle sollte bald eine Krise zwischen Kurfürst Friedrich August I. und dem Rathaus auslösen.

Klengel war es nicht vergönnt, die neuen Straßen zu sehen. Altendresden war noch eine große Brandbrache, als er erkrankte. Leute aus der Fremde, die sich in der Stadt niederlassen sollten, blieben nahezu aus. Altendresden war zu Klengels Lebzeiten noch weit von einer barocken Bürgerstadt entfernt. Aber die Pläne für eine neue Stadt waren angelegt. Immerhin war die Hauptstraße etwa bis zur Hälfte gediehen. Pöppelmann, der Zwingerbaumeister, wird die Pläne wieder aufnehmen und fortführen. Klengel, der als Begründer des sächsischen Barock gilt, starb am 10. Januar 1691, im 61. Lebensjahr, zu früh, zu jung. Es gehört zur beruflichen Tragik dieses Architekten und Baumeisters, dass seine Dresdner Bauten im linkselbischen Dresden (Ballhaus, Komödienhaus, Schieß- und Reithaus) in den nächsten Jahrzehnten nahezu vollständig neuen Gebäuden weichen mussten. Lediglich die Erhöhung des Hausmannsturms im Dresdner Schloss – wieder auf Klengels Höhe vollendet – erinnert an den Oberlandbaumeister. Und wer dem Architekten weiter begegnen will, der muss die Kapelle im Jagdschloss Moritzburg besuchen und die Burg Stolpen. Dort gibt es ein Tor von ihm.

1704 Bücher brennen

In der Regierungszeit Augusts des Starken geriet der Altmarkt gleich mehrere Male zum Schauplatz von Auseinandersetzungen. 1704 erschien eine kritische Schrift über die zurückliegenden Regierungsjahre des Kurfürsten und polnischen Königs. Ihr Titel: *Portrait de la Cour de Pologne et de Saxe.* Die Schrift erschien anonym. Autor ist wahrscheinlich Friedrich Augusts Kammerherr Johann Friedrich von Wolframsdorff. Er beschuldigte über 30 Mächtige des königlichen und kurfürstlichen Hofs und der Staatsverwaltung der Korruption und des Betrugs. Er belegte, wie sie das Land zu ihrem Vorteil ausplünderten und sich bereicherten.

Friedrich August I. wurde diese Schrift wahrscheinlich zugespielt. Sie belastete auch Personen seines engsten Umkreises und führende Adlige am Hof. Obschon der Kurfürst erkannt haben dürfte, dass diese Schrift nicht ihm, sondern gegen die misslichen Zustände gerichtet war, ließ er sie auf dem Altmarkt öffentlich verbrennen. Es sollte nicht das letzte Mal sein, dass Gedrucktes auf dem Altmarkt in Flammen aufging.

1707 Abriss des Rathauses

Früh brach um das erste Rathaus auf dem Altmarkt Streit aus. Fünf Kurfürsten forderten vom Rat den Abbruch des Gebäudes. Und es geschah Erstaunliches. Der Rat – in großem Gehorsam geübt – wehrte sich, lange Zeit mit Erfolg. 1707 erreichten die Auseinandersetzungen um das Rathaus ihren Höhepunkt. August der Starke forderte kategorisch den Abriss. Laut Johann Christian Hasches *Merkwürdigkeiten* forderte bereits Kurfürst Moritz das Abtragen des Rathausgebäudes. Den Stallhof, wo man hätte Feste feiern können, gab es noch nicht. In der Stadt gab es zu wenig Platz für Feiern, Turniere und Bärenhatzen. Der Altmarkt bot sich dafür an. Aber großen Inszenierungen stand das freistehende Rathaus im Weg. Moritzens früher Tod 1553 ließ das Ansinnen vorerst in Vergessenheit geraten. Der erste Angriff der Wettiner auf Dresdens Rathaus schien erledigt. 1553 übernahm Kurfürst August den Kurhut. Bereits im Folgejahr verlangte er das „Wegbringen" des Rathauses. Der Rat zeigte sich geschmeidig. Er nahm Verhandlungen

Bernard Belotto dit Canaletto pin.
Vue de la Grande Place
de l'Eglis de la S. Croix et la Rue

Bernardo Bellotto, gen. Canaletto. Blick über den Altmarkt auf die Kreuzkirche.

auf, verwies auf die hohen Kosten für einen neuen Bau. Auf einem bestand der Rat: Vom Altmarkt wollte er nicht fort. Grundstücke mussten gefunden werden. Woher sie nehmen? Der Markt war mit Häusern umstellt. Der Rat hätte ein, zwei Häuser erwerben und sie zum Rathaus umbauen müssen. Die Kosten wurden auf zwölf- bis vierzehntausend Gulden veranschlagt. Offenbar schien der Kurfürst wenig geneigt, in seine eigene Tasche zu greifen. Und der Rat gab vor, das Geld nicht zu haben. Erneut wurde nichts aus dem Abriss.

Der Nachfolger des Kurfürsten August Christian I. wollte das Rathaus auch abgerissen sehen. Am Neumarkt sollte ein neues entstehen. Der Rat hatte seine Gegenargumente. Er machte geltend, dass mit diesem Bau „der Bürgschaft in der alten Stadt die Nahrung entzogen" und diese „fast öde" werden würde. Christian ließ nicht locker. Er beauftragte den Zeugmeister Paul Buchner, den Erbauer des Stallhofs, ein Holzmodell für das neue Rathaus anzufertigen. Nun saß der Rat in der Klemme. Er musste zugeben, „dass es von aussen gemeiner Stadt ein herrlich und prächtig Ansehen, auch inwendig sehr schöne und bequeme Gemach geben würde".

Otto Richter schreibt: „Der Kurfürst erbot sich, 4 000 Gulden aus den Einkünften des Leubnitzer Amtes als Beitrag zu den Baukosten sowie 1 000 Stämme und freien Kalk zu bewilligen." Die Sache schien für den Wettiner und gegen den Rat gelaufen. Er ließ das Schloss wissen, dass er bereit sei, das Rathaus nach Buchners Plan auszuführen. Am 9. August wurde der Grundstein für ein neues Rathaus gelegt. Die beigefügte Urkunde berichtete vom ausstehenden Abbruch des Rathauses auf dem Altmarkt. Dies verkündete sie 1591. Christian hatte Pech und der Rat Glück. Der Kurfürst starb am 25. September. Wieder war man den Forderungen entkommen.

Der Rat hatte Zeit gewonnen. Er ließ Christians Nachfolger wissen, dass seine Kassen leer wären. Der Neubau des Kreuzturms hätte zu viel Geld gekostet. Die Verhandlungen zogen sich lange hin. Endlich – fast ein Jahr später – einigte man sich. Der Abriss war passé. 19 Jahre hatte man Ruhe. Christian II. – 1591 zur Macht gekommen – wollte 1610 ebenfalls den Abriss. Diesmal gab der Rat schnell klein bei, hielt aber am Altmarkt fest. Ihm schwebte für das neue Rathaus die Nord- oder Ostseite des Marktes vor.

Quellen berichten, dass mit Hausbesitzern verhandelt worden sei. Zur Höhe der Kosten gibt es keine Hinweise. Offenbar zogen sich die Verhandlungen hin. Und wieder erlöste der Tod den Rat. Christian II. wurde 1611 in den Sarg gelegt. Die folgenden vier Kurfürsten schien das Gebäude nicht zu stören, zumindest sind gegenteilige Äußerungen nicht bekannt. Der Rat hatte knapp 100 Jahre Ruhe. Dann aber wurde es ernst.

1694 war Friedrich August I., später August der Starke genannt, der Kurhut zugefallen. Er erklärte sogleich, sein Dresden zu verändern. Erstrahlen sollte seine Residenz im neuen Bauglanz. Sie sollte sich messen können mit den anderen bedeutenden Residenzen. Mit dem Rathaus auf dem Altmarkt war tatsächlich kein Staat zu machen. Buden und Bänke umgaben das Gebäude. Zahlreiche Anbauten aus verschiedenen Zeiten hatten nicht zur Zierde des Gebäudes beigetragen. Die Garküchen am Eingang zum Ratskeller rochen oft übel.

Am 3. November 1707 ordnete August der Starke den sofortigen Abriss an. Er war von anderem Holz als seine Vorgänger. Wenn es ums Bauen ging, war der junge Kurfürst rigoros. Das Rathaus sollte ins Gewandhaus am Neumarkt übersiedeln. Der Rat wagte keine offene Ablehnung. Aber ins Gewandhaus wollte er nicht ziehen, dies betonte er deutlich. August der Starke schien den Rat nicht unbedingt verärgern zu wollen. Er bot als Zwischenlösung das Beuchlingische Haus an der Ecke des Altmarktes/Schreibergasse an. Der Rat zeigte sich sperrig. Der kurfürstliche Geheime Rat von Hoym fackelte nicht lange. Er ließ die Stadtväter wissen, dass er Soldaten den Befehl zum Abriss erteilen würde. Das war deutlich. Der Dresdner Rat gab nach. Der Abriss begann am 12. Dezember 1707. Der Rat zog in das Beuschlingische Haus an der Ecke der Schreibergasse ein. In den folgenden Jahren gab es Querelen. Der Rat kaufte das gräflich Taubesche Haus an der Ecke Scheffelgasse/Altmarkt. Dort richteten sich die Stadtväter ein. Das Haus eignete sich mehr schlecht denn recht als Rathaus. Der Bauzustand war miserabel. Es regnete hinein. Die Akten verdarben. Die Stadt kaufte das Gasthaus „Zum goldenen Ring“. Es sollte zum Rathaus umgebaut werden. Erneut mischte sich der Kurfürst ein. Ihm missfiel offenbar der Ort. Er befahl das neue Rathaus am Neumarkt zu errichten. Diesmal stellte sich der Rat quer. Das Taubesche Haus wurde notdürftig instandgesetzt, aber es war zu klein.

1733 starb August der Starke. Die Einmischung des Hofes hielt an. Man einigte sich über den Zukauf zweier Häuser. Aber Stadt und Hof hatten die Rechnung ohne den Wirt gemacht. Die Besitzer der Grundstücke, die Gebrüder Döring, weigerten sich zu verkaufen. Die Verhandlungen zogen sich hin. Die Dörings verlangten 12 000 Taler für ihren Besitz. Das wiederum war der Stadt entschieden zu viel. Sie wies das Ansinnen zurück. Schließlich wurde doch noch eine Lösung gefunden. Das Taubesche Haus wurde abgebrochen und das in der Scheffelgasse angrenzende Leopornische Haus erworben, abgetragen und ein neuer Bau ans Rathaus angefügt.

Johann Christoph Knöffel, der Lieblingsarchitekt des Grafen Brühl, entwarf die Pläne zum Neubau, Johann Gottfried Fehre führte sie aus. Die Grundsteinlegung für das Gebäude erfolgte am 18. März 1741. Im Juli 1745 wurde das neue Rathaus bezogen. Damit die Front zum Altmarkt auch repräsentativ wirkte, wurden die Gebrüder Döring gezwungen, die Fassade ihres Hauses dem Rathaus auf eigne Kosten anzupassen. Ihr Haus stieß nämlich an das Rathaus an. 1861 schließlich gaben die Dörings ihren Widerstand auf und verkauften ihr Haus an die Stadt. Damit fand eine lange Geschichte ihren Abschluss.

Das Knöffelsche Rathausgebäude, das 1914 noch einmal erweitert wurde, bestand bis zu seiner Zerstörung 1945. Freilich war es als Rathaus schon lange zuvor zu klein geworden. Dresden war im letzten Drittel des 19. Jahrhunderts zur Großstadt expandiert. Der Bau eines neuen Rathauses wurde dringend. Am Altmarkt allerdings bot sich kein Platz an. Der Darmstädter Architekt Karl Roth gewann den von der Stadt ausgeschriebenen Architekturwettbewerb. Am 29.Mai 1905 legte die Stadt für das neue Rathaus den Grundstein. Eingeweiht wurde das Haus am 1. Oktober 1910. Dresden hatte sich einen bedeutenden Bau geleistet. 98 Meter hoch erhob sich der Rathausturm, geschmückt vom goldenen Rathausmann. Damit überragte er alle Türme der Stadt, ca. sechs Meter das Kuppelkreuz der Frauenkirche. Am Ende triumphierte doch noch das Bürgertum über den Schlossturm und den Klerus. Das neue Rathaus und der Knöffelbau wurden im Februar 1945 schwer getroffen. Die Reste des Knöffelschen Rathauses wurden abgetragen und das neue Rathaus vereinfacht wieder an gleicher Stelle aufgebaut.

1709/1729 Pöppelmanns Zwinger

Große Baukunst in Dresden: der Zwinger. Zwei Begnadete haben ihn gestaltet: Matthäus Daniel Pöppelmann, der Oberlandbaumeister, und Balthasar Permoser, der Bildhauer, der wider die damalige Mode einen Bart trug. Was sie aus Sandstein komponieren, wird Dresden auch morgen zieren.

Pöppelmann kam vermutlich 1680 nach Dresden. Als August der Starke 1694 Kurfürst wurde, war Pöppelmann 24 Jahre alt. 56 Jahre sollte der Herforder in Dresden wirken.

Kurios ist, wie Pöppelmanns bedeutendster Bau, der Zwinger, begonnen wurde. Der Kurfürst besaß für seine exotischen Pflanzen, die er zusammentragen ließ, keine geeignete Unterkunft. 1709 fasste er den Entschluss, die „Orangerie royale de Dresde" im Zwingergarten bauen zu lassen. Er ließ das erste Geld überweisen und beauftragte Pöppelmann mit der Bauausführung. Bald reichten die Pläne weit über eine Orangerie hinaus. Auf dem Papier entstanden Bauträume. Bis zur Elbe wollte Pöppelmann das Terrain gestalten. Gärten sollten entstehen, Museen hinzukommen. Was Pöppelmann vorschlug, sprengte die Enge der Festung und stieß auf den Widerstand der Militärs. Graf Christoph August von Wackerbarth, der oberste Bauherr, und der einflussreiche Minister Jakob Heinrich von Flemming waren nicht bereit, dem Architekten zu folgen. Pöppelmanns Bauideen gerieten in Widerspruch zu damaligen Sicherheitsvorstellungen. Der Zwinger setzte sich über Wälle und Befestigungswerke hinweg. Das wollten sie nicht akzeptieren. Ihnen war die Verteidigung Dresdens wichtiger als architektonische Ambitionen. Kategorisch lehnten sie die Öffnung der Stadt ab. Der König verdoppelte die Bausumme für die Orangerie. Und er stieß ebenso wie Pöppelmann auf die Ablehnung seiner Militärs. Auch ihm, dem Kurfürsten, konnte die Verteidigungsfähigkeit seiner Stadt nicht gleichgültig sein. In Friedrich August I. musste der Bauherr gegen den Soldaten siegen. Und es siegte der Bauherr. In die Wälle wurden Lücken geschlagen. Pöppelmanns Zwinger erzwang ein Stück Öffnung der Stadt, Dresdner Festungsmauern hatten neuen Bauten zu weichen. Das Jahr 1711 wurde zu einer einschneidenden Zäsur für die Orangeriegruppe. Ihr Aufbau wurde beschleunigt.

Pöppelmann ging auf große Reise, nach Frankreich, nach Paris, nach Versailles. Als er zurückkehrte, war er voller Ideen. Und er hatte mit Permoser einen Mann an seiner Seite, der seine Galerien mit großen Figuren schmückte, sie mit den Bauten verschmelzen ließ, als seien sie aus ihnen erwachsen.

Ein Ereignis von europäischem Rang kam den Erbauern des Zwingers zugute. 1718 verlobte sich der Sohn Augusts des Starken mit der Kaisertochter Josepha. Die Hochzeit sollte in Dresden gefeiert werden. Für dieses Fest brauchte der Kurfürst einen repräsentativen Festplatz. Pöppelmann kam auf die Idee, die bisher errichteten Gebäude am Wall spiegelverkehrt auf der Stadtseite zu wiederholen. Somit entstand jene Symmetrie, die dem Bauwerk einen gewissen Abschluss verlieh. Es dürfte Pöppelmanns glücklichste Zeit gewesen sein, die nun begann, auch für Permoser. Der König drängte aufs Tempo, er wollte einen würdigen Festspielplatz für die Hochzeitsfeier. Das Geld floss reichlicher. Sogar im Winter wurde gebaut. August der Starke nahm großen Anteil am Entstehen des Zwingers. Er trieb seinen ersten Baumeister an. Die Hochzeitsfeier war auf den September 1719 festgelegt worden. Pöppelmann war die Eile recht. Zu oft hatte er erlebt, dass sich der Sinn des Königs änderte, dass er sich für anderes erhitzte, Beschlossenes verwarf.

Als die Hochzeit heranrückte, war die Dreiergruppe an der Stadtseite nicht fertig gestellt. Mit Holzbauten wurden die Lücken geschlossen. Und nach der Hochzeit geschah, was Pöppelmann befürchtet hatte. Neue Bauten interessierten den Kurfürsten. Der Baumeister bedrängte den König, forderte Geld. 1723 schließlich wurden neue Mittel bewilligt, sparsam zwar, aber immerhin über Jahre hinweg. Pöppelmann führte sein Werk fort. 1728 schloss er den Zwinger in der Form ab, wie ihn die Nachwelt kennt. 1729 war Pöppelmann 67 Jahre alt. Er ahnte wohl, dass er seine ursprüngliche Idee, den Zwinger bis zur Elbe zu führen, nicht mehr verwirklichen würde. Er ließ seine Schöpfung unter dem Titel „L´ Orangerie Royale de Dresden“ in Kupfer stechen, um seine Ideen der Nachwelt zu erhalten. 1732 wurde der Wallpavillon im Inneren ausgebaut und das Bauen am Zwinger endgültig beendet.

1713 August der Starke erlistet Geld

Kurfürst August der Starke hatte ständig Geldsorgen. 1713 ordnete er an, die Jahresrechnungen der Stadt von seiner Kammer überprüfen zu lassen. Es war aber ein alt verbrieftes Recht, dass dies der Stadt allein zustand. Der Rat reagierte nicht. Bald folgte eine Mahnung. Offenbar hoffte die Kammer, auf diese Weise für den Kurfürsten Geld herauszuschlagen. Schließlich entsandte der Rat zwei Vertreter zum Kurfürsten, der sich nicht in Dresden aufhielt. Der Schacher begann. Der Kurfürst nahm den Befehl zurück. Dafür musste ihm die Stadt 50 000 Gulden zahlen. Die Folge war, dass die Stadtkasse leer war. Das vorgesehene Jahrmarktfest musste in Dresden ausfallen.

1717/1733 Das Japanische Palais

Das Jahr 1715 darf als ein wichtiges Datum in der barocken Baugeschichte Altendresdens bezeichnet werden. Der Gouverneur der Stadt, Jacob Heinrich Graf von Flemming, Kabinettsminister und enger Vertrauter Augusts des Starken, ließ sich im Gartengelände am rechten Elbufer ein Sommerpalais errichten. 1717 war das „Schlösschen", dem zwei eingeschossige Seitenflügel eine gewisse Eleganz verliehen, fertig gestellt. Der holländische Gesandte in Dresden, Harsolde von Craneborg, mietete dieses Gebäude. In den folgenden Jahren bürgerte sich für das „Alt dresdner Hauß" die Bezeichnung Holländisches Palais ein. Es ist müßig, darüber zu spekulieren, was ohne das Holländische Palais aus Altendresden geworden wäre. Fest aber steht, ohne diesen Bauauftakt besäße die Neustadt nicht das spätere Japanische Palais, das neue Bauideen auslösen sollte.

Dominant steht der heutige Vierflügelbau nahe am Fluss, etwas geheimnisvoll und raunend, eine fremde Bauwelt, mit „chinesischen" Dachschwüngen. Und wer erst im Innenhof die 24 großen chinesischen „Lastenträger", die Chinesenhermen, sieht, der spürt die Handschrift ungewöhnlicher Gestaltung und modischer Nachahmung, spürt einen großen Atem, der weit über das Elbtal hinausreichte. Alles Fernöstliche erfuhr in der Zeit des Barock große Bewunderung. (Siehe auch das Berg- und Wasserpalais im Pillnitzer

Schlossgarten.) China, Japan galten als glückselige Länder, auf die es Blumen regnete. Dem barocken Europa schien das Fernöstliche Maßstab bedeutender Baukunst zu sein. Für Altendresden, die heutige westliche Innere Neustadt, begann mit der Errichtung des Japanischen Palais eine aufregende Bauzeit. Sie prägt bis heute ihr Aussehen.

Fritz Löffler beschreibt das Holländische Palais: „Es war in seiner ersten Anlage ein Bau mit Untergeschoß und Obergeschoß von 17 Achsen (Fenstern) in der Länge und vier Achsen in der Tiefe, das von einem Mansarddach abgeschlossen wurde" (*Das alte Dresden,* Seite 142). Das Palais stand gut, nahe am Weißen Tor und am Elbufer mit einigem Abstand zur Stadt. Die Lage muss August dem Starken gefallen haben. Er kaufte den Bau seines Gouverneurs. Der Preis ist nicht bekannt. Zweifellos dürfte Flemming seinen Schnitt gemacht haben. Darin verstand er sich. Bald verwoben sich Ereignisse von europäischem Rang mit der weiteren baulichen Entwicklung des Holländischen Palais.

In der Kaiserstadt Wien betrieben sächsische Diplomaten ein Hochzeitsprojekt. Es sollte die beiden Herrscherhäuser Habsburg und Wettin näher aneinander binden. Der Sohn Friedrich Augusts, der Kurprinz Friedrich August, bewarb sich um die Hand der Kaisertochter Maria Josepha. Dies war der Wunsch Augusts des Starken. Über diese Ehe erhoffte er Erbansprüche auf habsburgische Territorien durchzusetzen. Für das große Vermählungsfest in Dresden benötigte der Kurfürst-König geeignete Festorte. Schließlich wollte er aller Welt seine Bedeutung und seinen Reichtum vorführen. Trotz der langsamen Baufortschritte in der Bürgerstadt Altendresden begann jetzt für das rechtselbische Dresden eine der aufregendsten Bauphasen seiner Geschichte. Bald nach dem Erwerb des Holländischen Palais kam es zu ersten Umbauten. Der Kurfürst hatte Glück. Es befanden sich jene Männer in der Stadt oder wurden gerufen, die seine Vorstellungen verwirklichen konnten, allen voran der aus Herford stammende Matthäus Daniel Pöppelmann. Er hatte lange warten müssen, ehe er zum führenden Baumeister Augusts des Starken aufstieg und Dresden den Zwinger schenkte. Ihm zur Seite stand der Franzose Zacharias Longuelune, der in Paris geboren wurde. Er hatte Berlin den Rücken gekehrt. Friedrich Wilhelm I., der 1713 preußischer König geworden war, brach rigoros mit der Baupolitik Friedrichs I., seines Vaters. Massenweise entließ er Künstler und Architekten. Sparen und die Vergrößerung seiner Armee bestimmten sein Handeln. Bereits zwei Jahre nach dessen Machtübernahme kam Zacharias Longuelune von Berlin nach Dresden. Eosander von Göthe, der am Charlottenburger Schloss und am Berliner Stadtschloss gebaut hatte, wurde auch vom Preußenkönig entlassen. Er traf 1722 in Dresden ein, und der „Berliner Franzose" Jean de Bodt, der dort am Zeughaus und am Potsdamer Stadtschloss gewirkt hatte, arbeitete und lebte ab 1728 in der sächsischen Residenz. So verkehrten sich die Berliner Verhältnisse, die Wende zu preußischem Prügelstock und militärischem Drill, zum Vorteil Dresdens. Diese Männer gestalteten ein ganzes Stück der barocken Dresdner Baugeschichte in der augusteischen Zeit (1694-1763). Vor allem Longuelune und de Bodt wirkten nachhaltig in Altendresden. Vorerst aber wurde im Holländischen Palais 1719 die Hochzeit des Kurprinzen gefeiert.

Kupferstiche berichten über das große Ereignis. Am 10. September 1719 erlebte das Palais das erste Planetenfest. Döring schreibt (*Die neue Königstadt,* Seite 54): „Für die Hoftafel war nach dem Entwurf Longuelunes ein Büfettsalon mit Prunkgerät von Silber und Porzellan aus dem Grünen Gewölbe und der Silberkammer eingerichtet worden." Friedrich August zeigte den Gästen, was er besaß, sein Silber, sein Porzellan, seine Pretiosen. Er war durchaus ein würdiger Schwiegervater, der das Haus Habsburg und seine Gäste zu beeindrucken verstand. Danach waren die Kassen leer und der Schuldenbeutel des Kurfürst-Königs prall gefüllt.

Erst ab 1723 erfolgten mehrere Erweiterungen am Holländischen Palais. Am 9. April 1727 legte der Chef des zivilen und militärischen Bauens Christoph August von Wackerbarth den Grundstein für den straßenseitigen vorderen Flügel des künftigen Japanischen Palais. Oberlandbaumeister Matthäus Daniel Pöppelmann, des Königs erster Planer und Architekt, war zugegen. Ein Chronist berichtete im März 1727: „... ist das Japanische Palais in Alt-Dresden, weil ein Hauptbau in und bey selbigem vorgehen soll, ausgeräumt worden". August dem Starken lag sehr viel an diesem Bau. Im März 1727 schrieb er eigenhändig: „Bei diesem letzten Projekt vor das Alten dreßdner Haus hat es sein Bewenden und ist nach selben zu bauen."

Der Baubeginn verzögerte sich dennoch. Es fehlte Geld. Die entscheidende Umbauphase zum Japanischen Palais in heutiger Gestalt begann erst 1729. Mehrere Architekten waren daran beteiligt, vor allem Pöppelmann und Longuelune, aber auch de Bodt. Den Dresdner Bauhistorikern ist es bis heute nicht gelungen, die jeweiligen Anteile der einzelnen Architekten genau festzustellen und ihre Leistungen abzugrenzen. Das wird wohl auch künftig kaum noch möglich sein. Zu sehr war das Japanische Palais ein Bauwerk mehrerer Architekten. Feststehen dürfte aber, dass die Garten- und Elbfront des Gebäudes Longuelunes Werk ist, die Gestaltung des Innenhofs dürfte wohl von Pöppelmann sein. Den Anteil Longuelunes bestätigen bereits zeitgenössische Berichte. Auf Pöppelmann ruhte die gesamte Last des weiteren Aufbaus von Altendresden, dessen Planung und Ausführung. Nach 1729 entstand der Vierflügelbau mit dem großen Innenhof, dessen Gestalt bis heute unverändert blieb. 1733, im Todesjahr Augusts des Starken, ist das Japanische Palais vollendet.

August der Starke sammelte mit großer Leidenschaft Porzellan. Das fernöstliche und Meissener Porzellan, das ihm Böttger und später andere in seiner Manufaktur auf dem Meißner Burgberg brannten, sollten einen würdigen Ort erhalten. Ihm schwebte das Japanische Palais als prächtiges Porzellanschloss vor. Das Dach sollten farbig glasierte Meissener Porzellanfliesen bedecken. Und: Das Palais sollte viel Raum zum Wirken haben. August der Starke kaufte zwölf Häuser vor dem Palais auf und ließ sie abreißen. Auf diese Weise entstand eine freie Fläche für den künftigen Palaisplatz. Dies hatte bald weiteres Bauen zur Folge.

1726 Die Ermordung Hahns

Hermann Joachim Hahn, Archidiakon an der Kreuzkirche, ließ keine Gelegenheit verstreichen, Katholiken zu konvertieren. So geschah es auch mit Franz Laubler, einem Fleischergesellen. Wie die Quellen berichten, habe Laubler den Übertritt zum ~~Katholizismus~~ gewünscht. Bald darauf bereute Laubler, der offenbar nicht völlig zurechnungsfähig war, seinen Übertritt. Er beschloss, Hahn zu bestrafen, der ihn angeblich zum evangelischen Glauben verführt habe.

Laubler kaufte sich auf dem Neustädter Jahrmarkt ein langes Messer, dazu Nägel und einen langen Strick. Zur Mittagszeit begab er sich zu Hahn. Der ließ ihn arglos eintreten. „Zu ihm ins Zimmer tretend, fragte Laubler den Geistlichen, ob er wisse, was es hieße, ein guter Hirte ließe sein Leben für seine Schafe, und nachdem Hahn dies bejaht hatte, empfing er fünf tödliche Messerstiche, an welchen er am 21. Mai 1726 alsbald verstarb. Mit dem blutigen Messer in der Hand lief Laubler über den Altmarkt, durch die Rosmarin- und Schlossgasse nach der Schlosswache, wo ihn der Regimentsprofos, denn die Kunde von der schrecklichen Tat folgte dem Mörder auf den Fersen, festnehmen und kreuzweise schließen ließ. Laubler küsste seine Fesseln, nannte sie die Bande Jesu und rühmte sich freudig, einen Seelenmörder vernichtet zu haben.“ Die Nachricht löste in der Stadt Empörung und bald Tumulte aus. Schon wurde aufgewiegelt, die Wohnungen der Katholiken niederzubrennen. Alles Übel, alle Schuld wurde ihnen zugewiesen. Hinter dem Mord sah man eine gelenkte Aktion der Katholiken. Die Wut drohte zu eskalieren. Das Leben der katholischen Einwohner war tatsächlich gefährdet. Katholische und evangelische Geistliche wurden unter Schutz gestellt, ihre Häuser bewacht.

Der Generalgouverneur Wackerbarth hielt sich am Mordtag in Sebnitz auf. Als ihn die Nachricht von den Ereignissen erreichte, eilte er sofort nach Dresden. Der Rat, der gerade bei einem Festschmaus saß, rief die Bürgerschaft zu den Waffen. Schließlich gelang es Wackerbarth und dem Superintendenten Löscher, Rat und Bürgerschaft zu beruhigen, nicht aber die aufgebrachte Menge auf dem Altmarkt und am Rathaus. Sie forderte die unverzügliche

Hinrichtung Laublers, den 200 Garnisonssoldaten ins Gefängnis gebracht hatten. Am nächsten Tag kursierten Gerüchte. Es hieß, Katholiken hätten den Geistlichen Funke, der für Hahn eingesprungen war, auf der Kanzel zu erschießen versucht. Wieder eskalierten die Ereignisse. Wackerbarth forderte militärische Verstärkung an. Zwei Regimenter Infanterie und zwei Regimenter Kavallerie besetzten alle wichtigen Plätze und Straßen der Stadt. Kanonen wurden aufgestellt, auch auf dem Altmarkt.

Der Ermordete wurde am 24. Mai unter militärischer Begleitung begraben. Aufwiegler schürten das Feuer weiter. Superintendent Löscher gedachte am 6. Juni in einer Predigt in der Frauenkirche des Ermordeten. Schließlich entschloss sich Wackerbarth, auf dem Altmarkt eine ständige Wache einzurichten. Sie wurde mit 44 Mann Soldaten und vier Kanonen besetzt.

Die Gerichte arbeiteten schnell. Sie hielten Laubler für schuldig. Die Hinrichtung wurde für den 18. Juli 1726 festgesetzt. Vor dem Rathaus auf dem Altmarkt wurde ein fünf Ellen hohes Schafott errichtet. Die ganze Stadt strömte zu diesem Schauspiel, auch aus der Ferne kamen Schaulustige. An die 1 000 Mann Infanterie sicherten die Straßen. Um das Schafott standen 600 Mann Bürgerwehr mit Gewehr. Laubler wurde gerädert. Die Quellen berichten, dass er ohne Reue gestorben sei. Der tote Körper wurde über Altendresden nach dem Sande außerhalb der rechtselbischen Stadt geschleppt und „dort mit Ketten und Nägeln auf's Rad geflochten". Im Gefolge der Tumulte kam es zu einigen Erschießungen. Die Feindschaft zwischen Protestanten und Katholiken brach auch in den nächsten Jahren immer wieder auf, erneut besonders stark, als sich der Sohn Augusts des Starken in Wien zum Katholizismus bekannte. Den Katholiken blieb es noch lange Zeit verboten, Glocken läuten zu lassen und öffentliche Prozessionen durchzuführen. Selbst der Sohn Augusts des Starken ging sehr vorsichtig zu Werke, als er die Katholische Hofkirche erbauen ließ. Erst im Dezember 1806 sicherte der Posener Frieden den Katholiken in Sachsen die gleichberechtigte Religionsausübung zu.

1728/1731 Die „ansehnlichste Brücke in ganz Teutschland“

Friedrich August I. hat mit seinen Dresdnern und den Kirchenmännern oft Streit gehabt, wenn es ums Bauen ging. Das war so, als er den Abbruch des Rathauses auf dem Altmarkt forderte und schließlich durchsetzte; das war so, als er den Befehl erteilte, die nach dem großen Brand in der Inneren Neustadt errichtete Dreikönigskirche abzureißen, weil sie in seine neu angelegte Prachtallee, die Hauptstraße, hineinragte. Ärger gab es auch mit der Dresdner Elbbrücke. Als dem Rat bekannt wurde, dass der Kurfürst sie zu erneuern und umzubauen gedachte, standen die Zeichen wieder auf Sturm. Die Dresdner Stadtväter witterten Ungelegenheiten. Eine neue Brücke, zumal eine prächtige, würde teuer werden, teuer für sie, für die Bürger, für die Stadt. Und dies dachten sie mit Recht! Laut uraltem Gesetz musste die Stadt für solche allgemeinnützigen Bauten aufkommen. Als der Rat mit den möglichen Kosten des Brückenbaus konfrontiert wurde, geriet er in hellen Zorn, ja in Verzweiflung.

Über 49 000 Taler, genau 49 118, sollte die neue Brücke kosten. Der Rat sah sich außerstande, auch nur einen Teil der Bausumme aufzubringen. Noch war die Frauenkirche, die große Summen verschlang, nicht fertig gestellt, noch hatte der Kurfürst für das Gotteshaus keinen Taler beigesteuert. Die Schulden des Rates stiegen. Immer wieder musste das Bauen des Gotteshauses für längere Zeit unterbrochen werden. Es war ausgeschlossen, für die neue Brücke Geld aufzubringen. Der Rat erkühnte sich, er lehnte eine finanzielle Mitbeteiligung am Brückenbau ab.

Dem Kurfürsten war das Nein seiner Sachsen nicht so ungewohnt. Er hatte es in seiner Regierungszeit öfter gehört. Viel Zeit, das spürte er wohl, würde ihm nicht mehr bleiben. Immer häufiger machten ihm Krankheiten zu schaffen. Der Fuß, den er sich in jungen Jahren verletzt hatte, schmerzte ständig. Es gab Zeiten, in denen er sich nur noch mit Mühe bewegen konnte. Er musste sich beeilen, wollte er die neue Brücke schauen, wollte er den Ponte Rialto, den er als junger Mensch in Venedig bewundert hatte, in Dresden haben.

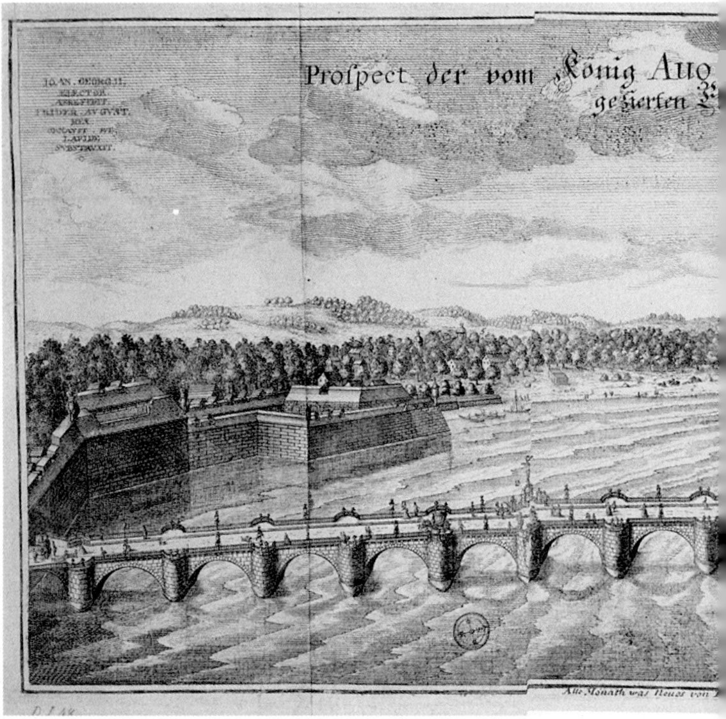

Die alte Brücke, an der immer wieder herumgeflickt worden war, entsprach schon lange nicht mehr den Anforderungen. Sie war zu schmal und zu niedrig. George Bähr, der Ratszimmermeister, hatte bereits 1718 unmissverständlich festgestellt, dass die Brücke zunehmend verfalle und erneuert werden müsse. Der Rat hatte es gehört und auf den lieben Gott vertraut, dass nichts passieren werde.

Im Januar 1727 befahl Friedrich August ihre Erweiterung. Es sollte eine schöne, große, breite Brücke werden. Er schickte Bauleute nach Prag, um das viel gerühmte dortige Brückenwunder über die Moldau zu studieren und zu vermessen. Mit der seinigen wollte er die Prager Karlsbrücke übertreffen. Und er wusste, wer ihm die neue Brücke ent-

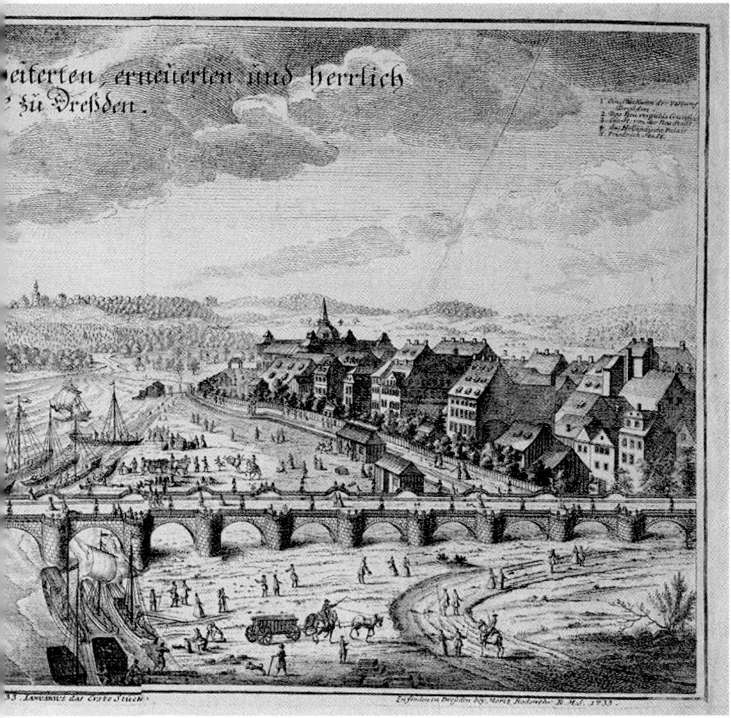

Prospekt der erweiterten Elb-Brücke zu Dresden, Moritz Bodenehr, Kupferstich 1733. Kupferstich-Kabinett.

werfen und ausführen würde, Pöppelmann, sein getreuer Oberlandbaumeister Pöppelmann, hatte schließlich schon einige Brücken im Lande gebaut. Er hat ihn, Friedrich August I., nie enttäuscht. Er hat am Taschenbergpalais mitgewirkt, hat dieses schöne Mittelstück gestaltet, hat ihm den Zwinger gebaut, ja, der Oberlandbaumeister musste ihm die Brücke bauen.

Pöppelmann war inzwischen in die Jahre gekommen, hatte sein 65. Jahr bereits erreicht. Es nutzte nichts, er musste noch einmal ran. Und Pöppelmann machte sich an das Werk. Die Brücke sollte die neue Stadt, die rechts der Elbe entstand, zieren. Er entwarf die Pläne. Breiter sollte sie werden, links und rechts sollte sie Austritte erhalten.

Und höher musste sie werden, damit größere Schiffe unter den Bögen Platz hatten. Er legte links und rechts Fußgängersteige an. Was Pöppelmann entwarf, fand die Zustimmung des Kurfürsten. Und: Der Oberlandbaumeister hatte einen Mann an seiner Seite, der ihn verstand und seine Pläne verwirklichte: Johann Gottfried Fehre, der seit Jahren an der Frauenkirche baute. Der Kurfürst höchstpersönlich bat Fehre, nach dem Modell Pöppelmanns einen Bogen mit Pfeilern auszuführen. Es waren also zwei begnadete Baumeister am Bau der Brücke beteiligt.

Der Widerstand des Rates brachte nichts ein. 1728 begannen die Hofgewerke den Umbau. Der Rat meldete sich noch einmal zu Wort. Er verwahrte sich dagegen, dass ihm nachträglich doch noch die Kosten aufgebürdet würden, und bat, den Umbau mit „größter Vorsicht" (Sparsamkeit) vorzunehmen. Dresdens oberster Bauherr Wackerbarth ließ die Herren wissen: „Der König würde den Vorschuss selbst tragen, man sollte aber dann auf Mittel bedacht sein, wie dieser Vorschuss so nach und nach wieder eingebracht werden könnte."

Die Baugestalt der alten Brücke wurde völlig verändert. In nur sechzehn Monaten reiner Bauzeit wurde Friedrich Augusts Ponte Rialto fertig gestellt. Die mittelalterlichen Aufbauten wurden beseitigt, das „Schöne Tor" abgetragen. Abgerissen wurden auch die Zöllnerwohnung und das Post- und Wärterhaus. 402 Meter betrug die Länge der Brücke, elf Meter breit war sie. Zwei Wagen hatten jetzt nebeneinander Platz, links und rechts gab es Bürgersteige. 48 Laternen schmückten den Bau. In den halbrunden Austritten standen Sitzbänke. Ein schmiedeeisernes Geländer zierte die Brücke. Nur das Kruzifix, das die alte Brücke geschmückt hatte, wurde wieder aufgestellt.

Kaum war die Brücke fertig gestellt, waren alle Vorbehalte vergessen. Die Dresdner fielen in einen großen Jubel ein und feierten das Bauwerk als ein Weltwunder, lobten es „als die stärkste, breiteste, schönste, festeste, ansehnlichste Brücke, von der man mit Recht sagen kann, ... daß sie nunmehr ihresgleichen in Europa nicht finden wird". Der Kurfürst, der in solchen Jubelstunden seine Dresdner gewiss liebte, ließ den Bau der Brücke auf einer Gedenkmünze verewigen. Auf ihr war eingeprägt, dass auch Neptun Friedrich Augusts

Brücke als dessen größtes Meisterwerk anerkennt. Auch Benjamin Gottfried Weinart meint in seiner „Topographischen Geschichte der Stadt Dresden“, die 1777 erschien, dass die Brücke die „ansehnlichste in ganz Teutschland“ sei. Er bewundert die Laternen und schreibt: „Die vortreffliche Ansicht dieser angezündeten Laternen, der unnachahmliche Prospect, hat von je her im Sommer eine Menge Menschen veranlasset, des Abends auf dem in jedem Pfeiler in die Runde gesetzten steinernen Bäncken, worauf achtzehn Personen jeweils bequem sitzen können, mit wollustvollen Vergnügen zu verweilen.“ Interessant ist sein Hinweis: „Und damit niemand im Gehen verhindert werde, ist den 24. Sept. 1729 zum erstenmal die Veranstaltung getroffen worden, daß soll niemand mit Körben und Lasten auf dem Fußsteige gehen darf, als auch jeder auf der einen Seite hinüber, und auf der anderen herüber gehen soll.“

Pöppelmanns Brücke blieb lange Zeit unverändert. 1813 gab Napoleon den Befehl, die Brücke zu sprengen. Der vierte Pfeiler und zwei anstoßende Bögen wurden zerstört. Die Sprengung sollte es den Verbündeten unmöglich machen, in die Altstadt zu gelangen. Es wird ihm nicht viel nutzen. Die Verbündeten besetzten trotzdem die Altstadt. Das große Hochwasser von 1845 drückte einige Pfeiler ein. Sie wurden wieder aufgerichtet. Schließlich genügte Pöppelmanns Brücke dem wachsenden Verkehr im letzten Drittel des 19. Jahrhunderts nicht mehr. Auf ihr war zu wenig Platz für die Pferdebahn, bald für die Straßenbahn. Wieder machte sich eine Erweiterung der Brücke notwendig. Wilhelm Kreis, der Erbauer des Deutschen Hygiene-Museums, nahm sich der Brücke an (1907-1910). Beim Umbau berücksichtigte er charakteristische Elemente des Pöppelmannschen Baus, so zum Beispiel die Austritte. Der Ort des Elbübergangs blieb all die Jahrhunderte unverändert. Damit erinnert die Augustusbrücke bis in unsere Tage an sehr frühe Stadtgeschichte. Unbestritten ist, dass die Augustusbrücke die beiden Städte an der Elbe enger aneinander band und der Stadtentwicklung und dem Handel an beiden Ufern förderlich war.

1728 Der große Aufstieg Knöffels

Noch zu Lebzeiten Augusts des Starken wird Johann Christoph Knöffel 1728 zum Oberlandbaumeister erhoben. Das ist ein bedeutendes Datum für Dresdens Bauentwicklung. Der bevorzugte Architekt des Königs aber blieb Pöppelmann. Mit Knöffel wird ein Großer seines Fachs in Verantwortung gebracht. Ein Glück für Dresdens Stadtentwicklung. Dresdens Unglück ist es, dass die meisten Bauten des Meisters des Dresdner Rokoko abgerissen bzw. 1945 zerstört wurden. Lediglich die Ruine des Kurländer Palais und die Torhäuser vor dem wiederaufgebauten Coselpalais und Wackerbarths Ruhe in den Lößnitzer Weinbergen (allerdings mehrere Male baulich verändert) geben eine leise Ahnung, von welch schlichter Eleganz Knöffels Bauten waren. Knöffels Biografie ist aufregend. Zu Unrecht wurde er oft nur als Rivale George Bährs, des Erbauers der Frauenkirche, dargestellt oder gar als intrigant bezeichnet. Natürlich war er Bährs Kontrahent, natürlich hatte er andere Vorstellungen vom Bau der Frauenkirche. Wahrscheinlich hätte er sie sogar gern selber gebaut. Es ist eingetreten, was immer eintritt. Für zwei Begnadete ist meist kein Platz. Aber Knöffels Gegenentwürfe zum Bährschen Kirchbau führten schließlich zu einer Vervollkommnung der Baugestalt des Bährschen Gotteshauses.

Knöffel stieg aus niederen Verhältnissen auf. Eine sächsische Tellerwäschergeschichte, die es schon lange vor ihrer amerikanischen Erfindung gegeben hat. Maurer hatte er gelernt. Aber er muss sich schon früh ausgezeichnet haben. Denn 1708 ist er bereits als bezahlter Kondukteur im Dresdner Oberbauamt tätig. Da ist er 22 Jahre alt. Matthäus Daniel Pöppelmann fördert ihn. Knöffel schaut dem Meister ab, was er kann, baut aber schließlich ganz anders als der alternde Oberlandbaumeister. Knöffel führt in die Dresdner Baukunst die Lisene ein. Sie tritt als schmaler Wandstreifen aus der Wandfläche senkrecht hervor und gliedert die Fassade, stützt sich aber weder auf eine Basis noch läuft sie in ein Kapitell ein.

Knöffels große Entfaltung begann mit der Regierungszeit Friedrich Augusts II., des Sohnes Augusts des Starken. Brühls Aufstieg zum allmächtigen Minister des Kurfürsten wird für Knöffel schicksalhaft. Knöffel avanciert zum bevorzugten Architekten der Premiers. Ein so enges Verhältnis zwischen Bauherr und Architekt kennt die Architekturgeschichte nicht allzu häufig. Das hat Knöffel gelegentlich den Vorwurf eingebracht, dass er sich hochgedienert hätte. Das ist ebenso falsch wie die oft vorhandene Meinung, dass das barocke Dresden unter August dem Starken ausgeprägt wurde. Sein Sohn war es, der viele Ideen seines Vaters fortsetzte und die begonnene Öffnung, die Befreiung der Stadt aus dem Zwangsgürtel der Festungsmauern ermöglichte. In diesem Licht müssen die Bauten auf der Brühlschen Terrasse gesehen werden.

Nach dem Tode Augusts des Starken war die Stadt zur Elbe vor allem in östlicher Richtung durch den Elbwall abgesperrt. Wie abgehackt lugten die Kirchtürme über die Befestigungsmauern und Wälle. Friedrich August II. – so verfallen er Brühl auch gewesen sein mag – hatte eine glückliche Hand, als er seinem Minister auf den Mauern der Festung Land schenkte. Und Brühl bedankte sich, er ließ bauen. Knöffels große Zeiten begannen. Brühl beauftragte seinen Architekten Knöffel mit kostbaren Bauten.

Zwischen Stallhof und Elbwall entstand Brühls Stadtpalais. Es musste später Paul Wallots Ständehaus weichen. 1739 zeigte sich der Kurfürst wieder sehr gnädig. Er schenkte Brühl das benachbarte Wallstück. Brühl ließ dort einen Garten anlegen. In den folgenden Jahren wurden auf weiteren Wallstücken Gärten angelegt. So verwandelte sich der Wall zwischen der Pöppelmannschen Brücke und der östlichsten Ecke der Stadt in einen großen Garten. Ein Rest davon ist bis heute gegenüber dem Albertinum erhalten geblieben. Bald folgten weitere niedrige einfühlsame Bauten. Dem Stadtpalais fügte Knöffel einen Gartensaal zu. Die Brühlsche Bibliothek und die Galerie wurden nicht kolossal in die Höhe geführt, sondern bekrönten den einstigen Wall. Was da errichtet wurde, war filigran, feingliedrig, war spielerisch, licht, war Dresdner Rokoko, war Spätbarock. Das waren Sternstunden des Bauens. Mit diesen Bauten zeigte die Stadt dem Fluss, dem Elbtal ein völlig neues Gesicht. Vorher von Festungsmauern von der Umgebung und dem Fluss abgesperrt, wirkten nun die Bauten, wirkte die Terrasse in die Elblandschaft, in die andere Stadt am rechten Ufer hinein. Dies ist bis heute zu erleben, auch wenn die Brühlschen Bauten der Kunstakademie und der neubarocken Sekundogenitur zum Opfer gefallen sind.

1731 Streit um Hauptstraße und Dreikönigskirche

1728 erkrankte August der Starke. Die europäischen Höfe rechneten mit seinem Tod. Aber sein Leibarzt Weiß amputierte dem polnischen König auf der Reise nach Warschau die kleine Zehe. Friedrich August, der an Zuckerkrankheit litt, erholte sich wieder. Dennoch deutete einiges darauf hin, dass er seinen baldigen Tod ahnte, dass ihm die noch verbleibende Zeit kostbar erschien. Mit großer Lust wandte er sich noch einmal dem Bauen in seiner sächsischen Residenz zu. Diesmal war es Altendresden, die heutige Innere Neustadt, die eine besondere Bauentwicklung und kurfürstliche Förderung erfuhr, wie es sie nie zuvor gegeben hatte.

August der Starke wurde in den letzten fünf Lebensjahren in der rechtselbischen Stadt zum großen Bauherrn. Laufend ließ er sich „Risse", Entwürfe, nach Warschau bringen, um sie zu begutachten, zu korrigieren und zu bestätigen. Jetzt, gegen Ende des ersten Drittels des 18. Jahrhunderts, verwirklichte er in großem Stil, was er zu Beginn seines Machtantritts 1694 gewollt hatte, er veränderte sein Dresden gründlich. Seit Klengels Tod 1691 waren fast vier Jahrzehnte vergangen. Dessen Pläne, nach dem großen Brand 1685 eine neue Stadt aufzubauen, waren nur sehr langsam vorangekommen. Schließlich kamen sie fast gänzlich zum Erliegen. Selbst die vielen Steuerbefreiungen – die letzte war 1724 abgelaufen – hatten nur wenig bewirkt. Die Altendresdner blieben störrisch und entschlossen sich nur langsam zum Bau steinerner Häuser. Das Werben in der Fremde um Bauwillige brachte auch kaum etwas ein. Nur wenige wollten Dresdner werden.

Die Hauptstraße, die Klengel angelegt hatte, war nördlich der wiederaufgebauten Dreikönigskirche unbebaut geblieben. Das sollte sich ändern. Inzwischen war mit dem Japanischen Palais und dem davor liegenden unbebauten Platz eine neue städtebauliche Situation entstanden. Ihr galt es Rechnung zu tragen. An Fantasie hat es dem Kurfürsten nie gemangelt, wenn es ums Bauen ging. Schon sah er eine neue Straße vom Palaisplatz auf das Schwarze Tor zuführen. Aber noch war es nicht so weit, vorerst wandte er sich der Hauptstraße zu, ließ den alten Pöppelmann Pläne entwerfen. Der Oberlandbaumeister erweiterte Klengels Vorschläge, setzte neue Akzente, legte den Verlauf der neuen Königstraße endgültig fest.

August der Starke ging bei der Verwirklichung seiner Vorstellungen in Altendresden rigoros vor. Die Dreikönigskirche war wieder aufgebaut worden. Sie stand mitten auf der Hauptstraße, die bis zum Schwarzen Tor im Süden führen sollte (heute etwa südlicher Rand des Albertplatzes). Der Kurfürst befahl ihren Abriss. Ein Gotteshaus einer Straße wegen abzureißen war gleichbedeutend mit Frevel, war Gotteslästerung. Schon witterten die Protestanten einen Anschlag der Katholiken und ihres ersten Mannes, des Kurfürsten, der dieser Religion seit 1697 angehörte. Sie hatten es ihm nicht verziehen, dass er ihren Glauben wegen der polnischen Krone so schmählich verraten hatte. Das Verhältnis zwischen Protestanten und Katholiken blieb gespannt, trotz aller Zusicherungen des Kurfürsten, die Religionsfreiheit der Sachsen nicht anzutasten. Die Verlängerung und Neugestaltung der Hauptstraße stieß auf große Probleme. Innerhalb der Wälle gab es keinen Platz für eine neue Kirche, auch für die Kasernen, die er zu bauen beabsichtigte, fehlte Raum. Nur eines war möglich. Der Friedhof im Inneren der Stadt musste als Bauland herhalten, also außerhalb der Mauern verlegt werden. Dies dürfte dem Kurfürsten klar gewesen sein: Friedhof und Kirche – nach dem großen Brand von den Bürgern mühselig aufgebaut – waren den Bewohnern Altendresdens heilig.

Friedrich August lag es fern, sich religiöser Gründe wegen mit den Altdresdner Bürgern und mit den Kirchenmännern zu überwerfen. Bei aller Entschiedenheit ging er vorsichtig zu Werke, beauftragte Wackerbarth, den Chef des Bauens, mit der heiklen Mission. Wackerbarth sondierte das Terrain. Er informierte das kirchliche Oberkonsistorium und den Geheimen Rat über die genauen Absichten des Kurfürsten. Um dem gröbsten Ärger aus dem Weg zu gehen, versprach er den sofortigen Bau einer Interimskirche auf Kosten des Kurfürsten. Als die Pläne bekannt wurden, lief die Bürgerschaft Sturm. Sie war gegen die Verlegung des Friedhofs, gegen eine Interimskirche und gegen den Bau einer neuen Kirche. Sie ermannte sich und ließ dem Kurfürsten sogar mitteilen, dass sie dies nicht wünsche.

August der Starke reagierte unwillig. Er bestand auf der Stilllegung des Friedhofs und der Umbettung der Toten. Er wies der Stadt an der Großenhainer Straße neues Land für einen Friedhof zu. Im Oktober 1731 ließ er die Bürger wissen, dass er zum Bauen auf der Hauptstraße entschlossen sei, und stellte für die Interimskirche 3 000 Taler zur Verfügung. Der Abbruch der alten Kirche begann. Die Altendresdner waren entsetzt. Und ihr oberster Hirte, der Superintendent Valentin Ernst Löscher, protestierte unüberhörbar „gegen die Wegschaffung der Kirche, weil die wiedrigen Religionsverwandten (Katholiken) leicht einen Muth bekommen könnten, in anderen Sachen auf ihrer Hut zu sein und der evangelischen Verfassung allhier Tort (Widerstand) zu thun sich bemühen möchten". Der Kurfürst ließ den ersten Kirchenmann der Stadt gewähren und machte weiter Pläne. Ihm schwebte eine prächtige Straße vor, die Linden schmücken sollten. 1732 begann der Bau der neuen Dreikönigskirche.

1732/1739 Die neue Königsstadt bey Dresden

Der Protest der Altendresdner Bürgerschaft und des Superintendenten der evangelischen Kirche gegen den Abriss der Dreikönigskirche auf der Hauptstraße und die Verlegung des Friedhofs hielt lange an. Die Gemeinde erklärte sich sogar bereit, den Gottesdienst in dem alten Gewandhaus abzuhalten. Sie misstraute dem Kurfürsten Friedrich August I., befürchtete, dass die Interimskirche, deren Errichtung er zu bezahlen versprochen hatte, lange stehen bleiben könnte. Im November 1731 schuf der oberste Bauchef der Stadt Wackerbarth Tatsachen. Er ließ die Baugrube für die Interimskirche ausheben und beauftragte den Oberlandbaumeister Pöppelmann mit den Entwürfen und dem Bauen. Das war wieder nicht im Interesse des Rates. Er wollte seine bürgerlichen Bauleute Johann Gottfried Fehre und George Bähr, die Erbauer der Frauenkirche, einsetzen. Sie erschienen ihm besser geeignet. Vor allem hoffte der Rat, dass sie preisgünstig bauen würden. Oberlandbaumeister Pöppelmann versprach sogar, im Winter bauen zu lassen. Der Kurfürst ließ sich in keiner Weise umstimmen. Längst gingen seine Vorstellungen ins Weite. Niemand sollte ihm seine Pläne verderben, weder das Religionsgezänk noch die Eifersüchteleien unter den Bauleuten. Der Bauplan für ganz Altendresden war vor allem von Pöppelmann erarbeitet worden.

August der Starke bestätigte ihn in Warschau. Er wollte eine neue Stadt. In ihr führte die Hauptstraße, die auch große Allee genannt wurde, auf einen neuen größeren Marktplatz. Mehrgeschossige Häuser sollten ihn umstehen, ein neues Rathaus ihn zieren. Am Brückenaufgang waren zwei repräsentative Gebäude vorgesehen. Und: Den Palaisplatz fassten gewichtige Gebäude ein. Die zweite neue Straße, die Königstraße, führte bis zum Schwarzen Tor. Und die neue Kirche stand zwischen Haupt- und Königstraße, wie heute. 1732 verkündete der Kurfürst einen Erlass. Bauwilligen wurde erneut Steuerbefreiung zugesichert. Er ließ eine Aufforderung in mehreren Städten aushängen, nach Dresden zum Bauen zu kommen. Und er ließ alle Welt wissen, dass er Altendresden in „Zukunft Neue Stadt bey Dresden benennt wissen" wollte. Tatsächlich meldeten sich 1732 elf Personen, die auf der Königstraße zu bauen bereit waren.

Der Bau der Interimskirche schritt schnell voran. Um die Altendresdner nicht noch weiter zu verärgern und ihr Misstrauen zu schüren, stellte er für die Errichtung der neuen Kirche und des neuen Rathauses 50 000 Taler in Aussicht. Die Summe sollte in Raten gezahlt werden. Dies fand nicht den Beifall des Rates. Sofort flammte das alte Misstrauen wieder auf. Außerdem ergaben Kostenvoranschläge, dass das Geld nicht für beide Bauten reichen würde. Wieder kam es zu Querelen. Schließlich erwirkte Wackerbarth beim Kurfürsten die Auszahlung der gesamten 50 000 Taler in einem Zug. Allmählich beruhigten sich die Altendresdner. Am 1. Mai 1732 wurde der Grundstein für die heutige Dreikönigskirche gelegt.

Im Oktober 1732 hielt sich August der Starke wieder einmal in Dresden auf. Er besuchte seine Neue Königsstadt bey Dresden. Was er sah, wird ihn wohl nicht vollends zufrieden gestellt haben. Immerhin, das Japanische Palais war bis zum dritten Geschoss gediehen. An der Dreikönigskirche bauten Fehre und Bähr. Der Rat hatte seine Leute weitgehend durchgesetzt. Die neue Brücke über die Elbe, ein Meisterwerk seines Oberlandbaumeisters Pöppelmann, war fertig gestellt. Es war eine wunderbare Brücke, um die ihn die Welt beneidete. Die „Caserne" nahe am Schwarzen Tor hatte das dritte Geschoss erreicht. Aber August der Starke sah auch die Lücken, das Unfertige.

Vom neuen Rathaus, das er sehr wünschte, und den beiden Gebäuden am Brückenaufgang war noch nichts gediehen. Lediglich der Grundstein war für das erste, rechte Wachgebäude, das spätere Blockhaus, im August gelegt worden. Zacharias Longuelune, dieser Franzose aus Berlin, hatte eine großartige Idee. Er wollte ein Reiterstandbild auf die Spitze des einen Gebäudes stellen, das den Kurfürsten zu Pferde darstellte, und der zweite Bau sollte einen Obelisk tragen. Auch der Palaisplatz lag noch unbebaut. Besonders seine neue Lieblingsstraße, die Königstraße, bereitete ihm Sorgen. Er selbst hatte dort Grundstücke aufgekauft, hatte vorgehabt, selbst schnell zu bauen. Aber dafür hatte ihm das Geld gefehlt. Pöppelmann hatte die Straße entworfen. Ein neues, eigens für die neue Stadt entworfenes Baureglement sollte ihr Aussehen vorschreiben. Pöppelmann entwarf Mustervorlagen zu den Häusern; er legte die Höhe der Gebäude und der Dächer, den Verlauf der Simse und die Farbe der Fassaden fest. Die Straße führte auf das Palais zu, sie sollte diesen Bau erheben, seine Wirkung steigern. Kein Haus auf der Königstraße durfte höher sein als das künftige Porzellanschloss, kein üppiger Zierrat die Bürgerhäuser verschönen. Alles hatte nur dem Palais zu dienen, sollte dessen Wirkung erhöhen. Auch diese Beschränkungen lösten Verärgerung aus.

Die Bauwilligen protestierten gegen die strengen und verbindlichen Vorschriften. Sie wollten die Häuser ein Stockwerk höher bauen. Der so gewonnene Wohnraum sollte einen Teil der Kosten ausgleichen. Obschon der Kurfürst die Grundstücke an Bauwillige sehr günstig vergeben hatte, hielten sich die Bürger mit dem Bauen zurück. Noch stand dort kaum ein Haus. Sicher ahnte Friedrich August, dass es noch einige Jahre dauern würde, ehe seine Königstraße, ehe das neue Rathaus, die Dreikönigskirche, die Gebäude am Brückenaufgang fertig werden würden.

Am 1. Februar 1733 starb der Kurfürst-König im Warschauer Schloss. Zwar war seine neue Königsstadt „bey Dresden" noch lange nicht vollendet, aber er hatte den Grund für ihren Aufbau gelegt. An seinem Sohn, Friedrich August II., war es, die Königstadt zu vollenden. Und er kam dieser Pflicht auch allmählich nach. Im Herbst 1739 wurde die neue Dreikönigskirche geweiht. 1781, 48 Jahre nach dem Tode Augusts des Starken und 18 Jahre nach dem Tode seines

Sohnes, berichtete der Stadtchronist Johann Christoph Hasche, dass jede Seite der Königstraße neun Häuser hätte. Und er hält in einer ersten Beschreibung der Königstraße fest: „Die Königstraße gibt schon eine große Erwartung durch die zwey auf beiden Seiten vorliegenden Gebäude." Die Königstraße wurde nicht bis zum Schwarzen Tor ausgeführt. Sie blieb lange Fragment, bis nach der zweiten Hälfte des 19. Jahrhunderts eine neue große Bauphase einsetzte.

1756/1763 Bomben auf Dresden

War das ein Triumph für den Preußenkönig Friedrich II! Seine Truppen drangen am 9. September 1756 in die sächsische Landeshauptstadt ein. Sie besetzten das Dresdner Schloss, das Zentrum der wettinischen Macht. Friedrich II. traf einen Tag später in der Residenz der Wettiner ein. Sein General Wylich offerierte ihm die Stadt. Fiel Friedrich ein, dass er sich hier an der Elbe 1728 zur Karnevalszeit in die Gräfin Orzelska, die Tochter Augusts des Starken, verliebt hatte? Nun war er der erste Mann in Sachsen, war der Sieger. Lang war es her, dass ihm sein Vater Friedrich Wilhelm I. den sächsischen Kurprinzen als vorbildlich und nacheifernswert hingestellt hatte. Nichts als Verachtung empfand er für den Wettiner, der bei Ausbruch des Siebenjährigen Krieges sofort mit Brühl auf den Königstein geflohen war und sich von dort nach Warschau aufmachte. Friedrich stimmte dem großzügig zu. Was sollte er mit dem Wettiner im Lande. Seine Frau Maria Josepha und der Kurprinz waren in Dresden geblieben. Dies missfiel Friedrich. So etwas brachte immer Ärger. Schließlich mussten gewisse Gepflogenheiten unter den Herrscherhäusern eingehalten werden, sollte nicht allzu viel Skandal entstehen. Und sie machte Scherereien. Maria Josepha soll sich den Preußen im Schloss entgegengestellt haben. Sie wurde gewaltsam beiseite gestoßen, wird erzählt. Vor lauter Gram – heißt es – starb sie im November 1757, im 58. Lebensjahr, völlig überraschend, beweint von den lieben Dresdnern.

Friedrichs erste Aktion galt der Beschlagnahmung des geheimen Staatsarchivs. Ihn interessierten vor allem die außenpolitischen Verträge und die geheimen Abmachungen des Wettiners. Er kannte sich ziemlich gut aus im Archiv. Der Kanzlist Friedrich Wilhelm

Altmarkt während der Beschießung 1760. Gemälde von Johann Christoph Jünger. Stadtmuseum Dresden.

Menzel hatte für ihn spioniert. Die Verträge dienten ihm dann auch zur Rechtfertigung des Überfalls auf Sachsen. Er behauptete, dass Friedrich August II. und Brühl am Ausbruch des Krieges schuld seien. Nach der gewaltsamen Öffnung des Archivs erfolgte die Entlassung der so genannten sächsischen Konferenzminister. Friedrich wies dies selbst an. Eine schlimme Zeit begann. Die Dresdner mussten die Kosten für die Einquartierung der Preußen, also für Betten, Holz, Licht und Verpflegung, selbst aufbringen. Friedrich quartierte sich im Palais Brühl auf der Augustusstraße ein und warf die Bewohnerin, die Frau Brühls, aus ihrem Haus. Deutlicher hätte er seine Verachtung nicht demonstrieren können. Als Friedrich das Palais verließ, fehlten 8 000 Bücher und zwei Statuen im Garten und sechs metallierte Vasen. Schließlich wies er die Frau Brühls aus Sachsen aus. Was sich in Dresden im November 1756 andeutete, wird im Verlaufe des Krieges deutlicher. Friedrich plünderte das Land und führte es an den Rand des Ruins. 1757 forderte er von Dresden 120 000 Taler und 1758 500 000 Taler. Gnadenlos zerstörte der Preußenkönig Brühls Besitzungen auf dem flachen Land wie die Schlösser und Herrenhäuser in Hubertusburg, Nischwitz, Pförten, in Oberlichtenau und Groschwitz. Er ließ das Dresdner Belvedere, einen filigranen Bau, auf der Brühlschen Terrasse beschießen und abtragen. Genüsslich – heißt es – schaute er diesem Akt der Barbarei per Feldstecher vom rechten Elbufer aus zu. Sein Zynismus kannte keine Grenzen, er ließ die Zerstörung in Kupfer stechen und vermeldete, dass er sie befohlen hatte.

Der Krieg eskalierte zum europäischen Großbrand. Preußen sah sich Frankreich, Russland, Habsburg und dem Reich gegenüber. Auf hohenzollernscher Seite stand England. Sachsen wurde wiederholt zum Schauplatz blutiger Kämpfe. Habsburgische Truppen brannten Zittau ab. 1758 wollten österreichische Truppen unter General Leopold Josef Daun das von Preußen besetzte Dresden stürmen. Der preußische Stadtkommandant drohte mit dem Niederbrennen der Vorstädte. Daun zog ab, kehrte aber im November zurück. Der Stadtkommandant machte seine Drohung wahr und zündete die Vorstädte an. Die Pirnaische Vorstadt brannte im November ab. Um die 285 Häuser lagen in Asche. Die Eroberung Dresdens durch habsburgische Truppen misslang. Friedrich II. wollte seine Genugtuung. Er erzwang die Huldigung des Dresdner Rates. 1759 eroberten die Preußengegner Dresden. Friedrichs Soldaten in der Stadt wurde freies Geleit zugesichert.

1760 traf es Dresden am schwersten. Die preußische Belagerung begann am 13. Juli. Etwa 14 000 Verbündete, vor allem Österreicher, aber auch Reichstruppen, die Gegner Preußens, hielten sich in der Stadt auf. Die preußischen Militärs brachten die Artillerie rings um Dresden in wirkungsvolle Stellungen. Am 19. Juli erreichte die Beschießung der inneren Stadt ihren Höhepunkt. 18 Mörser donnerten. 1 400 Bomben fielen allein an diesem Tag auf die Stadt, darunter viele 100 Pfund schwer. Dresden ging in Flammen auf. Kreuzkirche, Annenkirche und viele Häuser am Alt- und am Neumarkt wurden völlig zerstört. Der malende Chronist Bernardo Bellotto hielt auf einigen Blättern den Wahnsinn fest. Makaber ist, dass Friedrich August II., der in Warschau in Sicherheit saß, die Dresdner aufforderte, in der Stadt zu bleiben. Etwa die Hälfte der Gebäude in der Altstadt fielen den Geschossen und dem Feuer zum Opfer: 226 in der inneren Stadt, 374 waren es in der Pirnaischen und Wilsdruffer Vorstadt. Dass die Kuppel der Frauenkirche, auf die bewusst gezielt wurde, hielt, empfanden viele Dresdner als Wunder. Der Große Garten war verwüstet. Am 30. Juli gaben die Preußen die Belagerung auf und zogen sich vor den Österreichern zurück. Ihr Ziel, die kurfürstliche Residenz einzunehmen, war diesmal gescheitert.

Nach dem langen wechselhaften Kriegsgeschehen waren die Truppen der einzelnen Mächte erschöpft, die Kriegskassen leer. 1763 kam es in einem Nebengebäude des Schlosses Hubertusburg – das Hauptschloss hatten preußische Soldaten geplündert und verwüstet – zum Friedensschluss zwischen Österreich, Kursachsen und Brandenburg-Preußen. Berlin wurde der alte Besitzstand bestätigt, Friedrich II. behielt also Schlesien. Brandenburg-Preußen stieg „endgültig in die Reihe der europäischen Großmächte auf". Sachsen hatte wieder einmal auf der falschen Seite gestanden. Das allgemein akzeptierte Urteil am Ende des Siebenjährigen Krieges: „Sachsen wurde in eine außenpolitische Bedeutungslosigkeit entlassen." Das Ziel, den Territorialstaat zu eliminieren, verfehlte Friedrich allerdings.

Kurz nach der Rückkehr aus Warschau starben 1763 Friedrich August II. und Graf Brühl. Mit ihrem Tod endete das von sächsischen

Historikern viel gerühmte augusteische Zeitalter. Die Wettiner verloren die polnische Krone. Das Land war ausgeplündert. Die Staatsschulden Sachsens beliefen sich auf 45 Millionen Taler. Dagegen nahmen sich die Verbindlichkeiten Augusts des Starken bei seinem Tode in Höhe von 4 137 847 Taler fast lächerlich aus. In Dresden, das zu Beginn des Krieges 63 200 Einwohner zählte, lebten 1772 nur noch 54 000 Menschen. Ein Bericht gibt wieder, wie es in Dresden aussah: „Dresden ist nicht mehr ganz vorhanden. Sein Schönstes und Bestes liegt in Asche. Seine größten Paläste und Straßen, wo Kunst und Pracht miteinander um den Vorzug stritten, sind Steinhaufen, ... Die reichsten Einwohner sind arm geworden, denn was ihnen noch das Feuer übrig gelassen hat, hat ihnen der Raub genommen...Wer diese Residenz ehedem in ihrer Zierde und ihrem Flor gesehen, und selbige nun mehr betrachtet, müsste kein menschlich Herz haben, wenn er bei ihrem jetzigen bejammernswerthen Zustande nicht auf die äußerste Art gerührt und zu mitleidigen Tränen bewogen werden sollte" (*Dresden. Geschichte der Stadt,* Seite 102). Treffend zitiert der Dresdner Germanist und großer Kenner der sächsischen Kulturgeschichte Günter Jäckel den Satiriker und sächsischen Finanzbeamten Gottlieb Wilhelm Rabener: „Sagen Sie es auf mein Wort in Warschau, daß uns die Feind zwei Drittel verbrannt und diese Freunde ein Drittel gestohlen haben", heißt es in einem Brief an den Freiherrn Friedrich Wilhelm von Ferber.

1765 Der Turm der Kreuzkirche stürzt ein

Die Katastrophe ereignete sich 1765. Die Kreuzkirche war vom preußischen Bombardement stark zerstört worden. Der Turm aber war stehen geblieben. Die Gemeinde wollte ihn in den neuen Kirchbau integrieren. Daraus wurde nichts. Bei Aufräumarbeiten stürzte der Turm am 22. Juni ein. Menschen kamen nicht zu Schaden. Der Turm musste abgetragen werden. Das kostete eine Menge Geld. 1792 wurde die neue Kirche geweiht. Aber ihr war kein Segen beschieden. Im Februar 1897 zerstörte ein Großfeuer das Gotteshaus.

Bernardo Bellotto, gen. Canaletto, Die Trümmer der ehemaligen Kreuzkirche, 1765. Gemäldegalerie Alte Meister.

1794 Handwerksgesellen proben den Aufstand

1794 war Dresden nahezu wieder aufgebaut. Die Stadt hatte mit 47 576 Einwohnern den Stand von 1756 überschritten. Die Schulden des Staates waren bezahlt. Aber es gärte im Lande. Die Bauern aus Lohmen und Wehlen probten den Aufstand und wandten sich gegen die feudale Auspressung und gegen die Wildplage. Sie vertrieben das Wild von ihren Feldern und schossen es auch ab. Zu einem regelrechten Bauernaufstand kam es in der Gegend um Lommatzsch. Mehr als 50 Dörfer kündigten den Frondienst auf. Der Liebstädter Seiler Christian Benjamin Geißler verfasste aufrührerische Schriften. Er wollte mit 15 000 Bauern auf Dresden marschieren. Dresden zitterte. Die Stadttore wurden verschlossen. Das Militär schlug schließlich alle Erhebungen nieder. Längst überfällige Reformen wurden auch weiter verweigert. Zu Beginn des Jahres 1791 erließ Kurfürst Friedrich

August der Gerechte ein „Mandat wider alle zur Empörung und Aufruhr anstiftenden Schriften".

Auch in Dresden rumorte es. Die Handwerksgesellen wollten die unerträglichen Zustände nicht mehr hinnehmen. Bereits einige Jahre zuvor hatten sie dem Rat der Stadt in einem Brief mitgeteilt, dass man mit fünf, sechs Groschen Tagelohn nicht leben könne. 1794 forderten 3 000 Handwerksgesellen mehr Lohn und bessere Arbeitsbedingungen. Die Regierung zögerte nicht lange. Sie setzte Militär ein. Es kam zu zahlreichen Verhaftungen. Aus einem Bericht geht hervor, dass 249 Gesellen verhört wurden. Die Rechtlosigkeit und Ausbeutung der Gesellen hielten weiter an. Im Juli 1794 verließ der Redakteur der *Neuen Dresdner Merkwürdigkeiten* Georg Friedrich Rebmann, der vorsichtig über die revolutionären Ereignisse in Frankreich berichtet hatte, fluchtartig Dresden. Damit entkam er, der für einen Jakobiner gehalten wurde, der Verhaftung. Er fand im dänischen Altona eine neue Wirkungsstätte. Die Reaktion, die Friedrich August der Gerechte zu verantworten hatte, unterdrückte alle liberalen Bestrebungen in Dresden und auf dem flachen Land. Auch die Schriften des Historikers, Dichters und Politikers Johann Gottlieb Fichte waren weitgehend in Sachsen verboten.

1807 Dresden jubelt Napoleon zu

In der Schlacht bei Jena und Auerstedt unterlagen die Preußen und Sachsen am 14. Oktober 1806 Napoleons Truppen und dessen Verbündeten. Napoleon erwies sich nicht nur als ein Militär von Rang, sondern handelte als kluger Diplomat. Er ließ die 6 000 sächsischen Gefangenen sofort frei. Gleich nach der Niederlage schickte Bonaparte Major Ferdinand von Funck in geheimer Mission nach Dresden. Was der Mann zu übermitteln hatte, war von großer, ja größter Bedeutung. Der Kaiser ließ den sächsischen Kurfürsten wissen, dass er bereit sei, Sachsen als neutral zu betrachten. Ein gut kalkulierter Schachzug. Das Kurfürstentum schied aus der Front der Napoleongegner aus und trat am 11. Dezember dem von Napoleon dominierten Rheinbund bei.

Dresden rückte in den Mittelpunkt des Geschehens. Am 8. Februar 1807 erhob Napoleon den Kurfürsten Friedrich August den Gerechten zum König. Damit gewann der Kaiser einen Mann, der ihm bis zum bitteren Ende dienen sollte. Sachsen wurde Königreich. Der Dienst wurde bereits zu Beginn teuer bezahlt. Eine Kriegsentschädigung von sieben Millionen Talern war an den Sieger zu zahlen. Dazu kamen die Lasten der Einquartierungen und Verpflegungen. Am 17. Juli 1706 zog der Kaiser in Dresden ein. Triumphbögen waren ihm errichtet worden. Dresden jubelte ihm zu. In einer Festschrift hieß es: „Ihm jauchzt ein freies Volk entgegen, / erfleht vom Himmel, Glück und Segen, / es sieht in Ihm den Gideon! / Er lebe zu Europens Glücke! / das Echo hall`erfreut zurücke: Vive! – I Empereur Napoleon!“

1809, 1815, 1829 Die Entfestigung Dresdens

1815. Noch schnürte die Stadtbefestigung Dresden ein. Aber das sollte sich bald ändern. Zwar gab es in der Stadtbefestigung einige Breschen, aber der Grundriss der Stadt hatte sich seit dem Mittelalter kaum verändert. Eng und winklig ging es in der Stadt zu. Tore und Mauern sperrten die Vorstädte ab. Alle Versuche, die Enge zu durchbrechen, waren bisher gescheitert. So auch der Vorschlag des bayrischen Hofarchitekten Francois Cuvillés. Am 20. November 1809 scharrte und dröhnte es in der Stadt. Nahezu 1 000 Fronarbeiter trugen Mauern ab. Wahrscheinlich hatte Napoleon darauf gedrängt. Aber 1812, als wieder um Dresden gekämpft wurde, kam es zum Stillstand der Entfestigung. Mehr noch. Es wurden neue Befestigungsstücke angelegt. 1815 setzte endlich eine umfassende Demolierung ein. Sie lag in den Händen des Hofbaumeisters Gottlieb Friedrich Thormeyer. Er hatte auf Anregung des russischen Gouverneurs Repnin, der die Geschicke Dresdens und Sachsens nach der Niederlage Napoleons in der Völkerschlacht bei Leipzig leitete, die große Freitreppe zur Brühlschen Terrasse angelegt. Thormeyer trieb die Öffnung der Stadt energisch vorwärts. „1829 waren alle Wälle geschleift und die Stadtgräben eingeebnet. Lediglich die Brühlsche Terrasse und der Zwingerwall wurden in das Stadtbild integriert“ (*Dresden. Die Geschichte der Stadt.* Seite 144).

Doch blieben Behinderungen noch mehrere Jahre bestehen. Eine so genannte Akzisemauer, die eine Höhe von fast drei Metern erreichte, behinderte die Ausdehnung von Straßenverläufen. An der Akzisemauer befanden sich die verschläge, in denen die Verbrauchssteuer erhoben wurde. Mit dem Abbruch der Befestigung entstand die Chance, um die Stadt eine Ringstraße zu legen. Sie wurde nicht genutzt. Es mangelte an Geld. Und: Ein Teil der Flächen auf der Stadtbefestigung war im linkselbischen Dresden verkauft worden. Dieser Besitz erwies sich als außerordentlich nachteilig für die weitere städtebauliche Planung. Trotzdem atmete es sich nach 1829 in der Residenz freier. Nunmehr konnte sich die Stadt endlich ausdehnen und mit den Vorstädten verschmelzen. Die Pirnaische Vorstadt, die Seevorstadt und die Wilsdruffer Vorstadt prägten sich aus. Ein schöner Platz gelang Thormeyer in der Neustadt. Nach dem Abbruch des Schwarzen Tores am Ende der Hauptstraße legte er dort den Bautzner Platz an, der später in Albertplatz umbenannt wurde.

1813 Napoleons Pfingsttreffen in Dresden

Gewiss war es grün um Dresden, gewiss blühten die Bäume im Frühling, als Napoleon die Monarchen zu Pfingsten 1812 nach Dresden rief. Alle bedeutenden Männer erschienen, Freunde und Feinde. Und der sächsische König August der Gerechte konnte sich etwas sonnen. Der Kaiser von Österreich kam, der König von Preußen, Fürsten, Herzöge und natürlich Generale. Napoleon feierte seinen Aufbruch nach Russland. Ob die Dresdner begeistert waren, ist nicht bekannt. Wilhelm von Kügelgen, Sohn des ermordeten Malers Gerhard von Kügelgen, berichtete: „Anfang Mai erschien Napoleon selbst und empfing, von zahlreichen anderen Vasallenfürsten umgeben, auch die Besuche seiner hohen Verbündeten ... Die Anwesenheit vieler Kriegsheere erfüllt die Stadt mit kriegerischem Pomp; Glocken und Kanonen spielten zum Empfang der Fürsten auf, großartige Paraden und Manoeuvres unterhielten sie; und bei Nacht erstrahlte die Stadt im Zauberglanze tausendfältiger Lampen ... Dabei lagen alle Häuser voll Militär, das fast in allen Zungen Europas durcheinander lachte, sprach und fluchte“ (Wilhelm Kügelgen, *Jugenderinnerungen*, Seiten 109-110). Nach dem Fest folgte Napoleon seiner „Großen Armee“, die bereits die Grenze nach Russland überschritten hatte. Den

Napoleon und König Friedrich August I. im Dresdner Ostra-Gehege. Gemälde von C. F. S. Trocholdt, 1813. Stadtmuseum Dresden.

Sieg vor Moskau zu feiern, wurde den Dresdnern befohlen. Dann folgte das Fiasko.

Die große Armee gab es nicht mehr. Sie war erfroren, verhungert, in der Beresina beim Flussübergang ertrunken. Von den 21 400 Sachsen, die mit dem Korsen gegen Russland gezogen waren, kehrten die meisten nicht zurück. Der Kaiser traf in einem kleinen Schlitten am 14. Dezember 1812 früh drei Uhr in Dresden ein. Er stieg in der französischen Botschaft ab. Sofort befahl er den sächsischen König zu sich. Der wagte nicht zu zögern und begab sich zu seinem Freund. Am nächsten Tag versicherte ihm der sächsische König schriftlich seine unerschütterliche Treue. Im März 1813 zeigten sich die ersten Kosaken auf dem Weißen Hirsch. Der französische Marschall Davoust ließ am 19. März die Augustusbrücke sprengen. Aber auch dies hielt die Verbündeten nicht mehr auf. Drei Tage

Die alte Augustusbrücke nach der Sprengung am 19. März 1813. Stadtmuseum Dresden.

später nahmen 1 500 Kosaken und Baschkiren die Neustadt ein, am 26. März wurde die Altstadt besetzt. Am 24. April ritten die Sieger Zar Alexander I. und der preußische König Wilhelm III. in Dresden ein. Das Blatt aber sollte sich noch einmal wenden, nachdem die Franzosen bei Großgörschen gesiegt hatten. Der sächsische König war – wie das die Wettiner der jüngeren Zeit meist taten, wenn Gefahr drohte – nach Prag geflüchtet, nicht ohne vorher eine schriftliche Treueerklärung an Napoleon zu hinterlassen. Wahrlich, Dresden hat so manch makaberes Stück in der napoleonischen Zeit erlebt.

Das Ende ist bekannt. Napoleon wurde in der Völkerschlacht bei Leipzig im Oktober 1813 vernichtend geschlagen. Der sächsische König Friedrich August I. hatte bis zum Schluss an der Seite des Korsen gestanden. Er wurde gefangen genommen und auf Schloss Friedrichsfeld festgehalten. Der Preis, den Sachsen zahlen musste, gehört zu den größten Verlusten seiner Geschichte. Im Frieden zu Wien verlor das Königreich rund 58 Prozent seines Staatsterritoriums und 42 Prozent seiner Einwohner. Dresden war politisch bedeutungslos geworden.

Johann Carl August Richter (1785-1853), Ausicht vom Brühlschen Garten gegen Abend. Kupferstich-Kabinett

1813/1814 Öffnung der Gärten

Ausgerechnet ein Fremder sorgte dafür, dass die Dresdner endlich Besitz von den schönen Orten ihrer Stadt nehmen konnten. Nach der Niederlage Napoleons und Sachsens in der Völkerschlacht bei Leipzig wurde der russische General und Diplomat Fürst Nikolai Grigorjewitsch Repnin-Wolkonski von den Verbündeten als Generalgouverneur in Sachsen eingesetzt. Er veranlasste die Öffnung des Brühlschen Gartens und befahl die Freigabe des Großen Gartens für die Allgemeinheit. 1814 begann der Abbau der Mauer um den Großen Garten. Der Generalgouverneur regt auch den Bau der großen Freitreppe zur Brühlschen Terrasse an.

1830 Aufgebrachte Dresdner

An einem Juniabend 1830 erklang in einem Haus auf dem Altmarkt Violinenspiel. Das Fenster war geöffnet. Der Solist spielte einen Gassenhauer. In Dresden feierten die Protestanten die 300. Wiederkehr der Augsburgischen Konfession (Religionsfriede zwischen Katholiken und Protestanten). Vielen Dresdnern erschienen die Feierlichkeiten zu gering, zu klein gehalten. Sie unterstellten dem Stadtrat, dass er zu stark auf die Katholiken Rücksicht nehme, dass die Stadt zu sehr vor dem katholischen Herrscherhaus kusche. Zwar waren die Kuppel der Frauenkirche und der Turm der Kreuzkirche erleuchtet, aber das war vielen Dresdnern zu wenig. Schnell füllte sich der Altmarkt mit Leuten.

Die Dresdner ärgerte, dass die Fenster des Rathauses nicht beleuchtet waren. Auch der Gassenhauer ärgerte sie, sie hielten ihn an diesem Gedenktag für unangemessen. Unmut kam auf. Handwerker und Händler schimpften. Ein Wort gab das andere. Bald flogen die ersten Steine. Die nächtlichen Fassaden des Altmarktes mussten leiden. Die Regierung ließ leichte Infanterie auf dem Altmarkt Stellung beziehen. Ein Ausgehverbot wurde ab 10 Uhr abends befohlen. „Die Stimmung gegen die Regierung und das Königshaus" – so schreibt der Historiker Reiner Groß – „wurde noch gemehrt, als am 8. Juli der Landtag geschlossen wurde, ohne daß die erwarteten Reformmaßnahmen auch nur in Angriff genommen worden waren."

Die beschauliche Zufriedenheit in Dresden ging ihrem Ende entgegen. Dresden wirkte seit langem wie erstarrt und verharrte im Alten. Man spottete über die Residenz. Der preußische Journalist und Satiriker Moritz Gottlieb Saphir wurde 1828 gefragt, was er vor einem bevorstehenden Weltuntergang tun würde. Seine Antwort: „Ich werde einfach nach Dresden gehen, wo dieses Ereignis wie so viele andere auch 30 Jahre später eintreten wird."

Seit Jahren waren in Sachsen bürgerliche Reformen überfällig. Auf der Tagesordnung standen die Abschaffung feudaler Strukturen und größere politische Mitwirkung des Bürgertums, Pressefreiheit, Abschaffung der Zensur, eine Verfassung war notwendig. Das Bürgertum fühlte sich zunehmend gegängelt, beobachtet, Liberale

„Das Polizey-Haus zu Dresden am 10ten September 1830 zwischen 1 u. 2 Uhr nach Mitternacht". Stadtmuseum Dresden.

waren Bespitzelungen ausgesetzt. In einer kritischen Schrift, die nicht veröffentlicht werden durfte, hieß es: „Die Verfassungszustände sind hinter den schnellen Fortschritten der Zivilisation zurückgeblieben."

Der erste sächsische König Friedrich August I. der Napoleonunterstützer, war 1827 mit 77 Jahren gestorben. Die Dresdner hatten auf einen jüngeren Nachfolger gehofft. Vergeblich. Der alte König Anton, der erst als Greis zum Königsthron gekommen war, ließ keine Bereitschaft zu Veränderungen erkennen. Schon sein Machtantritt – er war über 70 Jahre alt – hatte in Sachsen große Enttäuschungen ausgelöst. Selbst Prinz Johann, der spätere König Johann, hatte Gespür genug, um 1827 festzustellen: „ ... man fühlte, daß die Entscheidung weniger von dem guten, alten, mit den Geschäften ganz unbekannten König, als von dem Minister Einsiedel ausgingen, und der Wunsch nach Besserung, welchen die Ehrfurcht vor Friedrich August zurückgehalten hatte, fing im Laufe der Zeit nach und nach an, rege zu werden." Anton war zu Veränderungen unfähig. Alles sollte beim Alten bleiben, und es blieb vorerst beim Alten.

Auch das in Dresden gehasste Einsiedelsche Kabinett, das die Regierungspolitik weitgehend bestimmte, lehnte jede Veränderung ab. Dies brachte das Fass zum Überlaufen. Anfang August trafen die ersten Nachrichten von den Juliereignissen in Paris in Dresden ein, der Wunsch nach Freiheit war nicht mehr zu unterdrücken. Die Unruhen brachen zuerst in Leipzig aus. Dort kam es während eines Polterabends zwischen Schmiedegesellen und Polizei zu einer großen Prügelei, die sehr schnell ausuferte. Schließlich musste der verhasste Leipziger Polizeipräsident zurücktreten. Diese Ereignisse beflügelten. Die revolutionäre Stimmung griff schnell auf Dresden über. Der erste Zorn flammte im Großen Garten am 9. September 1830 auf. Ein Zeuge berichtet: „Letzten Donnerstag den 9. September war ich im Großen Garten, wo Konzert war. Junge Leute verlangten die Marseillaise. Sie ward wiederholt gespielt. Gegen acht gingen wir zurück, und kaum war ich zu Hause, als ein Trupp Menschen, zehn bis fünfzehn höchstens, singend und viva die Pirnaische Gasse herab kamen, ihnen folgte ein Trupp Gassenjungen. Ich ging nach und fand die Straßen voll. Auf einmal kam ein Haufen Gesellen die Wilsdruffer Gasse herab. Gegen neun Uhr war er bis zu etwa einhundertfünfzig Personen angewachsen, welche vor der Polizei (auf der Scheffelstraße) schrien und lärmten. Dann zogen sie vor das Rathaus und brachen von den Buden Stangen los. Auf einmal begann man Fenster einzuwerfen und an die Tore zu donnern. Kein Polizeisoldat oder Militär ließ sich sehen."

Die Unzufriedenen stürmten die beiden Häuser, Akten und Möbel flogen aus den Fenstern. Bald gingen sie auf dem Altmarkt in Flammen auf. Als eine Schützenbrigade gegen die Aufständischen anrückte, wehrte sich das Volk mit Steinen. Schüsse fielen. Die Soldaten zogen sich in die Neustadt zurück. Liegen blieben zwei Handwerksgesellen, durch Bajonettstiche getötet. In einem zeitgenössischen Bericht heißt es: „Da die Ratswächter nichts Gutes ahnten, verschlossen sie das Haustor schnell. So steigen einige verwegene Männer auf Leitern zu dem Balkon (des Rathauses) hinauf, warfen Schriften und Geräte zu den Fenstern hinab, die unten zu einem Haufen aufgetürmt und verbrannt wurden ... Mit noch größerer

Kampflust wurde von einem anderen Haufen das unweit des Rathauses in der Scheffelgasse befindliche Polizeigebäude angegriffen, die Tür gewaltsam erbrochen, die Polizeidiener verjagt und die Verhafteten befreit."

König Anton soll sehr erschüttert gewesen sein, als er von den Tumulten erfuhr. „Ich habe geglaubt", soll er gesagt haben, „daß mein Volk mich liebe; ich habe keinen gekränkt und alles so gelassen, wie es unter meinem Bruder war." Schließlich wurde König Anton gezwungen, Einsiedel, der die Forderungen nach einer Verfassung als „Unsinn" bezeichnete hatte, den Abschied zu geben. Als die sächsischen Truppen aus der Residenz abzogen, beruhigte sich die Lage. Das Kabinett Lindenau und Könneritz übernahm die Regierungsgeschäfte und versprach „tiefgreifende Veränderungen in Verfassung und Verwaltung des Landes". Endlich erhielt Sachsen 1831 eine Verfassung.

1834, 1878 Semper in Dresden

Das war eine glückliche Entscheidung für Dresden. Am 30. September 1834 kam Gottfried Semper auf Empfehlung nach Dresden. Er war als Architekt kaum bekannt. Aber dass ihn Sempers Lehrer, der berühmte Architekt Franz Christian Gau, empfohlen hatte, genügte. Semper, der Griechenland sehr intensiv bereist hatte und also mit der klassischen Kunst vertraut war, wurde zum Professor für Baukunst an der Dresdner Kunstakademie berufen. Damit sollte ein Mann in der Residenz zu wirken beginnen, der bald zu den führenden europäischen Architekten zählen und die Architekturausbildung in Dresden nach seinen Vorstellungen gestalten wird.

Dresden hatte zu dieser Zeit kaum bedeutende neue Architektur aufzuweisen. Bereits im März 1834 stellte der Abgeordnete Christian Gottlob Eisenstuck im Sächsischen Landtag fest, wie Heidrun Laudel in *Dresdner Hefte* 75, Seite 3 zu Tage gefördert hat: „Seit Jahrzehnten (ist man) nicht im Stande (gewesen), einen guten Bau zu führen. Um nicht gänzlich zurückzubleiben, müsse die Architektur einen Umschwung nehmen." Der Mann lebte in der Stadt, der dafür sorgen würde. Zwar wurde aus seinem Forumplan, der zwischen Zwinger und Elbe entstehen sollte, nichts. Aber er baute die Synagoge, die

Die von Gottfried Semper gebaute Oper brennt am 21. September 1869 ab. Stadtmuseum Dresden.

Galerie Neue Meister, das Opernhaus. All das half ihm nichts. Nach dem Maiaufstand 1849 musste er aus Dresden fliehen, auch Richard Wagner entkam. Michail Alexandrowitsch Bakunin, einer der Führer des Aufstandes, wurde gefasst, auf den Königstein gebracht und bald darauf von der Reaktion nach Moskau ausgeliefert. Dresden hatte bedeutende Geister verloren. Die Reaktion richtete sich wieder ein. Und das Großbürgertum genoss den Frieden, der kurze Zeit in Frage gestellt worden war. Es störte nicht, dass Semper als Hochverräter galt und steckbrieflich gesucht wurde. Er wird es Hof und Staat nicht vergessen, dass er zum Kriminellen und „ Demokrat I. Klasse" gestempelt wurde. Selbst im hohen Alter sieht er mit Verbitterung auf die Dresdner Zeit zurück.

1869 geschah Entsetzliches. Sempers Hoftheater, das in der Welt der Architektur für Aufsehen gesorgt hatte, brannte ab. 1841 war es vollendet worden. Bald nach dem Brand wurden Stimmen laut, die ein neues Opernhaus forderten. Es geschah etwas Außergewöhnliches. Das sich selbst genügende Dresden wünschte, dass das zweite Opernhaus wieder von Semper erbaut wird. König Johann, ein kunstverständiger Monarch, gab den Forderungen nach. Er beauftragte 1870

Gottfried Semper, ein neues Opernhaus zu entwerfen. Semper kam der Aufforderung nach. Aber nicht er, sondern sein Sohn Manfred führte den Bau aus. Die Einweihung des zweiten Hoftheaters fand 1878 mit Goethes Schauspiel „Torquato Tasso“ und Webers „Jubelouvertüre“ statt. Dresden war um ein bedeutendes Bauwerk im Stile der Neorenaissance reicher. Nach dem Urteil eines Zeitgenossen „zog der Zuschauerraum jeden in den Bann und war von wahrhaft ethischer Stimmung“.

1837, 1880
Schokolade, Korn und blauer Dunst

Am 5. März 1863 gaben die Dresdner Sicherheitspolizeibehörde und der Stadtrat bekannt, dass „... neuerdings der Branntweinschank am hiesigen Orte in bedauerlicher Weise zugenommen hat“. Die Behörde drohte Geldstrafe und Gefängnis an, falls ohne Konzession gebrannt und verkauft würde. Dresden war zur Hochburg hochprozentigen Schnapses geworden. Dafür stand vor allem der Name Bramsch. 1837 übernahm Ludwig Bramsch eine bereits bestehende Fabrik. Unter ihm stieg das Unternehmen zum bedeutendsten Branntwein- und Spirituosenproduzenten Mitteldeutschlands auf. Bramsch gelang die Reinigung des Kornspiritus von Fuselölen. Damit verbesserte sich die Qualität und Verträglichkeit. „Allerfeinster Korn“, auch „1866er“ genannt, erhöhte die „Genussrate“ nicht nur in Dresden.

Zuvor hatte Dresden für süße Aufregungen gesorgt. Der aus Hasserode im Harz stammende Kaufmann Christoph Gottfried Heinrich Jordan und der Hannoveraner August Friedrich Christian Timaeus gründeten die Schokoladenfabrik Jordan & Timaeus in Dresden. 1839 boten sie zum ersten Mal Milchschokolade an, „zu 1 Thaler per Pfund“. Auch hier ein beispielloser Aufstieg. Um 1850 arbeiteten bei Jordan & Timaeus etwa 200 Arbeitskräfte, meist Frauen. Nach der Reichsgründung stieg die Sucht auf Schokolade. Weitere Unternehmen kamen in Dresden hinzu. Kakao, Schokolade, Marzipan, Waffeln, Zuckerwaren lieferte Dresden weit in die deutschen Lande. Um die Jahrhundertwende nahm Dresden den ersten Platz in der deutschen Schokoladenindustrie ein.

Ebenso spektakulär war die Begründung der Zigarettenindustrie. Blauer Dunst aus Dresden wurde zum begehrten Markenzeichen. Am Anfang dieser beispiellosen Entwicklung stand der Petersburger Zigarettenfabrikant Baron Josef Michael von Hupmann-Valbella. Aus seiner Dresdner Gründung ging die weltberühmte „Compagnie Laferne" hervor. Der erste Betrieb produzierte auf der Ostra-Allee. Anfangs unterwiesen Russen die einheimischen Arbeiterinnen in der Fertigung der Papirossy. Das Rauchen von Zigaretten nahm nach dem deutsch-französischen Krieg 1870/71 sprunghaft zu. Der Rohtabak wurde aus Hamburg geliefert oder kam per Bahn über Triest, Wien nach Dresden. Noch heute klingen Kennern die Fabriknamen im Ohr: „Sulima", „Georg A. Jasmatzi", „Delphi", „Xanthi". Die Statistik sagt aus: 1880 befanden sich von 33 Zigarettenfabriken in Deutschland 21 in Dresden. Die Gesamtproduktion betrug etwa 187 Millionen Stück. Davon kamen rund 102 Millionen aus Dresden. Der Erfolg der Dresdner Zigarettenindustrie sollte in einem spektakulären und heftig umstrittenen Bau Ausdruck finden, in der Tabak- und Zigarettenfabrik Yenidze mit der rubinrot leuchtenden Kuppel und dem Minarett-Schornstein. Und: Die Dresdner Kamera- und Photoindustrie erlangte Weltrang. Das Fabrikgebäude der Ernemann-Werke an der Schandauer Straße kündet noch heute von der Bedeutung dieses Industriezweiges.

Der impressionistische Maler Robert Sterl hat Heinrich Ernemann gemalt, einen stolzen Mann mit weißem Spitzbart, die Rechte lässig in die Hosentasche geschoben, schaut er aus dem Bild. Ein vortreffliches Porträt, das einen der erfolgreichsten Unternehmer der Albertzeit darstellt. Der Mann, als uneheliches Kind geboren, wuchs in ärmlichen Verhältnissen auf. In Dresden startete er mit einer Schnittwerkstatt. Seinem Wirken ist es zu verdanken, dass Dresden gegen Ende des 19. Jahrhunderts zum führenden Standort der fotografischen Industrie wurde.

Das noch um Mitte 1850 verschlafen wirkende Rentier-Dresden holte gegenüber Chemnitz und Leipzig nach 1870 auf. Die Stadt avancierte zum führenden deutschen Zentrum der Nahrungs- und Genussmittelindustrie mit etwa 20 000 Beschäftigten. Diesen Produkten folgte der dafür notwendige Maschinenbau. Industrieimperien, die Rang und Klang bekommen sollten, waren bald in

Dresden zu Hause, das Siemenssche Glaswerk, das keramische Unternehmen Villeroy & Boch, die Küchenmöbel- und Haushaltwaren-Fabriken Eschebach, die Schreib- und Nähmaschinenproduktion Seidel & Naumann. Der Bau des König-Albert-Hafens machte Dresden zur Hafenstadt. Eine gescheite Stadtplanung und das Ortsgesetz von 1878 verhinderten, dass sich überall Industrie ansiedeln durfte. Qualmende Schornsteine mitten in der Stadt, wie in Chemnitz, hatten in der Residenz keine Chance. Die Industrie siedelte sich vor allem im Westen an, entlang der Bahngleise, in Cotta, Pieschen und später im Norden der Stadt. Diese Entwicklung legte den Grund für Dresdens Aufstieg zur bedeutenden Metropole im deutschen Kaiserreich.

1839 Erste deutsche Lokomotive „Saxonia“

Das war ein Ereignis, das in die deutsche Technikgeschichte einging: Am 8. April 1839 begann das Eisenbahn-Zeitalter in Dresden, in Sachsen. König und Ehrengäste bestiegen einen Zug, der sie nach

Bahnhof der Leipzig-Dresdner Eisenbahn. Stadtmuseum Dresden.

Die „Saxonia", die erste in Deutschland gebaute Lokomotive, 1838.

Leipzig bringen sollte. Die Lokomotiven freilich, die Wagen und Herrschaften beförderten, waren aus England geliefert worden. Darauf konnte man sich verlassen, glaubte man. Drei Festzüge eilten nach Leipzig, von vielen argwöhnisch beobachtet. Denn es ging die Mär, dass das schnelle Fahren der Gesundheit schaden würde. Mit der festlichen Fahrt war die Dresden-Leipziger Eisenbahn, die erste Ferneisenbahn Deutschlands, eröffnet.

Dem offiziellen Festzug fuhr eine dritte Lokomotive hinterher, die „Saxonia", die erste deutsche Dampflokomotive. Und auf ihrem Führerstand stand der Ingenieur und Techniker, der die Lokomotive in der Maschinenbauanstalt Übigau gebaut hatte, der Vogtländer Johann Andreas Schubert. Zuvor war er an der Konstruktion des Personendampfers „Königin Maria“ beteiligt gewesen. Es war das erste sächsische Seitenrad-Dampfschiff, das in Betrieb ging (Sommer 1837). Bis zum Schluss hatte die englische Konkurrenz Schuberts Fahrt zu verhindern versucht. Der Absatz englischer Produkte sollte nicht unterlaufen werden. Die Maschinenbauanstalt befand sich auf dem Gelände des Schlosses Übigau. Sie ging später in Konkurs. Freilich, erfunden hat der Vogtländer Schubert, Lehrer an der Technischen Bildungsanstalt, der Vorläuferin der Technischen Universität Dresden, die Lokomotive nicht. Sehr gründlich hatte er sich zuvor in englischen Werkstätten umgeschaut und den dortigen Lokomotivbau studiert. Schubert baute seine „Saxonia“ dem englischen Vorbild, der „Komet“, nach. Aber das war damals so üblich. Bereits 1838 hatte Schubert die ersten vielversprechenden Probefahrten unternommen. Allzu gern hätte er einen offiziellen Festzug von der „Saxonia“ ziehen lassen. Das aber verwehrten ihm das Königshaus und die Ministerien. Die „Saxonia“ war bis 1845 in Betrieb, 1858 wurde sie verschrottet. Ein verkleinertes Modell kann im Dresdener Verkehrsmuseum betrachtet werden.

3. bis 9. Mai 1849
Preußische Füsiliere beenden Maiaufstand

Um die Jahreswende 1848/1849 schien in Dresden alles seinen gewohnten Gang zu gehen, obschon in der Frankfurter Paulskirche die Nationalversammlung tagte. Weder das Haus Wettin, noch die Regierung, noch die Stadtväter ließen erkennen, dass sie zu notwendigen Reformen bereit seien. Nahezu arrogant überhörten sie die Forderungen der Bürger nach Demokratie. Am besten, es blieb alles beim Alten. In der großen Politik hatte Sachsen ohnehin kaum noch etwas zu bestimmen. Die Leipziger Ereignisse von 1848 waren überstanden. Also konnte man sich in der Residenz der Wettiner aufs Festhalten der hergebrachten Ordnung konzentrieren. Dies sollte nicht so ganz aufgehen.

1849 kommt es zu einem tragischen Kapitel in der sächsischen Geschichte. Der Dauergegner Sachsens wird zum Verbündeten des sächsischen Königshauses. Mehr noch, es offenbart sich eine große Geistes- und Seelengemeinschaft der beiden Herrscherhäuser. Prinz Johann, der Danteverehrer und spätere König Johann, schrieb: „Wollte Gott, daß jetzt in Dresden an allen vier Ecken die Geschütze krachten, und der Kampf sich wuthentbrannt durch die Straßen walzte, es wäre dies wahrhaftig besser, als daß ... der Abschaum der Volkskräfte sich im Ständehaus im curulischen Sessel bläht." Königshaus und adelige Regierung waren im Mai 1849 nicht mehr Herr der Lage. König Friedrich August II. und Außenminister von Beust riefen heimlich preußische Truppen ins Land, um den Maiaufstand niederzuschlagen. Als dies am 2. Mai bekannt wurde, reagierten die Dresdner Demokraten. Sie bildeten einen Tag später einen „Landesverteidigungsausschuss gegen fremde Truppen". Der Landesausschuss und die Dresdner Kommunalgarde forderten den König auf, der in Frankfurt am Main erarbeiteten Reichsverfassung zuzustimmen.

Die Frankfurter Nationalversammlung hatte eine gemäßigte liberale Reichsverfassung beschlossen. 32 Abgeordnete boten dem preußischen König Friedrich Wilhelm IV. im April 1849 die Kaiserkrone an. Der Hohenzoller lehnte die Krone und die Reichsverfassung ab. König August von Hannover ließ er wissen: Die Krone sei keine Krone, „wohl aber ein Hundehalsband, mit dem man mich an die Revolution von 48 ketten will". Und König Friedrich August II. teilte er mit: „Ihr Könige usw. sollt mich wählen, nicht die Paulskirche." Der Wettiner hatte nichts Eiligeres zu tun, als Preußen zu folgen. Er lehnte die Reichverfassung ebenfalls ab und verbot die Veröffentlichung ihres Inhalts, obwohl sich die beiden Kammern nachdrücklich für die Reichsverfassung ausgesprochen hatten. Bar jeden politischen Instinkts löste Friedrich August II. den Landtag auf.

All das brachte das Fass zum Überlaufen. Das Zeughaus wurde gestürmt, um sich Waffen zu holen. Das sächsische Militär schoss in die Menschenmenge. Die ersten Toten blieben liegen. In kürzester Zeit entstanden in der Innenstadt über 100 Barrikaden. Dazu wurden auch 34 königliche Hof-, Rüst- und Reisewagen sowie Galakutschen verwendet. Bedeutende Künstler stellten sich in den Dienst des Aufstandes. Der Architekt der Königlichen Hofoper Gottfried Semper baute Barrikaden, Richard Wagner beobachtete vom Balkon des Rathauses aus die Bewegungen der Gegner und ermunterte die Revolutionäre.

Mai-Aufstand 1849. Aufständische auf dem Altmarkt.

Der Musikdirektor August Röckel, die berühmte Sängerin Wilhelmine Schröder-Devrient unterstützten die Kämpfenden.

Am 4. Mai flüchtete König Friedrich August II. in aller Frühe mit seiner Familie und den Ministern auf den Königstein. Im Dresdner Rathaus bildete sich am Vormittag eine provisorische Regierung. Das preußische Militär langte mit der Eisenbahn in Dresden an. Am 5. Mai tobten erbitterte Straßenkämpfe. Rund 5 000 schwer bewaffnete sächsische und preußische Soldaten gingen gegen rund 3 000 Barrikadenkämpfer vor. Die Preußen – rund 2 200 Mann stark – hatten den Auftrag, „jeden bewaffneten Gegner niederzumachen". Im Schloss hatten sich die Truppen der Regierung festgesetzt. Der Versuch, das Schloss einzunehmen, misslang. Die erfahrene Kampfesführung setzte sich allmählich durch. In den Morgenstunden des 9. Mai war der Kampf entschieden. Ein Teil der bewaffneten Revolutionäre zog nach Freiberg ab. Morgens wehten weiße Fahnen in der Stadt. Die sächsisch-preußische Gewaltallianz hatte gesiegt. Die

Barrikadenkampf in der Frauengasse am 7. Mai 1849.

neuen preußischen Zündnadelgewehre hatten sich als überlegen erwiesen.

Am 10. Juni nahm Friedrich August II. in Pillnitz eine Truppenmusterung der sächsisch-preußischen Kämpfer vor. Preußische Füsiliere marschierten an ihm vorbei. Es war eine der seltenen Stunden in der langen Geschichte der sächsisch-preußischen Rivalität, dass preußisches Militär einem sächsischen König Ehre erbot. Und er durfte dankbar sein. Mit ihrer Hilfe hatte er seine Macht gerettet. Am 18. Juli kehrte das preußische Militär mit der Bahn nach Berlin zurück. Wagner, Semper und anderen war die Flucht gelungen. Semper wurde über Jahre als „Haupträdelsführer" steckbrieflich gesucht. In Dresden wurde der Kriegszustand verhängt. Allen politischen Klubs und Vereinen wurde jede Tätigkeit untersagt, eine scharfe Zensur der Presse eingeführt. Der Aufstand war gescheitert und endete in einer Fülle von Hochverratsprozessen. Heinrich Heine dichtete im fernen Paris, schon vom Tod gezeichnet: „Es muss der Held nach altem Brauch – den tierisch rohen Mächten unterliegen." Und am Anfang des Gedichts „Im Oktober 1849" heißt es:

„Gelegt hat sich der starke Wind / Und wieder stiller wird´s daheime, / Germania, das große Kind. / Erfreut sich wieder seiner Weihnachtsbäume."

1871-1900 Metropole im deutschen Reich

Es dauerte, ehe in Dresden bürgerlicher Repräsentationswille stärker in Bauten sichtbar wurde. Bis etwa 1870 prägten höfische Gebäude das Innere der Stadt, der Stallhof, die Hofkirche, Sempers zweite Hofoper, die Gemäldegalerie, das Schloss, das Taschenbergpalais und andere Adelsbauten. Nicht einmal die Ständevertretung hatte es zu einem eigenen Haus von Rang gebracht. Das Finanzministerium saß sehr beengt am Schlossplatz 1 im Fürstenbergschen Haus. Das bürgerliche Bauen erschöpfte sich zumeist in Villen und Wohnhäusern. Das sollte sich nach 1870 ändern. Dresden erreichte nach Renaissance und Barock in der Albertzeit seine dritte große Bauphase. Sie sollte die Residenz entscheidend prägen. Regierung und Stadt avancierten zum Bauherrn. Die Entwicklung zur Großstadt und der wirtschaftliche Aufschwung des Landes erzwangen vor allem neue Verwaltungs- und Regierungsbauten. Aber die Situation war prekär. Im historischen Stadtzentrum gab es keinen Platz für neue Gebäude. Also wurde in die Neustadt ans Neustädter Ufer ausgewichen.

1887 fand der Wettbewerb zum Bau eines neuen Finanzministeriums statt, 1894 war das Gebäude zwischen Carola- und Augustusbrücke am Neustädter Elbufer ausgeführt und im Beisein König Alberts und der Königin Carola eingeweiht worden. Das imposante Gebäude – auch heute Sitz des Finanzministers – mit der langen Front und dem kunstvoll gestalteten Giebel aus Majolikaplatten war ein großer Auftakt bürgerlichen Bauens. Im gleichen Jahr waren die Kunstakademie und das Ausstellungsgebäude an der Brühlschen Terrasse fertig gestellt. Ab 1900 erfolgte die Errichtung des Gesamtministeriums, Sitz der Staatsregierung. Und im rechtselbischen Dresden kam es zu einer Aufsehen erregenden Entscheidung. Mit dem Auszug des Finanzministeriums aus dem Fürstenbergschen Haus stand das Gebäude zur Verfügung. 1899 wurde es abgebrochen. Damit war Baufreiheit für das erste Ständehaus geschaffen. Und: Das

Albertinum, das die Neuen Meister beherbergt, ging aus dem kompletten Umbau des einstigen Zeughauses hervor. Es nahm die Skulpturensammlung und das Staatsarchiv auf.

Dresden, Pirnaischer Platz.

Inzwischen war Dresden weiter expandiert. Eine große Baulust erfasste die alte Residenz. Längst war Elbflorenz über die Vorstädte hinausgewachsen. Die Prager Straße war zur prächtigen Einkaufs- und

Das neue Rathaus.

Vergnügungsstraße mit Kaffees, Kinos, Varietés avanciert, die König-Johann-Straße, eine Verlängerung der Wilsdruffer Straße zum Pirnaischen Platz, lockte mit vornehmen Geschäften, der Post- und der Pirnaische Platz erhielten großstädtisches Gepräge. Dresden konnte im Bautempo mit den anderen großen sächsische Städten Leipzig, Chemnitz mithalten. Freilich, Berlin lief allen deutschen Städten an Größe und Ausdehnung den Rang ab. Auch in der Altstadt kamen große Bauten hinzu, die Oberpostdirektion an der Annenstraße, das erste Landgericht 1878 an der Pillnitzer Straße/Sachsenplatz, das weitgehend erhalten blieb. Und: In der Neustadt entstand die Albertstadt, die größte Kasernenstadt Deutschlands.

1875 lebten in Dresden 200 000 Einwohner, 1895 waren es ca. 350 000 und 1905 genau 516 996. Der Stadtbau drang weit ins Land hinaus. Dresden wuchs vor allem anfangs in Richtung Osten. Zwischen dem Großen Garten und der Elbe wurde die Johannstadt

Blick auf die Altstadt. Gemälde von F. W. Leuteritz, 1865. Stadtmuseum.

zum bevölkerungsreichsten Stadtteil. In Löbtau und Cotta setzte eine rege Bautätigkeit ein. Jetzt entstanden die ausgedehnten Gründerquartiere in geschlossener Bebauung in der Äußeren Neustadt. Neue Brücken wurden über die Elbe gelegt, die Carola- und die Albertbrücke, das Blaue Wunder, die zweite Marienbrücke. Neue Gebäude entstanden für die Technische Hochschule. Die Stadt fand mit dem imposanten Hauptbahnhof und dem Neustädter Bahnhof ihre wesentliche Ausprägung. Sie blieb bis zu ihrer Zerstörung 1945 weitgehend unverändert.

Dresden war um die Jahrhundertwende zu einer bedeutenden Metropole im Deutschen Reich geworden. Als gar dem Rathausturm, der nicht höher als 100 Meter sein durfte, der Rathausmann aufgesetzt wurde, war der Hausmannsturm des Schlosses um einige Meter übertroffen. Dresdens Residenzbürgertum begab sich auf den Weg, vom Hof mündig zu werden.

1883/1901 Großer Umbau des Schlosses

Mit der Residenz der Wettiner war im letzten Drittel des 19. Jahrhunderts nicht mehr allzu viel Staat zu machen. Das alte Renaissanceschloss war in den zurückliegenden Jahrzehnten verbaut worden, die angrenzenden Gebäude waren baufällig. Längst hatte das Schloss das Mansarddach und die Renaissancegiebel eingebüßt. Ein niedriges Geschoss war draufgesetzt worden und verunstaltete die Proportionen. Landeskonservator Heinrich Magirius i. R. schreibt, dass das Schloss mehr einer Kaserne glich als einer repräsentativen Residenz. Lediglich im Inneren hatte es einige bauliche Veränderungen im Zeitstil gegeben.

Die unter Kurfürst Moritz glanzvoll umgestaltete Vierflügelanlage schien von den Wettinern immer weniger geliebt zu werden. Im Sommer zog der Hof ins Schloss Pillnitz, in den Schatten des Borsbergs. Königin Carola, die ohnehin mit dem höfischen Protokoll ihre Schwierigkeiten hatte, hielt sich gern in ihrer Villa in Strehlen auf. Das Schloss verlor an politischer Bedeutung. Nur noch zu großen Anlässen erstrahlte es im hellen Licht. König Albert wandte dem Schloss eine gewisse Aufmerksamkeit zu. Im Inneren entstand ein neuer prächtiger Spiegelsaal, 1882 kam ein Ballsaal hinzu. Durchaus von Gewicht war die Restaurierung der beiden arg verfallenen Wendelsteine aus der Zeit der Renaissance im Großen Schlosshof.

Das Jahr 1889 brachte ein Datum von Bedeutung mit sich. Dem Haus Wettin stand das 800-jährige Bestehen seiner Dynastie bevor. Der Anblick des Schlosses entsprach aber in keiner Weise diesem Ereignis. Und nun geschah etwas Rührendes, ja Traditionsbewusstes. Die sächsischen Landesstände nahmen sich des Schlosses an. Sie genehmigten drei Millionen Mark zu dessen Erneuerung. Drei Millionen Mark legten die Wettiner hinzu. Diese Summe hatten sie für den Verkauf des Brühlschen Palais erhalten. Die Erneuerung sollte zum größten Umbau der Residenz seit der Renaissance führen. Eine eigens dafür eingesetzte Baukommission beauftragte Hofbaumeister Gustav Dunger und bald auch Hofbauinspektor Gustav Frölich mit der Erneuerung des Schlosses. Sie setzt 1883 ein. Südlich des Baus auf der Seite zum Taschenberg fielen fünf alte Bürgerhäuser der Spitzhacke zum Opfer. Ein völlig neuer Flügel, der

Südflügel, kam „Am Taschenberg“ als Verwaltungsgebäude hinzu. Das Schloss erhielt eine neue Fassade. Es entstand jene Anlage, die heute bereits an drei Seiten wieder aufgebaut ist, mit den Renaissance-Ziergiebeln, den Ecktürmen, dem Erker an der Ostfassade. Im Großen Schlosshof kam es ebenfalls zu Veränderungen. Die alte Loggia (Bogenhalle) am Nordflügel wurde abgetragen und durch einen verglasten Gang ersetzt. Die Baumeister bestimmten das originale Torhaus aus der Spätrenaissance im Osten zum Haupteingang und bekrönten es mit einem Giebel. Die beiden Löwen, die den Eingang bewachen, sind Großplastiken des ausgehenden 19. Jahrhunderts. Zur achthundertjährigen Jubelfeier des Hauses Wettin traf sich der europäische Großadel in Dresden. Auch der deutsche Kaiser, dem Albert bereitwillig diente, war zugegen. Der Schlossumbau zog sich hin. Über 18 Jahre wurde gebaut. Der Landtag gewährte 1899 noch einmal beträchtliche Mittel. Schließlich wurde der Umbau 1901 beendet.

Das Bauen im Schlossareal beschränkte sich nicht nur auf das alte Schloss. Der Georgenbau, seit alters her privater Wohnsitz der sächsischen Kurfürsten und Könige, erhielt die heutige Baugestalt mit dem hohen kupferbedeckten turmartigen Dachreiter. Und auf der Brühlschen Terrasse entstand die filigrane neubarocke Sekundogenitur. Mit dem neuen Schlossensemble bekam das historische Stadtzentrum nach Zwinger, Kathedrale, Sempergalerie und Opernhaus jenes Gesicht, das Dresden bis zur Zerstörung 1945 prägte. Kurios ist: Nicht König Albert war der eigentliche Bauherr, sondern die Ständeversammlung aus Adel und Bürgertum. „So wurde das Residenzschloss des späten Historismus“, schreibt Schlosskenner Dirk Syndram, „im beginnenden 20. Jahrhundert dann auch zu einem in sich abgeschlossenen Monument der sächsischen Geschichte.“

1901/1907 Paul Wallot baut Ständehaus

Um den Sitz des Sächsischen Landtags stand es gegen Ende des 19. Jahrhunderts nicht zum Besten. Er befand sich im Landhausgebäude (heute Stadtmuseum). Schon lange waren dort die räumlichen Verhältnisse unbefriedigend, der Zustand des Baus selbst war unerfreulich. Es gab mehrere Pläne, das Gebäude für die beiden Kammern des Sächsischen Landtags umzugestalten, es zu vergrößern. Sie scheiterten meist am fehlenden Geld, selbst als es 1890/91 vorhanden war, kam nichts Gescheites heraus. Schließlich fasste die Regierung einen Neubau ins Auge. Aber in der dicht bebauten historischen Altstadt gab es keinen Platz zum Bauen.

1895 hatten helle Köpfe eine Idee. Das Finanzministerium zog aus dem Palais Fürstenberg am Schlossplatz/Ecke Augustusstraße aus, das benachbarte Brühlsche Palais stand nach dem Tode der Witwe König Johanns, die dort gewohnt hatte, nahezu leer. Riss man die beiden Gebäude und das benachbarte Charonsche Haus ab, dann gab es genügend Raum zum Bauen. Das Problem: Brühls Palais gehörte dem Königshaus. Verhandlungen über den Verkauf des Grundstücks begannen. Die Wettiner hatten es damit nicht eilig. Sie wussten, was ihr Besitz wert war, und pokerten hoch.

Der Tod spielte im April 1894 Schicksal. Constantin Lipsius, der Erbauer der Kunstakademie und dort Professor, starb. Damit war der Stuhl der Architekturprofessur verwaist. Und wieder gab es eine aufregende Fügung. Cornelius Gurlitt, der hochangesehene Kunsthistoriker und Professor für Baukunst, war mit Paul Wallot befreundet. Wallot war kein Unbekannter. Als Architekt des Berliner Reichstags war er hochgeschätzt. Gar Ruhm kratzte an seiner Tür. Gurlitt holte den Reichstags-Architekten nach Dresden an die Kunstakademie. Wallot wusste zu überzeugen. Er erhielt den Auftrag, die Pläne für ein neues Landtagsgebäude auszuarbeiten. Ursprünglich wollte das Finanzministerium das Brühlsche Palais erhalten sehen, es sollte lediglich erweitert und vergrößert werden. Dies war nicht nach dem Geschmack Wallots. Bald kam es zu heftigen Auseinandersetzungen. Abriss oder nicht? Schließlich fiel die Entscheidung: Abriss. Inzwischen war der Streit zu einer ganz anderen Frage entbrannt. Die Presse und andere griffen den Berliner an. Wallot, dem das Bauareal für sein Gebäude zu klein erschien, wollte ein Stück Bau land von der Brühlschen Terrasse abzwacken. Das sich selbst liebende Dresden schrie auf. Keinen Meter von der Brühlschen Terrasse für den Landtag! Feuer und Schande dem Architekten. Dresden war nicht Berlin, war nicht wilhelminisch. Bitte keine Protzbauten an der Elbe! Das Land und das Königshaus einigten sich nach zähen Verhandlungen. Die königliche Zivilliste erhielt für Gebäude und Grundstück 1, 9 Millionen Mark (unterschiedliche Zahlenangaben, auch drei Millionen werden angegeben). Kein schlechter Preis. 1897 erfolgte der offizielle Kauf. Danach vergingen drei Jahre im Streit. 1900 erfolgte der Abbruch des Brühlschen und des Fürstenbergschen Palais und des Charonschen Hauses.

Wallot hatte eine schwierige städtebauliche Aufgabe zu lösen. Das künftige Gebäude stand im Schatten der Hofkirche und des Residenzschlosses, wies mit der Stirnseite zum Schloss- und Theaterplatz. Es sollte sich achtungsvoll einfügen, aber seine eigene moderne Architektursprache betonen. Wallot rang in mehreren Entwürfen um die Baugestalt. Der letzte Entwurf ließ die Brühlsche Terrasse unbehelligt. Eifersüchteleien in den beiden Kammern des Landtags führten zu zusätzlichen Schwierigkeiten. Mal sah die Erste, mal die Zweite Kammer ihre Bauvorstellungen und Erwartungen zu wenig berücksichtigt. 1901 schließlich begann der Bau des sächsischen Landtagsgebäudes.

Wallot holte sich den damals fast noch unbekannten Wilhelm Kreis, den späteren Architekten der neuen Augustusbrücke und des Deutschen Hygiene-Museums, als Assistenten ins Büro. Im Winter 1905/1906 sollte das Landtagsgebäude fertig gestellt sein. Daraus wurde nichts. Niedrigwasser auf der Elbe verzögerte das Bauen. Der Sandstein aus der Sächsischen Schweiz kam nicht an. Die Zimmerleute streikten. Erst nach sechs Jahren Bauzeit war es soweit. Am 14. Oktober 1907 wurde das Haus dem Landtag übergeben. Etwas Ungewöhnliches war geschehen. Die Kosten betrugen 4 248 000 Mark, 182 000 Mark weniger als veranschlagt. Die heutigen Sanierungskosten hingegen belaufen sich auf rund 55 Millionen Euro.

1904, 1918 Das Ende der Monarchie

Nach König Alberts Tod, aber insbesondere gegen Ende des Ersten Weltkriegs, wurde es immer deutlicher, dass die Monarchie als zeitgemäße Form der Gesellschaftsgestaltung versagte. Auch das Haus Wettin machte da keine Ausnahme. Das bestehende Erbfolgegesetz trug das Übrige dazu bei. Im Oktober 1904 starb der greise König Georg, der bereits zu Lebzeiten als der Grämliche bezeichnet wurde. Er war erst mit 70 Jahren zum Thron gelangt. Sein Kommentar dazu klingt fast ironisch, das war aber gewiss nicht beabsichtigt: „Nachdem ich lange gewartet habe, bin ich doch ans Ziel gelangt."

Als er am Ziel war, stand es mit Sachsen schon länger nicht mehr zum Besten. Die Residenz war in Tradition erstarrt. Der Gardeoffizier Arnold Vieth von Golßenau, der spätere Schriftsteller Ludwig Renn, sprach aus eigener Anschauung von „einer entsetzlichen Öde" am Dresdner Hof. In den Zeremonien sah er „Reste prähistorischer Anschauungen". Der Französischlehrer der Prinzen hält fest: „Alles war aufs Genaueste bis ins Kleinste geregelt. Man musste sich strikt danach richten und konnte davon nicht abweichen, selbst dann nicht, wenn alle Welt von der Absonderlichkeit dieser oder jener Vorschrift überzeugt war." Und im „Charaktergemälde von Dresden" heißt es: „Wer ein Freund von Schwitzen und von Langweile ist, dem rate ich, unsere Hofbälle zu besuchen. Ich würde, seit ich dies einmal angesehen habe, einen jeden für meinen Todfeind erklären, welcher mir noch öfter den Eintritt dorthin verschaffen würde." Bliebe all dies nur auf den Hof beschränkt, dann hätte man das noch hinnehmen können. Aber auch für die Entwicklungen im Land brachte der starrsinnige Greis kein Verständnis auf. Es sollte alles beim Alten bleiben. Georg durfte sich nur zwei Jahre an seiner Königswürde erfreuen. Es lag an seinem Sohn Friedrich August III., dem Land neuen Schwung zu geben. Darauf war er vorbereitet worden. Viel Spielraum zur großen Gestaltung blieb ihm ohnehin nicht. Die Eingliederung des Königreiches Sachsen in das Deutsche Reich verminderte seine Selbstständigkeit. Längst traf Heinrich Treitschkes Wort, dass das deutsche Kaiserreich „mehr ein Schein als eine Wirklichkeit" war, nicht mehr zu. Preußen dominierte das übrige Deutschland, Kaiser Wilhelm II. schwang sich zum Regenten auf, nicht zum Vorteil Deutschlands. Die Politik wurde in Berlin gemacht. Dort befand

Gruß aus Dresden bei Nacht um 1900.

sich das Zentrum der Macht. Dennoch: Das Land Sachsen schrie nach Veränderungen.

Friedrich August, der zwei Jahre Staats- und Rechtswissenschaften an den Universitäten Straßburg und Leipzig studiert hatte, erklärte bei seinem Regierungsantritt, was man gewiss gern von ihm hörte. „Es wird mein stetes Bestreben sein, des Landes und des Volkes Wohl zu fördern, und jeden, auch den letzten meiner Untertanen, glücklich und zufrieden zu machen." Schöne Worte. Sie sind immer richtig und werden nie erfüllt. Dennoch: Die Sachsen schauten hoffnungsvoll nach Dresden. Umso größer war ihre Enttäuschung. Sie folgte nur sechs Wochen später. Der König verkündete vor dem Landtag, „die Regierung im Geiste des Verewigten fortzuführen". Selbst den verhassten erzkonservativen Innenminister Karl Georg Levin Graf Metzsch-Reichenbach beließ er im Amt. Er hatte erfolgreich mit König Georg gegen alle Neuerungen gesteuert. Die meisten Historiker sind sich einig: „Als vorwärts drängender Geist präsentierte sich der neue König ganz gewiss nicht" (W. Fellmann). Im Urteil seiner näheren Umgebung fehlte es nicht an Eindeutigkeit: Er sei „ein lauterer Mann, vermeide aber um seiner Ruhe willen tunlichst Konflikte, schiebe alles gern auf die lange Bank". Dies würde nicht ohne Folgen bleiben. Die Konflikte häuften sich zusehends.

Sachsen stand vor großen Problemen. Die Sozialdemokraten waren in der Zweiten Kammer des Landtags vertreten, ab 1893 sogar mit 14 Abgeordneten. Sie forderten die Einführung des gleichen, allgemeinen und direkten Wahlrechts für alle Staatsangehörigen, auch für die Frauen: ab vollendetem 21. Lebensjahr. Dies war ganz und gar nicht im Sinne der konservativen, ja man muss sagen: reaktionären sächsischen Regierung. Sie legte ein Gegengesetz vor und brachte es im Landtag durch. „Sachsen verfügte damit wohl über das undemokratischste Wahlsystem in Deutschland" (Reiner Groß). Auf diese Weise gelang es, die Sozialdemokraten aus der Zweiten Kammer zu drängen. Dennoch vermochten sie sich gegen den preußisch-deutschen Obrigkeitsstaat zu profilieren. Erster großer Höhepunkt der Auseinandersetzungen war der Crimmitzschauer Textilarbeiterstreik im August 1903. Rund 8 000 Fabrik- und 1 500 Heimarbeiter legten die Arbeit nieder. Über Crimmitzschau wurde der Belagerungszustand verhängt. Eine deutschlandweite Solidaritätsbewegung setzte ein. Über eine Million Mark wurde für die Streikkasse gespendet. Schließlich wurde der Streik abgewürgt. Die Streikbewegung setzte sich in den nächsten Jahren bis zum Ausbruch des Ersten Weltkrieges fort. 1906 gab es allein in Sachsen 311 Streiks.

Diese Entwicklungen wurden von König Friedrich August III. kaum zur Kenntnis genommen. Er hatte andere Sorgen. Ihm war seine Frau, Luise von Toscana, davongelaufen. Sie hatte es am Dresdner Hof nicht mehr ausgehalten. Der Hof ließ offiziell mitteilen, sie sei „in einem anscheinend krankhaften Zustande seelischer Erregung" abgereist. Als nach dem Tode Georgs der Luisenkult im Lande zunahm, hatte die Staatsbürokratie alle Hände voll zu tun, diese Überschwänge zu unterdrücken. Sie zog die Luisenbildnisse, die tausendfach zum Verkauf angeboten wurden, ohne Entschädigung der Drucker und Verkäufer ein. Und sie verwies Luise, die 1904, zwei Tage vor Heiligabend, heimlich nach Dresden gereist war, des Landes. Sie hatte ihre Kinder sehen wollen. Ansonsten ließ Friedrich August die Dinge laufen, wie sie die Regierung laufen ließ. Lieber ging er auf Jagd und fuhr täglich aus, begleitet von seiner bigotten Schwester Mathilde, die in Sachsen sehr unbeliebt war. Sie war

Palais de danse im Tivoli um 1900

im Schloss sitzen geblieben und fühlte sich nach Luises Flucht als erste Dame des Hauses.

Der König und die Regierung griffen immer weniger in die wirtschaftliche Entwicklung ein. Solange nichts Bedrohliches geschah, hielten sie zumeist still. Das hatte auch etwas Gutes. Der Gewerbefreiheit und der industriellen Entwicklung wurden kaum Hindernisse in den Weg gelegt. Plauen, Zwickau, Chemnitz, Leipzig, Dresden expandierten zu Großstädten. Dem Land war anzusehen, dass es wirtschaftlich prosperierte. Der sichtbarste Ausdruck dafür: Dresden, Leipzig und Chemnitz leisteten sich neue Rathäuser. In Leipzig wuchs ein neues Gewandhaus empor, in Dresden das neue Theatergebäude am Zwinger. In Chemnitz entstand ein neues Opernhaus. Chemnitz entwickelte sich – neben dem preußischen Ruhrgebiet – zum führenden Industriezentrum des wilhelminischen Deutschlands. Sein Maschinenbau errang Weltruf, die Hartmannlokomotiven eilten über das sächsische Schienennetz und anderswo. Musik, Theater, Oper gelangten besonders in Leipzig und Dresden, aber auch in Chemnitz zu hohem Ansehen.

Diese Prosperität konnte schon länger nicht mehr dem Wirken oder der Weisheit des Königshauses zugeschrieben werden. Die gestaltende Kraft war dem Hause Wettin abhanden gekommen. Dennoch muss etwas scheinbar Belangloses hervorgehoben werden. 1913 wurde in Leipzig das Völkerschlachtdenkmal eingeweiht. Kaiser Wilhelm II. und Friedrich August waren selbstverständlich zugegen. Sicher kein allzu erfreulicher Tag für den Wettiner. Erinnerte das Denkmal doch auch daran, dass Sachsen 1813 bis zum bitteren Ende auf der falschen Seite, an der Seite Napoleons, gestanden hatte und dafür mit großen Landverlusten büßen musste. Die sehr kurze Rede des sächsischen Königs wurde von den Korrespondenten als nichtssagend eingestuft. Walter Fellmann verweist aber auf einen Umstand, der ein anderes Licht wirft. Im Kaiserreich herrschte seit langem Kriegshysterie, aber Friedrich August III. erwähnte mit keinem Wort den „Erbfeind" Frankreich, den es zu schlagen galt. Wenn dies eine Haltung war, dann alle Hochachtung, aber sie wird Friedrich August nicht vor strikter Gefolgschaft und Nibelungentreue dem Kaiser gegenüber bewahren. Sachsen beteiligte sich dann auch kräftig an der Aufrüstung. Als der Krieg ausbrach, befand sich Friedrich August im Urlaub. Er kehrte sofort nach Dresden zurück. Seine erste wichtige Tat zu Kriegsbeginn. Er telegrafierte am 2. August 1914 an den Kaiser: „Es drängt mich, Dir zu sagen, daß meine Sachsen Dir kriegsbereit zujubeln." Damit war er der erste unter den deutschen Fürsten, der bedingungslos dem Krieg zustimmte.

Der Erste Weltkrieg beendete jäh die prosperierende Entwicklung in Sachsen. Als das wilhelminische Kaiserreich kapitulierte, nahte das Ende der Monarchie auch in Sachsen heran. Am 30. Oktober 1918 tagte der neu gebildete Staatsrat in Dresden. Für Friedrich August schien die Uhr – wie gewohnt – weiterzulaufen. Er war auf Fasanenjagd. Auch am 2. November ritt er morgens durch die Heide. Am 6. November wurde es ernst in Sachsen. In der Großenhainer Fliegerkaserne bildete sich ein Soldatenrat. Aber Friedrich August fuhr auch am 8. November mit seiner Schwester Mathilde in die Heide. Als er zurückkehrte, erfuhr er von den Unruhen in Berlin und in seinem geliebten Dresden. Er soll gesagt haben: „Ich hawe den Leiten nischt gedahn, und die duhn mir ooch nischt." Aber er korrigierte sich schnell. Um 20 Uhr verließ er heimlich das Schloss, begleitet von seiner Tochter Margaretha. Er floh nach Moritzburg. Schließlich zog er sich ins Preußische auf Schloss Gutenborn bei Ruland zurück. Dort verzichtete er am 13. November 1918 auf den Thron.

Die Verzichtserklärung war in Dresden im Gesamtministerium vorbereitet worden. Der Überbringer des Schreibens, der Politiker Rudolf Heinze, der die letzte königliche Regierung leitete, berichtet: „Ich musste im Auftrage des Staatsministeriums die schwere Aufgabe übernehmen, Seine Majestät aufzusuchen und ihn zu verständigen, daß das Ministerium seinen Rücktritt für unausweichlich halte ... Der König forderte mich auf, Platz zu nehmen, und nachdem er meinen Vortrag angehört hatte, antwortete er nicht sogleich. Er legte die Arme auf den Tisch und den Kopf darauf. Nachdem er längere Zeit so verharrt hatte, unterzeichnete er das vorgelegte Schriftstück schweigend" (nach W. Fellmann, *Sachsens Könige*, Seite 216).

Eines kann nicht hoch genug bewertet werden. Blut floss im November in Dresden – wie in München und Berlin – nicht. Friedrich August III. hatte zu Beginn der Novemberunruhen seinen Offizieren die Waffenanwendung verboten. So ruhten die Waffen im Königreich. Er trat – wenn auch erzwungen – ohne Widerstand von der politischen Bühne ab. Dass er gesagt haben soll: „Machd doch eiern Drägg alleene", gehört ins Reich der Legende. Friedrich August hat diesen Satz, solange er lebte, stets bestritten.

1933/1939
Blutbad im Keglerheim, Bücher brennen

Januar 1933 nahm die gereizte Stimmung in Dresden zu. 112 000 Menschen, etwa jeder vierte Einwohner der Stadt, waren arbeitslos. Deutschland selbst hatte über sechs Millionen Arbeitslose. Dies nutzten die Nazis zu ihren Gunsten. Am 25. Januar fand in Dresdens Innenstadt eine große Demonstration gegen Faschismus und Krieg statt. Versuche der Polizei, diese Kundgebung zu sprengen, schlugen fehl. Im Anschluss der großen Kundgebung fand im Keglerheim in der Friedrichstraße 22, einem ehemaligen Ball- und Konzerthaus, eine Versammlung statt. Der Saal war überfüllt. Die Versammlung war vom Kampfbund gegen den Faschismus organisiert worden. Die Polizei befahl die Auflösung. Proteste folgten. Die Polizei, den Nazis schon sehr

ergeben, schoss in die wehrlose Menge. Neun Tote und zwölf Schwerverletzte waren zu beklagen. Am 30. Januar ergriff Hitler die Macht, er wurde Reichskanzler. Die Landtagssitzung am 31. Januar bestätigte das Versagen der Dresdner Polizei, konnte aber die näheren Umstände nicht klären. Die Toten wurden auf dem Johannisfriedhof in Tolkewitz beigesetzt. Der Sprach- und Literaturwissenschaftler Viktor

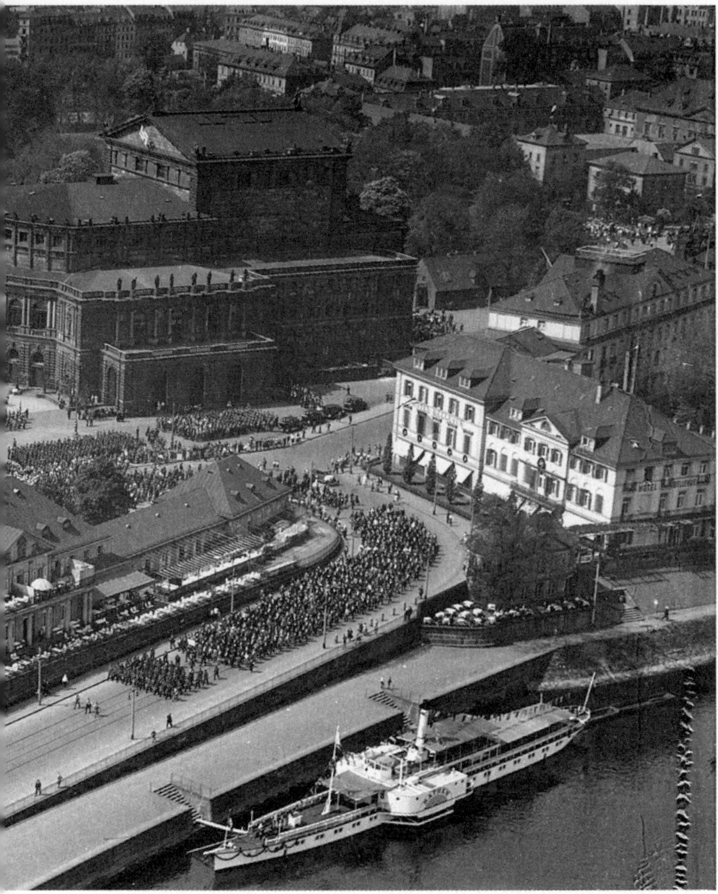

Adolf-Hitler-Platz (Theaterplatz) bei der Kundgebung am 1. Mai 1934.

Klemperer, TU-Professor, 1935 von den Nazis entlassen, hielt in seinem Tagebuch fest: „Freitag Abend. 30. Januar: Hitler Kanzler. Was ich bis zum Wahlsonntag, 5. 3. Terror nannte, war mildes Prélude. Jetzt wiederholt sich haargenau, nur mit anderen Vorzeichen, mit Hakenkreuz die Sache von 1918. Wieder ist erstaunlich, wie wehrlos alles zusammenbricht ... Und alle Gegenkräfte wie vom Erdboden verschwunden."

Als eine der ersten Maßnahmen lösten die Nazis den Sächsischen Landtag auf, verboten Parteien und Gewerkschaften. Fritz Busch, Generalmusikdirektor und Leiter der Oper, den die Dresdner verehrten, wurde aus der Oper gedrängt. Er hatte sich geweigert, jüdische Künstler zu entlassen. Am 8. März gingen auf dem Wettiner Platz Bücher in Flammen auf, darunter die Werke von Thomas und Heinrich Mann, Lion Feuchtwanger, Arnold Zweig, Heinrich Heine, Henry Barbusse, Romain Rolland. Der schon damals bekannte Maler der Dresdner Kunstakademie Otto Dix wurde aus der Akademie ausgeschlossen. „Gerade Dresden spielte", wird im Band *Dresden. Die Geschichte der Stadt* festgestellt, „bei der Diffamierung berühmter Künstler – unter anderem Oskar Kokoschka, Conrad Felixmüller, Otto Dix, Peter August Böckstiegel, Eugen Hoffmann und Mitglieder der 1929 formierten ASSO – eine äußerst negative Rolle. Es begann im September 1933 mit der Ausstellung ‚Spiegelbilder des Verfalls in der Kunst' im Lichthof des Rathauses, die zum Vorläufer der Münchner Wanderausstellung ‚Entartete Kunst' wurde" (Seite 227). Die „Entartete Kunst" kostete Dresden etwa 1 000 bedeutende Kunstwerke. Der Oberbürgermeister Dr. Wilhelm Külz, der gegen den Naziterror bei Reichspräsident Paul von Hindenburg protestiert hatte, wurde am 7. April durch den Reichsstatthalter Martin Mutschmann aus seinem Amt vertrieben. Die liberale Selbstverwaltung der Stadt fand damit ein Ende. Im Dezember 1933 wurden 300 Sozialdemokraten in Dresden festgenommen und 1934 in einem Schauprozess verurteilt. Die Dresdener las in der Presse ausführlich darüber. Der neue Oberbürgermeister Ernst Zörner überreicht 1934 Hitler persönlich die Ehrenbürgerschaft der Stadt. Im November 1938 brannte die Synagoge. Die Kriegsvorbereitung lief auf vollen Touren.

Blick vom Rathausturm 1952.

13., 14., 15. Februar 1945
Das Inferno und neue Lebensschritte

Zeitzeugen berichten: Dresden glaubte, dass es vom Bombenterror verschont bleibe. Immerhin war das Ende des Krieges absehbar. Die deutschen Fronten brachen zusammen. Dann geschah das Unfassbare. Am 13. Februar, kurz nach 22 Uhr, begann der erste Angriff der anglo-amerikanischen Verbände. Zwei weitere Angriffe am 14. und 15. folgten. Sie trafen vor allem die Innenstadt. Etwa 15 Quadratkilometer des historischen Stadtzentrums wurden total in Schutt und Asche gelegt, Teile der Inneren Neustadt zerstört. Erich Kästner schrieb später: „Man geht hindurch, als liefe man im Traum durch Sodom und Gomorrha. Es ist, als fiele das Herz in eine tiefe Ohnmacht." Über die Zahl der Toten wird immer noch gestritten. Über Jahrzehnte galt die Zahl von 35 000 Toten als richtig. Inzwischen hat die Historikerkommission die Zahl nach unten korrigiert. Sie geht von mindestens 25 000 Toten aus, aber nicht mehr als 30 000. Von den 220 000 Wohnungen waren etwa 93 500 vernichtet oder unbewohnbar. Es sollte bald Pläne geben, eine völlig neue Stadt

Arbeiterinnen aus dem Gröditzer Stahlwerk helfen 1951 bei einem Sondereinsatz in Dresden.

aufzubauen, die nichts, aber auch gar nichts mit dem historisch gewachsenen Dresden zu tun hatte.

Am 8. Mai, dem Tag der bedingungslosen Kapitulation Nazideutschlands, besetzte die Rote Armee Dresden. Erste Befehle zur Normalisierung des Lebens ergingen. Der Kampf um die Macht im Rathaus setzte ein, der bald zu Gunsten der Kommunisten entschieden wurde. Offiziell wurde der „antifaschistisch-demokratische Wiederaufbau“ eingeleitet. Am 16. Mai verteilte die Rote Armee aus ihren Beständen an die Hunger leidende Bevölkerung 30 000 Tonnen Kartoffeln, 9 500 Tonnen Getreide, 1 100 Tonnen Fleisch und andere Lebensmittel. Am 22. Mai fuhren die ersten Straßenbahnen an die Ränder der Innenstadt. Das Kleine Haus spielte am 10. Juli Lessings „Nathan der Weise“. Die erste Bergungs- und Wiederaufbau-Kommission nahm im August ihre Arbeit auf. Langsam, sehr langsam begann sich das Leben zu normalisieren. Dresden besann sich sehr früh auf seine Kunsttradition. Die erste Allgemeine Deutsche Kunstausstellung 1946 in der Stadthalle am Nordplatz mit Arbeiten berühmter Maler wie Beckmann, Dix, Feininger, Grundig, Klee, Kollwitz und Schmidt-Rotluff sorgte für Aufsehen in Deutschland. Die

Wohnungsnot allerdings erreichte ein Übermaß. Bereits am 23. Juli wurde die Albertbrücke für den Verkehr freigegeben. Am 5. Januar 1946 wurde der „Große Dresdner Aufbauplan" verkündet. Dresdens Trümmerfrauen schufteten in den Ruinen. 1949 rollte der Verkehr über die wiederaufgebaute Augustusbrücke. Ihr neuer Name: Georgi-Dimitroff-Brücke. 1951 vermerkten die Stadtchronisten, dass mit dem Wiederaufbau des Stadtzentrums an der Grunaer Straße begonnen wurde (Westseite). 1953 fand die Enttrümmerung der Großflächen ihren Abschluss.

1949, 1953, 1956 Der Altmarkt blieb ein Torso

Im Februar 1945 war das historische Stadtzentrum Dresdens in Schutt und Asche versunken. Das Herz der Stadt, der Altmarkt, glich einer ausgebrannten Wüste. Das Germaniadenkmal war beschädigt, schwer getroffen Knöffels Altes Rathaus auf der Westseite. Die Arnoldsche Buchhandlung starrte schwarz, zerstört war Erlweins Löwenapotheke an der Ecke Wilsdruffer Straße, weggebombt das Wohnhaus, in dem der Dichter Tieck seine berühmten Abendlesungen gehalten hatte. Die lange Front des Rennerkaufhauses an der Südseite mit dem Café Kreutzkamm hatte mehrere Volltreffer erhalten.

Sehr früh entbrannte der Streit um den Wiederaufbau der geschundenen Stadt. Ihr drohte die völlige Vernichtung ihrer Identität. Führende SED-Funktionäre, aber auch ehrgeizige Architekten wollten sich von den alten Stadtstrukturen verabschieden. „Rankrosen und wilder Wein" sollten die Zwingerruine bedecken, das Schloss bis zum Hausmannsturm abgetragen werden. Der holländische Architekt Mart Stam, der in den 20er und 30er Jahren zur holländischen Avantgarde zählte, wurde in Dresden zum Professor für Architektur und zum Leiter der Hochschule für Werkkunst berufen. Mit seinem Stadtplanentwurf sorgte er 1949 für Aufsehen. Auf ihm kam weder der Altmarkt noch das Dresdner Schloss noch Sempers Operngebäude vor. Aber es gab auch Ideen, am Altmarkt einige Gebäude wieder aufzubauen. Das Deutsche Familienkaufhaus (Defaka) war noch relativ gut erhalten. Andere wünschten, das Knöffelsche Alte Rathaus wieder zu errichten. Es war schwer beschädigt. Sein Aufbau hätte etwa 1,3 Millionen Rentenmark gekostet. Da war anderes wichtiger. 1952 erfasste die Stadt Aufbruchstimmung. Ministerpräsident Otto Grotewohl besuchte Dresden und trug ins Gästebuch des Rathauses ein: „Dresden muss seinen alten Ruf zurückerobern: Kunststadt!“ Dieser Satz war von außerordentlicher Bedeutung. Er erteilte indirekt all jenen Plänen eine Abfuhr, die Dresden ohne die bedeutenden historischen Monumente völlig neu gestalten wollten. Aber im Selbstlauf setzte sich diese Orientierung bei weitem nicht durch.

Wie sollte die Stadt aufgebaut werden? Weitgehend dem alten Stadtgrundriss folgend oder in wesentlichen Teilen ohne historischen Bezug neu gestalten? Der Wettbewerb mit gesamtdeutscher Beteiligung 1950 brachte keine Lösungen. Im Gegenteil, er löste Verwirrung aus. Der Vorschlag von Egon Hartmann zum Beispiel sah eine rigorose Neugliederung der Innenstadt zwischen Elbe und Hauptbahnhof vor. Scheibenfömige Hochhausgruppen sollten den Altmarkt und das übrige Stadtzentrum besetzen. Schloss und Frauenkirchruine waren ausgelöscht.

In einem waren sich die SED-Funktionäre einig. Die Wilsdruffer Straße war als Demonstrationsstraße und der Altmarkt als zentraler Festplatz für politische Großveranstaltungen zu gestalten. Damit drohte dem einstigen „Saal der Stadt“ ein heftiger Eingriff. Über fünf, sechs Jahrhunderte betrug die Fläche des Altmarkts rund 1,3 Hektar. Jetzt sollte er gleich um 1,2 Hektar vergrößert, also die Fläche nahezu verdoppelt werden. Dies bedeutete aber auch, dass die Höhe der Häuser um zwei Stockwerke zunehmen musste, um so die Gebäudefluchten in ein halbwegs vernünftiges und harmonisches Verhältnis zur Platzfläche zu bringen.

Schließlich entschloss sich die Stadtführung zu einem weiteren Wettbewerb im September 1952. Dieser Wettbewerb sollte die Frage beantworten, wie der Altmarkt zu gestalten sei. Ein Kopieren der ursprünglichen Bebauung – darin bestand inzwischen Einhelligkeit – kam nicht in Frage. Aber die Gestaltung des Altmarkts sollte an die barocke Bautradition der Stadt anknüpfen. Und: Die Aufgabe lautete, die Kreuzkirche als Platzwand in den vergrößerten Altmarkt einzubeziehen. Dies hatte der SED-Chef Walter Ulbricht ausdrücklich gewünscht. An der Nordseite des Altmarkts sollte das „Haus der sozialistischen Kultur“ entstehen.

Bereits im November trat das Preisgericht zusammen. Die Entwürfe von Herbert Schneider, 1953 Chefarchitekt der Stadt, fanden bei der Jury den größten Zuspruch. Mehrere Architekten allerdings kritisierten die Höhe und Wuchtigkeit der Wohnhäuser am Altmarkt, insbesondere aber den kolossalen Hochhausentwurf auf der Nordseite des Platzes. Bereits im Dezember erfolgte der erste Spatenstich an der Westseite des Altmarkts.

Der 31. Mai 1953 gestaltete sich zu einem politischen Spektakel. Ulbricht reiste nach Dresden, um am Altmarkt den Grundstein für den Aufbau der „sozialistischen Großstadt" Dresden zu legen. Begonnen wurde der neue Altmarkt an der Ecke Wilsdruffer Straße /Altmarkt mit dem Kopfbau des HO-Warenhauses. Die sich anschließende lange Wohn- und Ladenzeile in Richtung Prager Straße mit dem Café Prag und der Mokkastube folgten. In die Gestaltung der Fassade wurden bewusst barocke Elemente integriert. Während der Arbeit kam es öfter zu Bauunterbrechungen, weil Stahl und Ziegelsteine fehlten. Mehrere Bauverzögerungen traten ein. Die Verursacher waren schnell gefunden. Der Leiter des Stadtplanungsamtes Hans Bronder schrieb in der Sächsischen Zeitung am 13. Februar 1953: „Es ist allzu offensichtlich, dass die Klassengegner den Aufbau am Altmarkt verzögern und unterbinden oder den Baubeginn von der Stadtkernforschung abhängig machen wollen."

Der Aufbau der Ostseite mit dem „Haus Altmarkt" begann 1954. Die West- und Ostseite waren Ende 1956 im Wesentlichen fertig gestellt. Am 20. Dezember 1956 erfolgte die feierliche Eröffnung des Cafés Prag. Das für die Südseite vorgesehene Hotel wurde nicht ausgeführt. Es fehlte Geld. Um das „Haus der sozialistischen Kultur" aber wurde immer noch heftig diskutiert. Im folgenden Jahrzehnt gab es mehrere Wettbewerbe zur Südseite des Altmarkts, ihre Ausführung scheiterte am ökonomischen Unvermögen der DDR. So blieb der Altmarkt bis zur Wende ein Torso.

1952, 1959, 1960, 1961, 1969
Langer Streit ums Kulturhochhaus

Zu einer spannenden Geschichte, die lange andauern sollte, entwickelten sich die Auseinandersetzungen um den Bau des „Hauses der sozialistischen Kultur“ an der Nordseite des Altmarkts. Es sollte etwa dort errichtet werden, wo später der stark verkleinerte Kulturpalast entstand. Bereits 1946 schlug der Architekt Herbert Linke den Bau des „Hauses der Kultur“ vor. Aber zu dieser Zeit war an ein solches Gebäude überhaupt nicht zu denken. Dringender waren neue Wohnungen und die Reparatur der beschädigten Häuser.

Schnell wurde auch in Dresden deutlich, dass die neuen Machthaber ihre städtebaulichen Zeichen setzen wollten. Vorbild waren ihnen gewisse Bauten in der Sowjetunion. Die SED-Ideologen waren ohne jeden Vorbehalt bereit, den für Dresden unpassenden stalinistischen Zuckerbäckerstil zu kopieren. Er galt ihnen als Ausdruck proletarischer Bauweise und höchster architektonischer Errungenschaft. Wie sie sich dieses grandiose Bauen vorstellten, wurde an der Berliner Stalinallee verwirklicht.

Ein großes proletarisches Zeichen sollte sich über Dresden erheben. Der Komplex sollte Parteien, Gewerkschaft, Oper, Operette, Schauspiel aufnehmen. Dies machte eine Erweiterung des Altmarkts im Norden notwendig und stand gleichzeitig als neue Platzwand. Die Pläne sahen vor, die Wilsdruffer Straße bis zu 61 Meter zu verbreitern und sie zur sozialistischen Prachtstraße zu gestalten.

Die Errichtung des „Hauses der sozialistischen Kultur“ wuchs sich zu einer unendlichen Geschichte aus, sehr zum Unmut der Ideologen. Sie ist ein Beispiel für listiges, leises, gelegentlich forsches Kämpfen für die Dresdner Bautradition, die in der DDR niemals völlig versiegte. Im September 1952 wurde ein Architekturwettbewerb zur Gestaltung des Zentrums ausgeschrieben. Die Funktionäre waren mit den Ergebnissen sehr unzufrieden. Lediglich Herbert Schneider hatte an der Nordseite des Altmarktes ein Turmhaus vorgeschlagen. Dies wurde von der Jury als „neuer Akzent“ gewertet. Die Funktionäre waren sehr überrascht, als es massiven Widerstand gegen den preisgekrönten Entwurf gab. Mehrere Architekten besch-

Walter Ulbricht, Gerhard Schill und Hans Bronder (von rechts) an Modellen zum „Haus der sozialistischen Kultur“, Oktober 1960.

werten sich über die Prämierung dieses Entwurfs. Er verletze die geschützte historische Stadtsilhouette. Seit Jahrhunderten war sie durch den Schlossturm, die Türme der Hof-, Frauen- und Kreuzkirche bestimmt gewesen. Auch das Landesamt für Denkmalpflege kritisierte die Turmhöhe. Die Einwände blieben ergebnislos. Die SED-Leitung hielt an ihren Vorstellungen fest. Am 24. Januar 1953 hieß es in der Sächsischen Zeitung: „Die neue Dominante soll die Herrschaft der Werktätigen zum Ausdruck bringen und gleichzeitig den Sieg über die alte kapitalistische Welt."

Die Entwürfe zum „Haus der sozialistischen Kultur" wurden in den kommenden Jahren immer wieder modifiziert. Dennoch fügte sich das monströse Hochhausgebilde in keiner Weise in das vorhandene Stadtbild ein. Der hochhausähnliche Turm sollte sogar den 98 Meter hohen Rathausturm übertreffen.

Die Diskussion um dieses Zeichen der Arbeiterklasse wurde über Jahre mit großer Heftigkeit geführt, auch von den Parteiideologen. Die Ablehnung vieler Architekten hielt dennoch an, aber der Druck der Funktionäre nahm zu. Sie waren zu diesem Bau entschlossen. Das „Haus der sozialistischen Kultur" sollte das Stadtzentrum krönen, sollte vom neuen Aufbauwillen und neuer Machtfülle künden.

Im Dezember 1959 schrieb die Stadt einen speziellen Wettbewerb nur für diesen Komplex aus. Bis 1965 sollte die neue Dominante errichtet sein. Immer wieder entstanden neue Modelle, die offenbar allesamt nicht so recht befriedigten.

Im Oktober 1960 erreichten die Auseinandersetzungen um das „Haus der sozialistischen Kultur" ihren Höhepunkt. Die SED-Funktionäre kritisierten, dass der Turm immer noch zu niedrig sei. Bombastischer, höher wollten sie ihn haben. Aber die Gegner gaben auch nicht auf. Die Vorstellung, an der Nordseite des Altmarkts ein solches Gebäude zu sehen, verursachte vielen großes Unbehagen. Andere Entwürfe entstanden, die sich in die Höhenlinie der Stadt einpassten und ganz auf einen Turm verzichteten. 1961 kam es zu einer kleinen Sensation. Eine Dresdner Delegation war nach Moskau gereist. Neben der Hochhausvariante führte sie auch den Entwurf des turmlosen Vorschlags der Gruppe um den Dresdner Architekturprofessor Leopold Wiel mit sich. Und gerade dieser Vorschlag fand in der Moskauer Architekturfakultät hohes Lob. Leopold Wiel erhielt den Auftrag, das Projekt zu überarbeiten und zu verkleinern.

Wolfgang Hänsch, Herbert Löschau, die später führenden Architekten des Wiederaufbaus der Semperoper, und Heinz Zimmermann erhielten den Auftrag, den Kulturpalast zur Baureife zu führen. Nach fast 20 Jahren fand die Diskussion um den Kulturhauskomplex mit dem Sieg der Gegner des Hochhausbaus ein Ende. Am 13. Februar 1967 wurde der Grundstein gelegt. Noch während des Bauens musste der Kulturpalast um ein Geschoss reduziert werden, aus finanziellen Gründen. Walter Ulbricht nahm am Bau des Kulturpalastes besonderen Anteil. Er forderte, dass der kupferne Dachaufsatz nicht oxidieren dürfe. Er sollte alle Zeit „golden glänzen". „Es war schwierig", so Wolfgang Hänsch vor langer Zeit in einem Gespräch, „ein Schutzmittel zu finden, dass das Oxidieren, also die Grünfärbung, verhinderte. Im sozialistischen Lager gab es das nicht. Schließlich wurde eine Firma in England entdeckt, die ein solches Mittel herstellte." Sie lieferte es mehrere Jahre für kostbare Devisen. Am 2. Oktober 1969, anlässlich des 20. Jahrestages der DDR, wurde das „Haus der sozialistischen Kultur und Bildung" eingeweiht und diente der Dresdner Philharmonie hinfort als Heim- und Wirkungsstätte.

17. Juni 1953 **Volksaufstand**

Es gärte im Lande. Der Entschluss des SED-Regimes, den Sozialismus im Osten Deutschlands aufzubauen, stieß bei vielen auf Ablehnung. Ihre feindliche Kirchenpolitik wurde nicht akzeptiert. Am 16. Juni 1953 gingen etwa 3 000 Bauarbeiter, die an der Berliner Stalinallee arbeiteten, auf die Straße. Sie protestierten gegen die kurz zuvor vorgenommenen Normerhöhungen und verlangten freie und geheime Wahlen. Tags darauf, am 17. Juni, erfolgte die Ausrufung des Generalstreiks. Der spontane Aufstand griff auch auf Dresden über.

Im Sachsenwerk in Niedersedlitz äußerten die Arbeiter ihren Unmut. Der Parteisekretär der SED räumte „Überspitzungen" ein.

Aber damit vermochte er die Wut der Arbeiter nicht mehr zu beschwichtigen. Ein Demonstrationszug formierte sich. Im Werk arbeiteten Bauarbeiter der Bauunion. Sie schlossen sich den Sachsenwerkern an, bald auch Teile des VEB Sächsischer Brücken- und Stahlhochbau (ABUS). Das Sachsenwerk bildete sich zum Zentrum der Unzufriedenen aus. Wie ein Lauffeuer verbreitete sich die Nachricht, dass Otto Buchwitz, Mitglied des SED-Zentralkomitees, sprechen werde. Otto Buchwitz, ein alter Sozialdemokrat, von den Nazis ins Zuchthaus gesperrt, trat vor die Protestierenden. In seiner Rede versuchte er, die Menschen zu beruhigen. Dies misslang. Die Streikenden beschlossen, ins Zentrum der Stadt zu ziehen.

Um 14 Uhr verhängte der Chef der sowjetischen Garnison in Dresden den Ausnahmezustand. Er verbot „kategorisch" Demonstrationen, Versammlungen, Zusammenkünfte und jegliche Ansammlung von Bürgern. Ab 21 Uhr durfte sich niemand mehr auf Straßen und Plätzen aufhalten.

Die zahlreichen Streikkomitees in den Dresdner Betrieben forderten den Rücktritt der Regierung, die Freilassung der politischen Gefangenen und die Senkung der HO-Preise. Es kam zu einigen Entwaffnungen der Kasernierten Volkspolizei (KVP). Warnschüsse fielen. Am Postplatz wurden die Demonstrationszüge von russischen Panzern erwartet. Sie sollen – wie es in einem zeitgenössischen Bericht heißt – „relativ behutsam" und im „Schritttempo" gefahren sein. Bis etwa 21 Uhr waren sämtliche Ansammlungen aufgelöst. Sowjetische Soldaten besetzten am nächsten Tag das Sachsenwerk und andere Betriebe. Der Aufstand scheiterte innerhalb eines Tages. Die Lage in Dresden beruhigte sich schnell. 173 „Rädelsführer" und „Provokateure" – wie es offiziell hieß – wurden verhaftet und verurteilt. Einer der bekanntesten Streikführer Dresdens, Wilhelm Grothaus, einst Mitglied der SPD und später der KPD, wurde zu 15 Jahren Zuchthaus verurteilt. Er wurde erst am 28. November 1960 entlassen. Die Angaben zu den Toten im gesamten Osten schwanken. Sie werden unterschiedlich mit etwa 75 bis 100 angegeben. Der Volksaufstand war der erste Versuch, in den von der Roten Armee besetzten Ländern das kommunistische Regime abzuschütteln. Ohne ihr Eingreifen wäre die Regierung in Berlin hinweggefegt worden.

Dresden, Theaterplatz. Am 17. Juni 1953 gehen wie in vielen Städten und Dörfern der DDR auch in Dresden zahlreiche Menschen auf die Straße, um gegen das SED-Regime zu protestieren.

1956 Die Gemäldegalerie kehrt zurück

1956 sollte für Dresden ein gutes Jahr werden. Bereits im März 1955 hatte die sowjetische Regierung die Rückgabe der Gemäldegalerie an das „deutsche Volk“ angekündigt. Die große Sammlung, deren Weltruf die sächsischen Kurfürsten Friedrich August I. und Friedrich August II. begründet hatten, sollte an ihren Ursprungsort zurückkehren. Die Gemälde waren unmittelbar nach der Kapitulation Deutschlands nach Moskau ins Puschkinmuseum gebracht worden. Dieser Kunstraub, der geheim gehalten und in Moskau niemals als „Kunstbeute“ ausgestellt wurde, konnte nicht auf Dauer legitimiert werden. Dies wäre wieder das Völkerrecht gewesen. Die Nachricht von der Rückkehr der Meister nahmen die Dresdner mit großer Begeisterung auf. In hohem Tempo wurde an Sempers Galerie gebaut. Sie war im Februar 1945 zum Teil stark zerstört worden. Das Jahr hielt noch andere Höhepunkte bereit. An der TU Dresden wurde der erste Rechenautomat der DDR gebaut, der VEB Flugzeugwerke Dresden wurde gegründet. Gleich zwei Museen öffneten ihre Tore, das Verkehrsmuseum und das Museum für Geschichte der Stadt Dresden.

Noch 1955 kehrten 1 240 Gemälde zurück, aber nicht nach Dresden. Sie wurden zuerst in der Berliner Nationalgalerie gezeigt. Als Dresden 1956 sein 750-jähriges Bestehen feierte, fanden die Gemälde wieder in der Sempergalerie ihren Platz. Pünktlich zum 3. Juni war der Galeriebau im ersten Bauabschnitt (Erdgeschoss) fertig geworden. Der DDR-Ministerpräsident Otto Grotewohl übergab in einem Staatsakt in der Sempergalerie die Gemälde der Öffentlichkeit: „ ... mögen die Werktätigen aus ihrem Anblick neue Kraft für das große Werk des Aufbaus des Sozialismus schöpfen.“ Die Rückkehr der Gemälde wurde zum Höhepunkt der 750-Jahr-Feier der Stadt. 1958 konnte Dresden zufrieden sein. Es war wieder im Besitz des Grünen Gewölbes, des Kupfer- und Münzkabinetts, der Rüstkammer, der Porzellan- und der Skulpturensammlung. Damit erhielt die Stadt ein Stück ihrer Identität zurück.

Rückkehr der Dresdner Kunstschätze aus der Sowjetunion am 27. April 1956.

1962, 1963 **Sprengung der Sophienkirche**

Die Beseitigung der Sophienkirche zählt zu den größten Freveln politisch motivierter, jedoch städtebaulich begründeter Zerstörung. Die evangelische Kirche, die zum Teil auf den Mauern des Franziskanerklosters gebaut worden war, wurde im Februar 1945 stark zerstört. Fachleute meinten dennoch, dass der Bau rekonstruktionsfähig sei. Markant erhoben sich die beiden neugotischen Türme, die dem alten Kirchbau 1864/68 angefügt worden waren. Einen Wiederaufbau wollte die Sozialistische Einheitspartei Deutschlands nicht ins Auge fassen. Das wurde sehr früh deutlich. Allen voran ihr erster Bezirkssekretär Werner Krolikowski verlangte von der „Aufbauleitung Stadtzentrum" den Abbruch der Ruine. Und er hatte starken Rückhalt in Berlin. Dieser Forderung hatte auch die Dresdner Stadtverordnetenversammlung zugestimmt. Die Begründung war fadenscheinig. In einem Schreiben hieß es: „Zur Schaffung der Baufreiheit für den weiteren Aufbau des Stadtzentrums, Gebiet Postplatz, ist der Abbruch der Ruine Sophienkirche 1962 erforderlich." Auf dem Gelände der Ruine sollte das „Haus der Gastronomie" entstehen.

Diese Forderung wurde nicht widerspruchslos hingenommen, zumal die Stadt 1960 davon ausgegangen war, „den ältesten, kulturhistorisch wertvollsten Teil der Sophienkirche zu erhalten" (*Abschied vom Alten Dresden,* Seite 224). Sofort gab es Gegenwehr. Der Präsident des Landeskirchenamtes lehnte die Beseitigung der Ruine ab. Buchautor Matthias Lerm weiß zu berichten, dass es im Institut für Denkmalpflege, in der Zwingerbauleitung, dem Kupferstichkabinett, in der Baufakultät der Technischen Universität und im Kulturbund Proteste gegeben hat. Sogar ein Flugblatt „Rettet die Sophienkirche, ehe es zu spät ist" wurde vervielfältigt. Mutige warfen es vom Turm der Kathedrale herab. Obschon die Staatssicherheit einige Akteure verhörte, hielten die Proteste an. Sogar der Präsident der Volkskammer der DDR, Johannes Dieckmann, schrieb: „Alle, auch politische Gründe sprechen dafür, von einer Beseitigung der Sophienkirche abzusehen." Die Verteidiger der Kirche zeigten sich kompromissbereit: Wenigstens die ältesten Teile des Gotteshauses, u. a. der spätromanische Saalbau, sollten erhalten bleiben.

Die Sophienkirche am Postplatz in der Ruinenlandschaft der Nachkriegsjahre im Oktober 1946.

Über alle Widerstände hinweg wurde der Befehl zur Beseitigung der Ruine erteilt. Der Abbruch begann 1962, anfangs fast heimlich und unauffällig. Zwischendurch gab es immer wieder Versuche, den Abriss zu stoppen. Hans Nadler, der Nestor der sächsischen Denkmalpflege, schlug vor, die Busmannkapelle als Café einzurichten. All das wurde ignoriert. Denkmalpfleger bemühten sich, wichtige Architekturdetails zu bergen. Im Dezember 1962 begann der Abbruch der beiden Türme. Am Vorabend des ersten Mais 1963 wurde der älteste Teil der ehemaligen Franziskanerkirche aus dem 13. Jahrhundert abgebrochen. Im September 1964 fand der erste Baggerhub für die Großgaststätte statt. Sie erhielt schnell den Namen „Fresswürfel“.

1977, 1985 Die dritte Semperoper

Das war schon ein Ereignis, als am 24. Juni 1977 der Grundstein für den Neuaufbau der Semperoper am Theaterplatz gelegt wurde. Aber in Dresden wurde sehr leise gejubelt. Berlin, der Hauptstadt der DDR, hatte alle Kraft zu gelten. In den SED-Zentralen rechnete man sich Touristenschwärme nach Dresden aus, die Valuta ins Land bringen sollten. Deshalb erhielt das ungeliebte Dresden den Vorrang.

Architekten und Bauherr waren sich einig geworden: Das Haus sollte innen wie außen die originale Baugestalt Gottfried Sempers und seines Sohnes Manfred erhalten. Es hatte auch Überlegungen gegeben, den Innenraum modern zu gestalten. Ob der originale Aufbau gelingen würde, war nicht von Anfang an sicher. Vergessene und verlorene Handwerkstechniken – wie zum Beispiel die Herstellung des Kunstmarmors – mussten wieder erlernt werden. Und: Wie es wirklich im Inneren des Baus aussah, das wusste niemand. Zwar waren nach der Zerstörung des Hauses 1945 bis etwa 1955 Sicherungsarbeiten vorgenommen worden, aber seitdem war die völlig ausgebrannte Ruine des königlichen Hoftheaters Wind und Wetter ausgesetzt gewesen. Einer der Ersten, die den Bau untersuchten, war der Oberbauleiter Gottfried Ringelmann. An Seilen gesichert schaute und tastete er das morsche Mauerwerk ab. „Bevor ich meine Jungens hereinlasse, muss ich wissen, wie gefährlich es drinnen ist", kommentierte er damals seine waghalsige Aktion. Die Zerstörer hatten „gründliche Arbeit" geleistet. Die ehemalige Pracht des Hauses war in Foyers, Vestibülen und Treppenhäusern nur noch zu ahnen. Der Zuschauerraum war ein ausgebrannter Hohlraum. Es gehörte Mut dazu, ein solches Haus aufzubauen, denn: Würden sich genügend gut erhaltene Originalbelege finden, die gewährleisteten, dass die Innenarchitektur auch wirklich in Form, Farbe und Gestalt dem einstigen Vorbild entsprach?

Zwischen den Baumeistern aus Sempers Zeit und den Handwerkern des Wiederaufbaus lagen Welten, andere Auffassungen. Stilepochen, romantische Fülle und pompöse Stuckarchitektur waren längst abgelöst worden von Stahl, Beton, Glas und Leichtmetall. Für das Bauen mussten Technologien entwickelt werden, die von den Bauleuten bisher nirgends angewendet wurden.

200 000 Dresdner erleben am 13. Februar 1985 auf dem Theaterplatz die Wiedereröffnung der dritten Semperoper.

Historische Treue hieß nicht sklavische Nachahmung. In Sempers Haus war nicht alles vollkommen gewesen. Der alte Zuschauerraum fasste 1 600 Plätze. Es ging ziemlich eng darin zu. Die Sicht war nicht überall gleich gut. Sie sollte verbessert werden, indem nur 1 300 Plätze eingerichtet und der Zuschauerraum vergrößert wurde. All das musste geschehen, ohne den Gesamtcharakter des Hauses zu verfälschen. Ein mühseliges, aufregendes Suchen lag vor den Restauratoren. Gleich Archäologen tasteten ihre Augen Zentimeter für Zentimeter ab. Jedes Detail, jede Farbspur, jeder Umriss war wichtig. Reichte das bloße Auge nicht aus, halfen mikroskopische und chemische Analysen. Ein Eingriff, den heute kaum noch jemand bemerkt, wurde vorgenommen. Die Seitenwände des Bühnenhauses wurden um jeweils sechs Meter nach außen gerückt, um Platz für die Seitenbühnen zu schaffen. Ein Viermann-Gespann leitete den Wiederaufbau: der Betriebsdirektor des VEB Gesellschaftsbaus, Hans-Joachim Bauer, der Chefarchitekt Wolfgang Hänsch, der Statiker Herbert Löschau und der Oberbauleiter Gottfried Ringelmann. 274 Betriebe, Institutionen und etwa 80 Maler und Künstler beteiligten sich an dem großen Aufbauwerk.

Am 13. Februar 1985 erhob sich der Vorhang zur festlichen Aufführung von Carl Maria von Webers „Freischütz". Der Glanz der Semperoper war wieder da: die vier Ränge mit ihrem stilvollen plastischen und malerischen Schmuck, die gemalten spielenden Putti, die Bildreliefs bekannter Dresdner Schauspieler und Musiker, die feierlichen Vestibüle und Foyers, die Säulen und Bögen. Und die neuen Anbauten fügten sich eigenständig in die Nachbarschaft der berühmten alten Baumeister.

1985
Aufbau des Residenzschlosses beschlossen

Dies war für all diejenigen, die zäh am Wiederaufbau der historischen Monumente Dresdens festhielten, ein bedeutender Tag. Am 23. Januar 1985 beschloss das Zentralkomitee (ZK) der Sozialistischen Einheitspartei Deutschlands (SED) in Berlin die Sicherung und äußere Wiederherstellung des Dresdner Residenzschlosses. Im Februar 1985 eröffnete der DDR-Staatschef Erich Honecker die Semperoper. In seiner Rede auf dem Theaterplatz verkündete er, dass das Äußere des Schlosses wieder hergestellt würde. Und tatsächlich: Am 1.1.1986 begann das Investitionsvorhaben „Sicherung der Bausubstanz des Dresdner Schlosses" im Bereich des Westflügels und des westlichen Nordflügels (zu Zwinger und Theaterplatz hin gelegen).

Das war ein großartiger Erfolg. Etwa seit den 60er Jahren wirkten Denkmalpfleger, Architekten, Kulturwissenschaftler und viele andere Dresdner Persönlichkeiten auf den Wiederaufbau des Schlosses hin. Ihr Ziel: Das künftige Schloss sollte als Museum, als großer Kunsttempel, einen Teil der zahlreichen Kunstsammlungen aufnehmen, das Grüne Gewölbe zum Beispiel, die Rüstkammer. Damit hatten sich die Verfechter der Museumsinsel durchgesetzt. Was hatte es vorher nicht alles für Ideen gegeben, um das Schloss zu nutzen und es vor dem Teilabriss zu bewahren. Das waren zum Teil listige Überlegungen gewesen. Eine Außenstelle des Kulturministeriums konnte man sich vorstellen, dort die Landesbibliothek einzurichten wurde erwogen, ein Studentenwohnheim wurde im Schloss und im Taschenbergpalais für möglich gehalten.

Am 13. Februar 1945 brannte die einstige Residenz bis auf die Außenmauern nieder. 1986 wurde mit dem Wiederaufbau begonnen.

Bis zur Wende war der Rohbau des Westflügels ausgeführt, dessen Ecktürme hatten die Hauben erhalten. Nach der Wende bekannte sich der Freistaat zum weiteren Wiederaufbau des Schlosses und stellte Geld zur Verfügung. Ein forciertes Bauen begann. Ziel war vorerst die äußere Wiederherstellung des Gebäudekomplexes. Nach längerer Diskussion wurde das ursprüngliche Konzept des Instituts für Denkmalpflege vom 21. November 1983 bestätigt. Darin hieß es u. a. „Aufgabe des Wiederaufbaus ist es, die für die jeweiligen Zeiten typischen Grundrissstrukturen, Fassadengestaltungen und Innenräume als Widerspiegelung politischen Anspruchs und sich daraus ergebender Funktion, als Zeugnisse besonderer geschichtlicher und künstlerischer Ereignisse, als hervorragende Leistungen Bildender und Angewandter Kunst zu erhalten bzw. wiederzugewinnen."

So wurde hinfort verfahren. Zum ersten Jahrestag der deutschen Einheit feierte Dresden ein großes Fest. Auf den Hausmannsturm wurde unter strahlendem Blau und zuweilen kräftigem Wind die neue Haube gesetzt. Dresden hatte einen Teil seiner historischen Stadtsilhouette zurück erhalten.

11. Januar, September 1989
Städte machen Sorgen

Dresden, 11. Januar 1989, ein Tag, als beginne schon der Frühling. Ein hoher Himmel über der Stadt und den sanften Höhen. Das zerstörte Schloss, einst Residenz der Wettiner, ist zum Teil eingerüstet. Ein Kran ragt aus dem Großen Schlosshof über morsches Gemäuer. Er steht so still wie ein toter Baum. Es geht viel langsamer vorwärts als ursprünglich geplant. Geld, Bauleute und Material sind knapp geworden. Immerhin: Ein Stück Dachstuhl ist hinzugekommen, zwei kupferne Turmhauben und die ersten neuen Ziergiebel schmücken den Westflügel. Ungesichert hingegen ist der Rest des ehemaligen Taschenbergpalais. Die barocke Fassade bröckelt weiter. Der Theaterplatz ist nahezu menschenleer. Die wiederaufgebaute Semperoper, Dresdens heiligster Kunsttempel, rüstet sich zur Abendvorstellung. Die Brühlsche Terrasse ist gesperrt. Erfreulich! Die große Freitreppe, die zu ihr hochführt, wird saniert. Und hinter der Terrasse, nahe der Ruine der Frauenkirche, geht der Rohbau des „Dresdner Hofes“, des zweiten Devisenhotels der Stadt, zügig voran. Schon blinken die ersten roten Dachziegel. Es tut sich was in Dresden. Tut sich genug?

Seit Tagen halten sich Gerüchte. Ganze Straßenzüge würden gesprengt, heißt es, die Schäferstraße, die Friedrichstraße, die Nordvorstadt. Böse Worte fallen. An den Kassen der Kaufhallen, in den Schlangen vor den Läden, in den wenigen Cafés der Stadt, in den Einwohnerversammlungen zu den Kommunalwahlen in Dresden. Die Gerüchte haben schon lange konkrete Nahrung erhalten. Am 22. April 1988 veröffentlichte die Tageszeitung „UNION“ ein Foto mit der Schlagzeile: „Geisterhäuser verschwanden“. Kenner wollen wissen, dass die gesprengten Backsteinhäuser noch vor wenigen Jahren zu retten gewesen wären. Im Oktober hatte ein Fotoreporter der „Sächsischen Zeitung“ seine Freude daran, auf den Auslöser zu drücken, als die Häuser auf der Maxstraße zusammensanken. Inzwischen ist der Sensationscharakter solcher Bilder verbraucht. Zu oft wird gesprengt. Die Gerüchte wachsen sich aus. Niemand weiß Genaues, und diejenigen, die besser informiert sind, verweigern die Auskunft. Die Innere (westliche) Neustadt, ein geschlossenes Viertel aus dem 18. und 19. Jahrhundert zwischen dem

Grau und verfallen: die Königstraße 1989.

JapanischenPalais, der Friedrich-Engels-Straße (Königstraße), dem Restbau des einstigen Jägerhofes (Volkskundemuseum) und dem Platz der Einheit (Albertplatz) sei, so wird behauptet, nicht mehr zu retten. Total runter – verrottet und verkommen. Da sei nur noch Flächenabriss möglich. Der Stadtarchitekt habe schon eine Studie über den Neuaufbau mit Großplatten in Auftrag gegeben. Die lokale Presse schweigt, wie so oft, wenn es um Probleme geht, die die Menschen erregen. Dafür werden Siege in der Mikroelektronik gefeiert, sagt ein Architekt. Und die Statistik lügt weitere Erfolge herbei.

Ich gehöre nicht zu denjenigen, die den Abriss der alten Häuser bejammern, nur weil sie alt sind. Häuser verschleißen sich wie Kleidungsstücke. Und der demoralisierende Eindruck vieler Straßenviertel ist auch dadurch entstanden, dass nicht rechtzeitig abgerissen und wieder aufgebaut wurde. Alter ist noch kein Grund, um Mauern zu erhalten. Die Frage ist nur, was man an ihre Stelle setzt und wie man ein städtebauliches Gefüge schafft, in dem man sich wohl fühlen kann. Hässlicher Kasernenbeton wie etwa erst jüngst eingangs der Schäferstraße errichtet, ist kein Ausgleich für verloren gegangenen Lebensraum. Was aber die Innere Neustadt betrifft, dort darf Abriss nicht einmal erwogen werden. Das ist ein Stück Kultur- und Architekturgeschichte, die weit zurückreicht, das ist ein Stück erbauter Heimat, das für Dresden charakteristisch ist. Hier ahnt man die Wärme vergangener Jahrhunderte und Kindheiten. Die westliche Innere Neustadt ist ein weitgehend barockes, biedermeierliches und gründerzeitliches Areal, das glücklicherweise in der Schreckensnacht des 13. Februar 1945 nicht von Bomben zerstört wurde. Hier sind selbst die intern viel zitierten ökonomischen Zwänge, die es offiziell nicht gibt, zweitrangig. Es gibt eine Verpflichtung dem Erbe gegenüber und den Menschen, die in diesem Viertel ausharren. Der Abriss dieser Häuser würde für immer das in Steinen und Straßen erhaltene Zeit- und Lebensgefühl auslöschen.

Die Elbe führt hohes Wasser. Enten- und Möwenkolonien am Ufer. Weit geht der Blick über den Fluss. Sanft schwingen die Höhen. Diese Elblandschaft erinnert an den Süden. In schönem Bogen überspannt die Dimitroffbrücke (Augustusbrücke) den Strom. Drüben am Aufgang der Brücke das wiederaufgebaute Blockhaus, das „Bellevue", das erste Devisenhotel für Fremde mit der richtigen Währung, das Japanische Palais und Dresdens schönste Straße, die Straße der Befreiung (Hauptstraße), platanengesäumt, reich an Geschäften und mit rekonstruierten Bürgerhäusern. Der Mann, der diesen Straßenverlauf und die Innere Neustadt anlegen ließ, reitet vergoldet, geschmäht und gerühmt durch Dresdens Geschichte und Gegenwart: Friedrich August I., Sachsens Kurfürst und polnischer König, bekannter als August der Starke. Was ist, was wird mit der Inneren Neustadt?

Der erste Eindruck ist deprimierend, auch der zweite. Eingeschlagene Fenster. Morsche Dachstühle. Eingestürztes Mauerwerk. Unbewohnte Häuser. Hier verkommt Barock, Biedermeier und Gründerzeitliches. Ab und an Spuren, dass wohl etwas gearbeitet wird. Lücken, wo noch vor kurzem Häuser gestanden haben – Abrissvorboten. Selten Gerüste – Bauarbeiter sind nicht zu sehen.

Die Innere Neustadt ist nicht groß. Man durchwandert sie in wenigen Minuten. Sie ist, man muss es genauer sagen: sie war einst ein lebendiges geschlossenes Wohngebiet mit unveränderter Straßenführung, war ein Stück Heimat unserer Altvordern. Heute ist dieses Viertel Jagdgebiet für Hund und Katz. Berge von Schutt und Dreck. Manche der Häuser sind notdürftig gesichert. Bretterverschläge, zugemauerte Fenster und Türen. Und das alles mitten in der Neustadt, nur wenige Schritte von Dresdens schönster Straße entfernt, der Straße der Befreiung (Hauptstraße). Ich gehe zur Friedrich-Engels-Straße (Königstraße) hinüber. Sie ist eine der kulturhistorisch wichtigsten Straßen der Inneren Neustadt. An der Elbe steht das Japanische Palais. Von dort aus kann man gut in die Straße hineinsehen. Ihr Verlauf ist gerade, ihre Breite großzügig. Alte Lindenbäume säumen sie. Auch sie gehört zu jenen bekannten Straßen, die während der Regierungszeiten Augusts des Starken (1694-1733) und seines Sohnes (1733-1763) angelegt wurden. Die Höhe der Häuser, ihren Verlauf, die Simsführung und Farbgestaltung schrieb das kurfürstliche Bauamt vor. Diese Straße drückte den Willen des Bauherrn aus, diente ihm, erhöhte ihn, war ein Beispiel barocken Städtebaus. Die Friedrich-Engels-Straße war über Jahrzehnte eine gepflegte Straße, selbst noch in den fünfziger Jahren gab es kaum ein Haus ohne Geschäft, ohne Werkstatt. Eine lebendige Straße, in der man gern wohnte. Und heute? Einige Häuser sind noch zum Teil bewohnt, ein Haus ist rekonstruiert worden, auch das Eckhaus „An der Dreikönigskirche". Aber sonst? Die Straße verfällt, ist nahezu unbewohnt. „Dekorationsmalerei Zyka" steht an der bröckelnden Fassade der Nummer 6. Rechts befindet sich im Erdgeschoss die „Buchbinderei Finsterbusch". Ich werde beobachtet, weil ich einiges notiere.

„Was machen Sie hier?" fragt ein älterer, untersetzter Herr.
„Ich schaue mich um."
„Dann schauen Sie mal weiter." Er grinst. Seine Augen sind hellwach. „Suchen Sie etwa den Zyka? Der ist seit 20 Jahren unter der Erde. Seine Farben haben ihn lange überlebt. Das waren damals noch Farben, was!"
„Wohnen Sie hier?"
„Noch. Jetzt haue ich ab. Hier kann man doch nicht mehr leben. Will nicht mit der Straße zugrunde gehen. Möchte noch was haben von meinem Leben."

Ich erkläre, was mich herführt. Er winkt ab. „Hören Sie auf. Es ist alles zu spät und völlig sinnlos. Wir haben gekämpft, die Straße zu erhalten. Anfangs hätten nur die Dächer dicht gemacht werden müssen. Das hätte vorerst genügt. Eingaben haben wir geschrieben. Ganze Hefter haben sich gefüllt. Es ging sogar ein Brief an den früheren Oberbürgermeister Gerhard Schill. Hat alles nichts genutzt. Einer nach dem anderen zog aus. Und verlassene Häuser sterben wie Bäume, in die man rostige Nägel schlägt. Jetzt hau auch ich ab. Die Bulldozer können kommen. Die Millionen, die für eine Rekonstruktion notwendig wären, kann doch keiner aufbringen".

„Würden Sie mir den Hefter zeigen?"
„Nein, hatte schon genug Ärger." Er verschwindet im Hauseingang.

Ich betrete die Nummer 8. Dort scheint noch jemand zu wohnen. Im Erdgeschoss befindet sich die „Messerschleiferei Wehrmann". Im Treppenhaus eingedrückte, mutwillig verbogene Briefkästen. Steinstufen. Irgendwo rauscht Wasser. Unaufhörlich. Hässliche graue Wände. Dann eine Überraschung. Im zweiten Geschoss ein roter Läufer. An den Wänden frische Farbe. Ein Name an der Tür. Ich klingele. Eine Frau öffnet, lässt mich eintreten, nachdem sie mit ihrem Mann gesprochen hat. Bald sitzen wir bei einer Tasse Kaffee. Sie möchten nicht ausziehen, aber sie werden müssen. Im Haus wohnen nur noch vier Parten von elf. Die jungen Leute über ihnen ziehen gerade um. Ins Betonghetto Prohlis. Das Dach ist undicht. Es regnet seit langem durch. Hof und Waschhaus sind bauaufsichtlich gesperrt. Draußen Wäsche aufzuhängen ist nicht möglich. Im Winter frieren die Wasserrohre ein. „Es ist schade um das Haus", sagt die Frau und schaut auf ihre Hände. „Die Mauern sind noch gut. Die Zimmer sind groß. 1912 ist das Treppenhaus das letzte Mal vorgerichtet worden. Ist das nicht ein Jammer?" Sie sieht ihren Mann an. Und der antwortet: „Man könnte das Haus erhalten." Er sei praktisch veranlagt, wenn auch kein Handwerker. Er sei bereit, Hand anzulegen. Von anderen wisse er das auch. Leider würde nichts organisiert. „Es ist doch Unsinn, außerhalb der Stadt Wohnsiedlungen zu bauen, riesige Trabantenstädte, während das Innere der Stadt verkommt. Ein einmal beschlossenes Ziel kann doch kein Dogma sein. Wir wollen nicht draußen im Beton leben, wo jedes Haus wie das andere aussieht. Diese Siedlungen haben doch keine Seele. Es könnte hier so schön sein. Man ist mitten in der Neustadt. Geschäfte und Gaststätten sind schnell erreicht. Und nun ist auch noch eine schöne Bierkneipe hinzugekommen, ‚Am Thor'. Zwar teuer, aber gut, Radeberger Bier. Am Platz der Einheit die Straßenbahn. Mehrere Linien. Ideale Wohngegend. Es ist höchste Zeit, dass man sich kümmert und auf den

Wert des Viertels besinnt. Hier verfallen allmählich Millionen Mark. So kann man doch nicht wirtschaften. Das muss sich rächen."

Ich verabschiede mich und steige eine Treppe höher. Die jungen Leute sind nicht zu Hause. Die Tür zu ihrer Wohnung hat schon lange keine frische Farbe erhalten. Vor ihr liegen Müll und Abfälle, alte Zeitungen und ein zerbrochener Bilderrahmen. Einer Puppe ist das rechte Bein ausgerissen, ein Auge ist ausgestoßen. Darf man ein Haus, das ihnen bestimmt gute Herberge gewesen ist, so verlassen? Hat es nicht mehr Achtung verdient, auch wenn es jetzt schuldlos verfällt? Selbst einem alten Haus sollte man so etwas nicht antun. Und mir geht die Frage durch den Kopf, ob nicht der Zustand eines Hauses auch einen Gesellschaftszustand offenbart.

Es ist bereits dunkel, als ich auf die Straße trete. Sie ist menschenleer und still. Nur in wenigen Fenstern leuchtet Licht. Das Grau der Fassaden ist ins Dunkel gefallen. Was man auch erklären wird, wie soll man das begreifen?

Der Winter bleibt ungewöhnlich mild. Der Frühling kommt früh und hält lange an. Der März ist warm und trocken. Am Devisenhotel wird schnell gebaut. In den Zeitungen erscheinen Kampf- und Schlachtberichte. Das Adverb des Grades „noch" wird wohl zum meistgebrauchten Wort: noch besser, noch schneller, noch attraktiver. Obwohl einige Monate bis zum 40. Jahrestag der DDR bevorstehen, wird ihm zu Ehren täglich gesiegt. Aber die Baubilanz in Dresden bleibt dennoch unbefriedigend. Endlich einmal eindeutige Zahlen. Die „Sächsische Zeitung" berichtet, dass sich 1988 für 18 500 Dresdner die Wohnbedingungen verbessert haben. „Mit großen Anstrengungen", so heißt es wörtlich, „wurden durch die Arbeitskollektive des Bauwesens 3 765 Wohnungen neugebaut und 2 717 modernisiert. 112 neugebaute und 238 modernisierte Wohnungen fehlen zur Planerfüllung." Der Stadtbaudirektor Dr. Jürgen Marr meldet sich gleich zweimal zu Wort, in der „UNION" und in der „Sächsischen Zeitung". „Die Erfüllung des Volkswirtschaftsplanes 1988 im Bauwesen", schreibt er „ließ aus vielen Gründen zu wünschen übrig." Schwerwiegend ist seine Feststellung, dass der VEB Kombinat Bau und Modernisierung „erhebliche Probleme" bei der Planerfüllung zu verzeichnen habe. Aber gerade dieses Kombinat ist vor Jahren aus kleinen, oft stadtbezirklich geleiteten Baubetrieben gegründet worden, um besonders in der Rekonstruktion tätig zu sein. Kenner hatten damals von einer zu starken Zentralisierung abgeraten. Wichtige Erfahrungen der Einzelbetriebe gingen verloren, Unflexibilität würde eintreten. Ihre Argumente erschienen nicht zeitgemäß. Sie wurden verdächtigt, einen fortschrittlichen Prozess aufhalten zu wollen. Inzwischen ist es längst offenbar. Die Kenner hatten recht. Das Kombinat kann seine Aufgaben nicht erfüllen, auch in der Inneren Neustadt nicht. Aber keiner wagt, offen gegen das Kombinat anzugehen. Und die Perspektive des Stadtbaudirektors? Für die Innere Neustadt verspricht er eine intensive Bautätigkeit. Für sie stehen 1989 etwa 16 Millionen Mark Baukapazität zur Verfügung. Auf der Friedrich-Engels-Straße soll an der Nummer 15 „ein beträchtlicher Baufortschritt" erreicht werden. An einem Haus auf dieser langen Straße! Also ist abzusehen, dass der Verfall weitergeht. Gibt es keine Hoffnung, diesen Prozess aufzuhalten?

Ein Architekt überlässt mir einige Tage einen Diskussionsentwurf zum Generalbebauungsplan Dresdens. Es gibt nur wenige Exemplare davon. Der Verteilerschlüssel ist hochrangig. Bilanziert ist in diesem Material der Stand vom September 1988. In dem Papier heißt es unter anderem, dass sich die „soziale Qualität in großen Teilen der Altbauwohngebiete durch Reduzierung der Wohnbevölkerung, durch Schließung von Gewerbe- und Handwerksräumen" weiter mindern werde. Gegenwärtig sind in der Stadt etwa 10 000 Wohnungen unbewohnt. „Die Zahl wird in den kommenden Jahren erheblich zunehmen, da die vorhandenen Baukapazitäten nicht ausreichen, um den Nachholebedarf abzubauen und die einfache Reproduktion zu sichern." Und dann folgt eine Feststellung, vor der man erschrickt: Rund fünf Milliarden Mark beträgt der Nachholebedarf. 1989 und 1990 stehen aber nur „480 Millionen für die Erhaltung der Wohnbausubstanz" zur Verfügung. Ein Tropfen also auf den heißen Stein. Schlussfolgerung: Die Abrissquote steigt weiter. Bis zum Jahre 2000 auf mindestens 20 000 Wohnungen (Eingeweihte sprechen sogar von 32 000 bis 35 000). Dafür ist Ersatz notwendig. Zum Vergleich: Der Plan 1986-1990 sieht insgesamt 29 500 neu gebaute bzw. rekonstruierte Wohnungen vor. Das Problem wird besonders drückend, wenn man weiß, dass gegenwärtig rund 26 400 Wohnungsanträge in Dresden vorliegen. In Wirklichkeit wären es mehr, weil die Wohnungsämter erst Anträge von Personen annehmen, die 26 Jahre alt sind. Zum Glück entdecke ich in diesem Papier einen Hoffnungsschimmer. „Das Ensemble der historischen Inneren Neustadt ist als einziges barockes Stadtensemble weitgehend zu rekonstruieren."

„Na", sagt mein Freund, als ich ihm das Material zurückbringe, „bist du ernüchtert?"
„Mehr als das."
Er zuckt mit den Schultern. „Alle wollen das Beste. Aber das Beste wollen, reicht offenbar nicht aus. Wir sind mit unserem Latein am Ende."
„Und wie ist die Situation entstanden?"
„Einige wenige Schuldige gibt es nicht. Es ist eine Kollektivschuld. Entschiedener Widerstand gegen die gegenwärtige Baupolitik hat gefehlt. Wir haben zu lange und zu ausschließlich auf die Plattenbauweise orientiert und dabei nicht wahrhaben wollen, dass die Innenstadt kaputtgeht."
„Aber es gibt doch Leute, auch hier in Dresden, die darauf schon sehr früh aufmerksam gemacht haben, schon Mitte der sechziger Jahre."
„Darauf verweisen ist das eine, etwas dagegen tun, das andere. Du weißt doch, wie das ist. Was einmal beschlossen ist, ist schwer zu korrigieren. Und wer dagegen Einwände erhob, war meist schnell weg vom Fenster."
„Also ist die Baupolitik seit langem verfehlt?"
„Draußen zu bauen ging angeblich schneller. Zumindest bewiesen das die dafür entwickelten Technologien."
„Und wenn man welche für das Innere der Städte entwickelt hätte?"
„Tja, wenn."
„Jetzt kann man diesem Problem nicht mehr ausweichen."
„Man dürfte nicht. Aber wer wirft den ersten Stein und erträgt, dass zurückgeworfen wird? Wir werden wohl den Kelch bis zur bitteren Neige auskosten müssen, wenn nicht bald ein Wunder geschieht."

Ich komme mir vor wie in einem Labyrinth. Und weder ein Theseus noch eine Ariadne sind in Sicht. Inzwischen ist es Mai geworden. Das Grün der Bäume verdeckt viel Hässliches. Ich schwimme weiter in einem See, der scheinbar ohne Ufer ist. Alle, mit denen ich spreche, bejammern den Zustand der Stadt, beklagen die Flickerei. Der Stadtbaudirektor, erfahre ich in seinem Büro, hält häufig Rapporte ab, der Stadtarchitekt jagt von Sitzung zu Sitzung. Aber es geht kaum vorwärts in der Inneren Neustadt. Baubetriebe sind nicht erpicht, dort zu arbeiten. Die Bausubstanz sei kompliziert, böse Überraschungen, die Pläne umwerfen, häufig. Früher wurde auch geschludert. Was nützen die Millionen, die zur Verfügung stehen, wenn die materiellen und bautechnischen Voraussetzungen nicht gegeben sind. „Geld", sagt einer, „was ist schon Geld. Wir haben doch schon lange keine Geldwirtschaft mehr." Im Juni wird an der Schäferstraße gesprengt. Die Schuttberge liegen bis Mitte September unter Dresdens Elbflorenzhimmel. Die Unkosten für das Abtragen einer Wohnung belaufen sich auf 20 000 Mark. Im Schnitt müssen 80 Tonnen weggeschafft werden, und ebenso viel muss wieder her, wenn eine Wohnung gebaut werden soll. Erneut ist der Streit um die beiden neoklassizistischen Häuser 16 und 18 auf der Friedrich-Engels-Straße entbrannt (nahe am Platz der Einheit). Weg! fordern die einen. Nein!, widersprechen die anderen. Es ist wirklich zu überlegen, ob es sich noch lohnt, und vor allem, ob es vertretbar ist, diese Häuser zu rekonstruieren.

Ich suche Dr. Gerhard Glaser auf, den Chef der Denkmalpflege. „Gibt es keine Hoffnung für die Innere Neustadt, für die Friedrich-Engels-Straße?" Seine Antwort ist eindeutig; „An der Inneren Neustadt lasse ich nicht rütteln, solange ich auf diesem Stuhl sitze." Das klingt wie eine Kampfansage.

„Gibt es jemanden, der rütteln möchte?"
„Aber gewiss."
„Und die klassizistischen Häuser?"
„Sie bleiben."
„Stimmt es, dass der Stadtarchitekt eine Studie in Auftrag gegeben hat, die untersuchen soll, ob an ihrer Stelle Plattenbauweise möglich ist?"
„Ja."
„Und wenn in der Studie Abriss und Platte vorgeschlagen werden?"
„Das Geviert bleibt. Wir können es uns nicht leisten, kulturhistorisch wertvolle Gebäude abzureißen. Das wäre barbarisch."
Er sagt tatsächlich: barbarisch. Glaser hat sich in Schwung geredet. Er ist ein emotionaler Mann. Manche, die ihn genauer kennen, sagen, er kämpfe um jeden alten Ziegelstein. Das führt zu Konflikten, die oft unlösbar sind.

„Schön sind die klassizistischen Häuser nun wirklich nicht mehr."
„Stimmt. Dass sie so aussehen, haben wir verschuldet. Es sind schon genug Fehler gemacht worden. Heute würde niemand mehr, um ein Beispiel zu nennen, die Ruine der Sophienkirche sprengen. Neue Häuser zu bauen und den Menschen gleichzeitig Heimat und soziales Bezugsfeld zu nehmen, das geht nicht. Was wir falsch machen, rächt sich sofort und über Jahre hinweg."
„Was wird mit der Friedrich-Engels-Straße? Sie dürfte wohl die kulturhistorisch wichtigste Straße in der Inneren Neustadt sein."
„Gewiss, und von überregionaler Bedeutung. Aber momentan wird dort kaum etwas gemacht. Etwa ein Haus pro Jahr kann saniert werden. Mehr ist zur Zeit nicht drin. Es fehlt Baukapazität."
„Also verfällt die Straße weiter."
„So ist es."
„Und macht das Bauen von Monat zu Monat teurer."
„Vieles geht unwiederbringlich verloren."

Die Probleme sind erkannt, Lösungen nicht möglich. Mir will das einfach nicht in den Kopf. Sollte das Land, von dem die Politiker sagen, dass es die zwölfte Industriemacht ist, nicht in der Lage sein, ein, zwei Dutzend Häuser sinnvoll und so ökonomisch wie möglich zu rekonstruieren?

Der Chef der Denkmalpflege attackiert mich vehement. „Sie sollten Ihren Blick nicht zu eng halten. Der Zustand der Inneren Neustadt ist kein Einzelfall, sondern fast die Regel. Wenn wir die Baupolitik nicht sofort grundsätzlich ändern, haben wir in etwa zehn Jahren größere Verluste als nach dem Zweiten Weltkrieg. Noch in diesem Jahr muss eine prinzipielle Entscheidung, die Innere Neustadt betreffend, fallen."

Nachtrag

Es ist Februar geworden, der 7. im Jahre 1990. Die Sonne scheint an diesem Tag so warm wie vor mehr als einem Jahr. Ein langer kalter Winter mit Frost und Schnee scheint in Dresden erneut auszufallen. Das östliche Deutschland ist ein anderes geworden. Es gibt viele Hoffnungen und ebenso viele Ängste. Hoffnungen auch für die Innere Neustadt?

Ich sitze Gunter Grünberg gegenüber, im Rathaus für die Innere Neustadt zuständig. „Die Pläne von damals sind mit der Wende zusammengebrochen", sagte er. Keiner der Stadtbezirke und Betriebe ist bereit, jetzt in der Inneren Neustadt zu bauen. Wie es dort weitergeht, vermag zur Zeit niemand zu sagen. Bauarbeiter haben wir noch. Aber viele sind weggegangen, über die grüne Grenze."

Er beugt sich über den Tisch. Und mir fällt auf, dass sei Gesicht sehr blass ist. „Wir sehen uns", fährt er fort, „ einer ganz neuen Situation gegenüber. Es gibt Angebote von westdeutschen und englischen Firmen, sich auf der Friedrich-Engels-Straße zu etablieren. Sie würden auch Technik, Material und Bauleute mitbringen. Das könnte eine Möglichkeit sein. Die Straße zu retten. Aber gegenwärtig ist die Gesetzeslage völlig ungeklärt. Wir müssen warten."

Warten auf diejenigen, die ihre Forderungen stellen werden. Wie soll das ausgehen?

Bemerkung (Juli 2005): Dieser Aufsatz erschien 1990 im Februar, kurz nach der Wende in „Zeit läuft", herausgegeben vom Verlag Tribüne Berlin mbH. Mehrere Autoren gingen in dem Band Missständen in der DDR nach. Der Aufsatz ist die Originalfassung, allerdings leicht gekürzt. Der Text wurde auch nach der Wende nicht verändert bzw. mutiger umgeschrieben. Unklar ist allerdings, ob das Buch zu DDR-Zeiten jemals herrausgebracht worden wäre. Der Band sollte ursprünglich im Herbst 1989 erscheinen.

1989 Sieben heiße Tage im Oktober

Während in Berlin die Feier zum 40. Jahrestag der DDR vorbereitet wurde, erlebte Dresden heiße Oktobertage. Am 3. Oktober um 17 Uhr schloss die DDR die Grenze zur CSSR, um die Ausreise zum Nachbarn zu verhindern. Die ersten Rückkehrer, die an der Grenze zurückgewiesen wurden, berichteten davon. Wut machte sich breit. Als bekannt wurde, dass Züge mit Ausreisewilligen über Dresden fahren werden – der Deutschlandfunk berichtet darüber – versammelten sich Ausreisewillige und Unzufriedene am Dresdner Hauptbahnhof. Es kam zu ersten Ausschreitungen. Tags darauf, am 4. Oktober,

Bürgerkriesgsähnlich gestalteten sich die Auseinandersetzungen rund um den Hauptbahnhof in der Nacht vom 5. Oktober 1989.

versammelten sich größere Menschenmengen vor dem Hauptbahnhof. Polizei und Sicherheitskräfte sperrten den Raum ab. Sie versuchten, die Menge zu zerstreuen. Gewalt lag in der Luft. Pflastersteine flogen, einige Fenster am Hauptbahnhof wurden eingeschlagen, ein Funkwagen der Polizei in Brand gesetzt. Die Sicherheitskräfte gingen mit Schlagstöcken und Wasserwerfern vor. Es kam zu Verhaftungen. Mehrere Ausreisewillige versuchten, ihre Ausreise zu erzwingen. Sie besetzten die Annen- und die Kreuzkirche und die Kathedrale. Am 6. und 7. Oktober kam es in der Innenstadt zu weiteren Demonstrationen. Die Demonstrationen verliefen friedlich, wurden aber trotzdem gewaltsam aufgelöst. Etwa 1 300 Personen wurden in Gewahrsam genommen. Dresdens Gefängnisse waren schnell überfüllt, Kasernengaragen der Bereitschaftspolizei nahmen weitere so genannte „Zuführungen" auf.

Die Proteste und Zusammenkünfte waren nicht aufzuhalten. Am 8. Oktober versammeln sich wieder etwa 1 500 Menschen in der Innenstadt (andere Quellen berichten von ca. 5 000 Menschen). Am Fetscherplatz wurden Demonstranten eingekesselt. Dennoch zogen viele zur Prager Straße. Dort erwarteten sie Hundestaffeln, heruntergeklappte Visiere und Schilde. Zum Zeichen der Friedlichkeit setzen sich die Menschen auf den Boden. Unter ihnen waren die Kaplane Frank Richter von der Kathedrale und Andreas Leuschner von St. Josef. Nach mehreren Versuchen gelang es ihnen, zu Detlef Pappermann, Oberleutnant einer geheimen Antiterror-Einheit der Volkspolizei, vorzudringen. Richter bat Pappermann, sich um einen kompetenten Gesprächspartner zu bemühen. Man wollte verhandeln. Kurz darauf meldeten sich die Ersten, die mit den Behörden reden wollten. Spontan entstand die Gruppe der 20. Sie wurde durch Akklamation zu Gesprächen autorisiert. Die Gruppe forderte den Oberbürgermeister der Stadt, Wolfgang Berghofer, zu Gesprächen auf. Er stimmte zu. Herbert Wagner, der erste Oberbürgermeister nach der Wende, schrieb in seinem Buch *20 gegen die SED*: „Eine derartige Entscheidung ist an diesem Tag erstmals in der DDR gefallen. Berghofer verfasste zusammen mit Christof Ziemer (Superintendent) einen Text für die Demonstranten auf der Prager Straße. Danach fuhren Superintendent Ziemer, Landesbischof Hempel und Oberlandeskirchenrat Fritz in einem VP-Einsatzwagen mit Blaulicht auf die Prager Straße. Sie stellen verwundert fest, dass es bereits eine Gruppe von Demons-

Künstlerdemonstration November 1989.

trantenvertretern gibt ... Die Situation entspannte sich nun endgültig." (Seite 17. Die Gefahr, dass es zu einer blutigen Konfrontation kommt, war abgewendet. Am nächsten Tag, dem 9. Oktober, begannen die Rathausgespräche mit Berghofer und der Gruppe der 20. Am 18. Oktober trat Staatschef Honecker zurück. Das ZK der SED wählte Egon Krenz zu seinem Nachfolger. Er verkündete: „Die Deutsche Demokratische Republik ist und bleibt ein Arbeiter- und- Bauern-Staat." Der Sekretär der SED-Bezirksleitung Dresden, Hans Modrow, forderte am 20. Oktober erstmals öffentlich „Reformen". Am 26. Oktober nahm die Gruppe der 20 an der Dresdner Stadtverordnetenversammlung teil. Am 7. November erklärte die Regierung ihren Rücktritt. Zwei Tage später wurde abends die Grenze geöffnet.

Was im Oktober auf der Straße begann, endete in den ersten freien Kommunalwahlen nach dem Ende des Zweiten Weltkriegs. Die CDU ging als stärkste Partei in Dresden hervor. Am 22. Juli beschloss die Volkskammer, das Parlament der DDR, die Wiedererrichtung der 1952 aufgelösten Länder. Die Einigung Deutschlands wurde immer nachdrücklicher gefordert.

19. Dezember 1989
Helmut Kohl an der Ruine der Frauenkirche

Großereignis vor der Ruine der Frauenkirche, aus der die beiden stehen gebliebenen Stümpfe aufragen. Der Neumarkt ist schwarz von Menschen. Fahnen, Fahnen, Fahnen werden geschwenkt. An der Frauenkirche trafen sich in den zurückliegenden Wochen Zehntausende Menschen. Von hier aus zogen sie durch die Alt- und Neustadt und demonstrierten gegen das SED-Regime, das zunehmend unter Druck gerät. Die Dresdner haben die „Diktatur der Arbeiterklasse“ satt.

Frenetischer Beifall steigt auf, als Helmut Kohl eintrifft. „Liebe Landsleute“, beginnt der Bundeskanzler seine Rede. Tausendfach tönte es ihm entgegen: „Helmut, Helmut.“ Die Leute erwarten von ihm Wunder. Hier an der Ruine fallen die bald tausendfach zitierten Worte. Kohl verspricht „blühende Landschaften“ im Osten. Und die Menschen glauben, was er sagte. Zuvor bei seiner Ankunft auf dem Flughafen in Klotzsche soll er unsicher und fahrig gewirkt haben. Als man ihm aber sagte, dass ihn Zehntausende erwarteten, soll er gesagt haben: Die Sache sei gelaufen. Danach habe er wie verwandelt gewirkt.

12. Februar 1990 „Ruf aus Dresden“

Dresden, Hotel Bellevue. Eine Bürgerbewegung, die den Wiederaufbau der Frauenkirche anstrebte, stellte den „Ruf aus Dresden“ der Presse vor. Die Initiatoren wandten sich an die Stadt, das Land, die Bundesrepublik, an die Königin von England und an den Präsidenten von Amerika; sie erbaten ihre Unterstützung beim Wiederaufbau der Dresdner Frauenkirche. George Bährs barockes Gotteshaus sollte als Zeichen der Versöhnung wiedererstehen. Damit sprachen sie aus, was bereits kurz nach der Zerstörung der Kirche von vielen Dresdnern gewünscht und ersehnt worden war. Im Herbst 1945 untersuchten Experten die Ruine der Frauenkirche. Im Herbst und Winter 1948/49 wurden etwa 600 Kubikmeter gut erhaltener Steine geborgen. Sie sollten dem späteren Wiederaufbau dienen. Aus all dem wurde in den nächsten fünfeinhalb Jahrzehnten nichts. Die Ruine wurde gesichert und stieg zum Mahnmal gegen Krieg und Vernichtung auf.

Die Ruine der Frauenkirche 1946.

Den ursprünglichen Text des „Rufs aus Dresden“ verfasste der Dresdner Pfarrer Karl-Ludwig Hoch bereits Ende 1989. Die Bürgerbewegung schlug eine internationale Stiftung vor. Während der Zusammenkunft im Bellevue kam es zu einem Eklat. Der Vertreter der sächsischen Landeskirche lehnte den Wiederaufbau des Gotteshauses ab. Ungeachtet dessen fand der „Ruf aus Dresden“ zunehmend Aufmerksamkeit, aber auch Kritiker und Gegner des Wiederaufbaus stellten sich schnell ein. Sie lehnten eine „Kopie“ der Bährschen Kirche ab. Andere verwiesen auf die Baukosten von ca. 250 Millionen DM. Woher sollte das Geld kommen? Die Landeskirche hatte jede finanzielle Beteiligung am Aufbau abgelehnt. Die Kritiker bezweifelten, dass die Kirche zum größten Teil mit privaten Spenden wieder aufgebaut werden könnte. Nach der Veröffentlichung des Appells setzte eine große Welle der Zustimmung ein. Im Lande herrschte Euphorie. Die Wiedervereinigung Deutschlands trat auf den Plan.

1990, 1992, 1997, 2005
Langes Warten nach Euphorie

Dresden 1990. Gleich nach der politischen Wende gab es in Dresden große Euphorie. Der Oberbürgermeister Herbert Wagner wollte Kräne im Stadtzentrum sehen. Nach der langen Stagnation sollte am Altmarkt gebaut werden. Endlich würde die Stadt ihre lang vermisste Mitte zurückerhalten. Vorschnelle wollten sofort die Wilsdruffer Straße verengt sehen und bezeichneten sie als eine „unsägliche Aufmarschstraße der Kommunisten". Träumer forderten gar den Abriss des Kulturpalastes. Sie wünschten eine neue Platzwand an der Nordseite des Altmarkts. Wieder stand die Frage, wie Anfang der 50er Jahre: Wie soll der Altmarkt, wie soll die Südseite des Platzes aussehen? Sollten die alten Straßenverläufe aufgenommen werden, die Kleinteiligkeit wiederkommen?

Die „Interessengemeinschaft Dresden wie es war" forderte, die Altmarktseite „wieder wie einst entstehen zu lassen". Stark machte sich die Kreuzkirche. Im Februar hatten die Bomben um das Gotteshaus herum Freiräume entstehen lassen. Auf ausdrücklichen Wunsch Walter Ulbrichts sollte die Kirche bei der Erweiterung des Altmarkts in die Platzwand einbezogen werden, also sichtbar bleiben. Jetzt entbrannte ein heftiger Streit um die Lösung. Einbauen wie früher oder frei stehen lassen? Pfarrer Christoph Fläming plädierte leidenschaftlich für eine frei stehende Kreuzkirche. Dem Portal sollte ein kleiner Platz vorgelegt werden.

Zu einem fand sich recht schnell ein einheitlicher Standpunkt: Die Südseite wieder in den Fassadenzustand vor dem Februar 1945 zu versetzen und hinter den Wänden moderne Räume zu gestalten, wurde von den meisten Architekten und auch von der Denkmalpflege abgelehnt. Die Auseinandersetzungen um die Kreuzkirche aber wurden von der Bevölkerung und zahlreichen Architekten über Jahre unversöhnlich geführt.

Tatsächlich begann mit der Wende der Sturm auf den Altmarkt. Die Dresdner Bank initiierte ein Seminar zur städtebaulichen Entwicklung Dresdens und finanzierte einen Architektenwettbewerb zur Bebauung des Altmarkts. Nach ihren Vorstellungen sollte auf der Südseite ein

Büro-, Bank-, Geschäfts- und Hotelkomplex entstehen. Die Bank – so sickerte durch – beabsichtige, einen Großteil des Baugrundes zu erwerben, um als Investor auftreten zu können. Sie ließ sich den Wettbewerb einiges kosten, 750 000 Mark. Am Anfang gab es ein großes Frohlocken. Aber das Ergebnis des Wettbewerbs erbrachte „derart banale Vorschläge im Stile internationaler Kommerzarchitektur, dass sie keinen Zuspruch erhielten" (Die Welt). Zu groß waren die Baukörper, zu grob die Baugliederung. Schnell kam das Wort vom Windkanal auf. Die Stadtverordneten lehnten die Vorschläge ab. Die Stadt begann nun ihrerseits, einen eigenen Entwurf zu erarbeiten. Er sollte auch Antwort geben, wie mit der Kreuzkirche zu verfahren sei.

1992 spitzten sich die Auseinandersetzungen um die Altmarkt-Südseite zu. Das Rathaus musste sich den Vorwurf gefallen lassen, die Dresdner Bank als künftigen Investor einseitig und bevorzugt zu unterstützen. Es ging geharnischt zu. Die Alterben des Rennerkaufhauses und von Kreutzkamm forderten die Rückgabe der enteigneten Grundstücke. Die Stadt lehnte ab. Die Grundstücke seien seit 1961 Teil des öffentliches Raums gewesen.

Sehr bald traten die vermeintlichen Erben geschlossen auf. In ihrem Auftrag legte die Entwicklungsgesellschaft für Gewerbezentren und Wohnanlagen mbH (EGW) im Juli ein eignes Konzept zum Dresdner Altmarkt vor. Die EGW – so hieß es – wollte die Alteigentümer als Investoren zusammenführen und die verschiedensten Interessen harmonieren. Sie räumte auch der Dresdner Bank einen Bauplatz am Altmarkt in erster Reihe ein. Schließlich legten die Alteigentümer ein Modell vor. Kreutzkamm- und Rennererben erklärten, ohne Dresdner Bank bauen zu wollen. Investoren – so versicherten sie – hätten sie.

Der Poker zog sich über Jahre hin. Der Anspruch der Erben auf Rückübertragung der Grundstücke wurde abgewiesen. Schließlich streckten die Alterben die Waffen. Sie fühlten sich finanziell überfordert. Damit endeten die euphorischen Hoffnungen vorerst in einer tiefen Grube. Niemand wollte am Altmarkt bauen. Es sollte dauern, ehe es wieder ernste Absichten zum Bauen gab. Gut fünf Jahre vergingen, bis wieder mehr Bewegung um den Altmarkt entstand. Im

Dezember 1996 wurden die Ergebnisse eines weiteren Architekturwettbewerbs veröffentlicht. Er umfasste das Quartier zwischen Altmarktmitte, der Schreibergasse, der Seestraße und dem Dr.-Külz-Ring. Das Ergebnis des Wettbewerbs bezeichneten Jurymitglieder als „elegant und feinsinnig". Die Entwicklung des Projekts übernahm die EP Euro-Projektentwicklungs GmbH, eine Beteiligungsgesellschaft der Dresdner Bank und des Heidelberger Unternehmers Roland Ernst. C & A begann 1997 mit dem Bauen. Das Kaufhaus öffnete bereits im Herbst 1998, im Frühjahr 2000 zogen weitere Läden in die fertig gestellten Gebäude ein; „Young fashion", „Big Tall". Im April öffnete das Café und Restaurant „Barococo", der Juwelier Hofmann folgte Anfang Mai. Die Kirche als Bauherr des „Hauses an der Kreuzkirche" und die Sparkasse mit ihrem Gebäude hatten ebenfalls weitere Akzente am Altmarkt gesetzt. Seitdem ist wieder viel Zeit ins Land gegangen, ohne dass der Altmarkt fertig geworden ist. Noch muss die östliche Lücke geschlossen werden. Hoffnung, dass dies passiere, bestünde, heißt es immer wieder.

Unklar ist immer noch die künftige Gestaltung der Freifläche des Altmarkts. Ein Wettbewerbsergebnis liegt vor. Glücklicherweise scheint der unsägliche Vorschlag zur Wiedererrichtung des Germania-Denkmals vom Tisch zu sein. Geduld für den weiteren Wiederaufbau des Altmarkts aufzubringen ist wohl auch künftig angebracht. Aber was bedeuten schon diese paar Wartejahre in der langen Geschichte des Platzes, der im Jahre 1370 zum ersten Mal als „circulus" erwähnt worden ist.

19. Mai 1992
Grundstein für den neuen Landtag

Baustelle Dresden, Devrient-/Holländische Straße, in unmittelbarer Nähe der Elbe und des heruntergekommenen alten Erlweinspeichers stehen drei gelbe Kräne, gut 30 Leute in der Baugrube, Zimmerer, Eisenbieger, Maurer. Aus Rohren stürzt abgepumptes Grundwasser in die Elbe. Schalwände werden montiert, Eisen armiert. Hier entsteht, worauf Sachsens Parlamentarier mit Sehnsucht warten: das neue Landtagsgebäude mit dem neuen Plenarsaal. Einmal im neuen Oberhaus eingezogen, werden sie – hinter offener, durchsichtiger

Glasfront – den Bürgern dieses Landes Demokratie vorleben. Man liege voll im Plan, heißt es im Staatshochbauamt I. Bereits im Mai 1993 solle der Bau dem Sächsischen Landtag übergeben werden.

Im Sommer 1991 war die Auslobung „Plenarsaaltrakt“ erfolgt. Der Architekt Peter Kulka, der nach der Wende auch in Dresden ein Büro einrichtete, erhielt den ersten Preis. Bereits im August war Planungsbeginn, im Dezember erfolgte der erste Spatenstich. Heute wird der Grundstein gelegt. Der Freistaat gibt die Kosten für den Landtagsbau mit 93 Millionen DM an. Dafür entstehen im ersten Bauabschnitt der Elbflügel mit Plenarsaal und zwei weitere Flügel. Im zweiten und dritten Bauabschnitt werden das Gebäude an der Devrientstraße saniert und eine Tiefgarage gebaut. Kulkas Bau wird die Paradestrecke Brühlsche Terrasse, Theaterplatz, Italienisches Dörfchen in Richtung Marienbrücke fortsetzen.

Oktober 1993 Elbflorenz, wohin des Wegs?

Die letzten Oktobertage des dreiundneunziger Herbstes waren prächtig. Entgegen den meteorologischen Voraussagen gab es über Dresden Sonnenschein. Er brachte die alten Fassaden der Stadt zum Leuchten, das überreiche Ornamentwerk des Zwingers, das Mosaikpflaster des Theaterplatzes. Und die Heiligen auf der Kathedrale schauten stumm und entrückt auf die Stadt. Die Ziergiebel auf dem Schloss waren wiedererrichtet. Den Hausmannsturm krönte seit dem ersten Jahrestag der deutschen Einheit die Turmspitze. Auf der Brühlschen Terrasse rauschten die Springbrunnen. Das Laub in den zurechtgestutzten Kronen – schon korngelb gefärbt – bewegte sich im leisen Wind. Die frisch vergoldete Saxonia auf dem alten Ständehaus strahlte, und der erneuerte Obelisk zeigte sich in heller steinerner Jungfräulichkeit. Die Lipsius-Akademie – seit längerem einer gründlichen Sanierung unterzogen – war in große Planen gehüllt. Es wimmelte auf Brühls Terrasse. Und einige Japaner, die eifrigsten Knipser und Arbeiter unter den Touristen – strebten hurtig von Bau zu Bau und lächelten. „Really, Dresden is nice!“

Der schöne Elbbogen lag friedlich zwischen den Ufern. Flussaufwärts funkelten die Elbhänge von Loschwitz. Im weichen Licht lag der

Weinberg unter den Albrechtschlössern, elbabwärts flimmerten die Höhenzüge der Lößnitz. Dort reifte die Spätlese heran. Und der Fluss glitt gemächlich zwischen den Uferwiesen dahin. Es konnte einem das Herz vor Rührung schwellen. In diesen Augenblicken waren all jene zu begreifen, die sich hier kurz aufgehalten und die Stadt mit Lobpreisungen heimgesucht hatten. Allen voran der alte bittere Herder, dem Dresden als „ein deutsches Florenz" erschien, Goethes „ich trat in dieses Heiligtum ein" (gemeint ist die alte Galerie der alten Meister im Stallhof), Loens Loblied auf „den prächtigsten und galantesten Hof der Welt" (er meinte den Dresdner Hof Augusts des Starken). Und als ich so stand und schaute und an die Dresdner dachte, die ihre Stadt mit großer Inbrunst lieben, rückte ich immer weiter von meinem Vorsatz ab, in den großen Chor der Lober einzufallen, denn ich kenne die Stadt besser als sie. Obschon, ich gebe es zu, es wäre schön, in die Lob- und Preisgesänge mit einzustimmen. Vielleicht könnte ich dann die Landschaft um Dresden, besonders die Pillnitzer, eine deutsche Toskana nennen. Dann würde man mich mit Bestimmtheit irgendwann zitieren, und ich gehörte zu der großen Schar der Rühmer. Aber Friedrich Schiller steht mir näher als Winckelmann oder Loen. Zu viel wusste ich über die Stadt, zu oft hatte ich alten Herrn mit Fliegen gelauscht. Ich war dabei, als man Frank Stellas Entwurf einer Kunsthalle im Herzogin Garten als „Napfkuchen-Architektur" bezeichnete. Ein erregter Herr: „Ich lasse mir doch keinen amerikanischen Napfkuchen auf meinen Kopf stülpen" (oder hat er Haupt gesagt?). Und ich habe den Wirtschaftsdezernenten der Stadt erlebt, einen kühlen Hamburger, wie er die jubelnden Verfechter Dresdens als Kunststadt händeringend zu beschwören versuchte, auch an den Wirtschaftsstandort Dresden zu denken. Ohne solide Wirtschaft keine dauerhafte Kunststadt. Aber die Dresdner, die sich von einem Hamburger nicht gern sagen lassen, dass man von der Kunst Augusts des Starken und schöner Umgebung allein nicht gut leben kann, sahen nicht endende Besucherströme die Stadt durchziehen. Sie waren ganz ergriffen von ihrer Vorstellung. Man weiß doch, jeder, der kommt, und sich nur einen Tag in der Stadt aufhält, lässt mindestens 30 bis 50 DM zurück. Ausgerechnet an dieses Geld musste ich denken, als ich zu den Höhen schaute. Und mir fiel ein, was mir eine Bankerfrau aus dem schönen Heidelberg vor ein paar Tagen gesagt hatte: Dresden müsse nun langsam sein Profil bestimmen. Von Vergangenheit allein könne die Stadt nicht leben.

Ja, die Stadt labt sich an ihrer Restvergangenheit, an ihrer Restglanzsilhouette. Sie scheint zu vergessen, dass das heiß geliebte barocke Dresden nicht aus rückwärtsgewandter Sicht entstanden ist. George Bähr und der Ratszimmermeister Johann Gottfried Fehre, die Erbauer der Frauenkirche, Matthäus Daniel Pöppelmann und Johann Christoph Knöffel, Reimund Leplat und Zacharias Longuelune dienten Bauherren, die eine moderne Residenz bauen ließen. Ihnen fiel im Traum nicht ein, die Bauart der Renaissance in ihrer Stadt fortzusetzen.

Im vierten Jahr der deutschen Einheit drehen sich die Kräne. Das ist erfreulich. Das Welthandelszentrum entsteht an der Freiberger-/Ammonstraße. Nach langem, heftigem Streit war der Bau genehmigt worden. Zu groß erschien der Baukörper, zu hoch wollte er hinaus. Der Bauherr musste nachgeben und zwei Stockwerke weniger ausführen. Selbst dies missfällt vielen. Er störe die Sichtbeziehungen, meinen die Denkmalpfleger. An der viel gescholtenen Prager Straße entsteht das Kaufhaus Karstadt. Der Bau ist schnell genehmigt worden. Der Bauherr wusste, was den Dresdnern gefällt. Er hat den Bau mit Sandsteinplatten verkleiden lassen. Aber das ändert nichts daran, dass das Gebäude langweilig wirkt. Und das mitten in der Stadt, nahe am Altmarkt. Gleich daneben entsteht der Ferdinandshof, ein lang gestrecktes Bürohaus. Und an der Ecke Hertha-Lindner-Straße/Ostra-Allee wirbt die R + V Versicherung mit einer Betonplatte. Der Wirtschaftsdezernent, der so händeringend für die Wirtschaft warb, bestätigte dem Gebäude „klassische Schlichtheit“, die durchaus vor dem gegenüberliegenden Zwinger bestehen könne. Es ist es besser, er bleibt bei der Wirtschaft. Und auf der Grunaer Straße wächst ein Hotel- und Bürokomplex heran, der sehr laut schreit. Es darf also gesagt werden: Es bürot sich tüchtig in Dresdens Zentrum und dessen Nähen. Aufregende neue Architektur ist allerdings nicht in Sicht. Aber sie rechnet sich. Und das scheint Ziel aller Bauherren und Fonds zu sein.

Dresden hat in der DDR-Zeit alles in allem Glück gehabt. Die Stadt blieb nach ihrer Zerstörung ein Torso. Mehrere Architekturwettbewerbe verhinderten den Wiederaufbau des Neumarkts. Der Wiener Platz gegenüber dem Hauptbahnhof blieb unbebaut, die Prager Straße unvollendet. Es bestehen Chancen, das Stadtzentrum lebendig und menschlich zu gestalten. Aber die Gefahr ist groß, dass das Ganze missrät. Es fehlt ein Gestaltungskonzept für die Innenstadt, vom Bahnhof bis zur Elbe. In solche Hohlräume stoßen gern Investoren. Sie wollen meist hoch hinaus und billig davonkommen. Und Architekten, die ihren Narzissmen leben, finden sich allemal. Die großen westeuropäischen Städte sind voll davon. Dresden wäre gut beraten, sich auf die zweite Hälfte des 19. Jahrhunderts zu besinnen. In dieser Zeit wurde es zur interessanten Großstadt. Das Festhalten an barocker Tradition hat viel Arges verhindert. Der Zwinger wurde gerettet und wieder aufgebaut, Sempers Gemäldegalerie Alte Meister ebenfalls. Die Torhäuser des Coselpalais wurden behütet, die Semperoper ist wieder aufgebaut. Um jeden Stein, um jedes Gewölbe wurde im realexistierenden Sozialismus gerungen, offen, listig, geschmeidig. So gelang es, den Charakter der Stadt zu bewahren.

Was all die zurückliegenden Jahrzehnte lebenserhaltend war, scheint nunmehr jedoch zu einem Hemmschuh zu werden. Und erschreckend tut sich auf, was vorher verdeckt gewesen ist. Diese Stadt ist in all den Jahren nie ihre Hofkonditoren und Hoffleischer losgeworden. Nun lebt ihr Geist wieder frei und ungehindert auf. Sich auf eine große Bauepoche zu besinnen ist notwendig, sie zu kopieren ist elend. Den Neumarkt wieder so aufzubauen wie einst, ist eine völlig unsinnige Forderung. Und doch wird sie zunehmend erhoben. Der Wiederaufbau der Frauenkirche mache dies zwingend. Gewiss, was noch als Ruine vorhanden ist – wie das Cosel- und das Kurländer Palais – sollte wieder errichtet werden. Aber all das kann nicht Bauprogramm einer Stadt sein. Wirklichen Mut hat Dresden nach der Wende mit Peter Kulkas neuem Landtagsgebäude bewiesen. Ganz aus Stahl, Beton und Glas, bekennt es sich kompromisslos zu zeitgemäßen Baumaterialien. Es ist der Versuch, das bis zum Theaterplatz gestaltete Elbufer bis an die Marienbrücke zu verlängern.

Dresden im Jahre vier der deutschen Einheit ist wohl vorerst eine allzu enge Besinnung auf tradierte Bauherkunft. Am Monument der sächsischen Geschichte, dem Residenzschloss der Wettiner, wird gebaut. Der Große Schlosshof erhält Gestalt und Schmuckwerk der Renaissance zurück. Das Ständehaus erhält wieder seine historische Dachform. Am rechten Elbufer wird das Finanzministerium saniert. Das Taschenbergpalais wird auch als Hotel seinen

Denkmalwert behalten. Und George Bährs Frauenkirche steht vor dem Wiederaufbau. Im Frühjahr 1994 soll er beginnen. Ein gewaltiges Vorhaben, das keine Vorbilder kennt. Dresden rettet seine historischen Monumente. Aber darin sollte sich das neue Bauen nicht erschöpfen. Eine freiere Geisteshaltung ist notwendig. Ein Kunstkenner gab unlängst bekannt, Frank Stellas Kunsthalle dürfe nicht gebaut werden. Sie könnte unter Umständen so gut werden, dass sie die Ausstrahlung des nahen Zwingers beeinträchtigen könnte. Paris hat sich eine gläserne Pyramide in den Hof des Louvres gestellt und das Centre George Pompidou errichtet, in Prag steht neben der Oper ein kubistischer Bau ganz aus dunklem Glas und im konservativen Wien spiegelt sich der Stephansdom im Glas des Hasbaus. Man muss diese Bauten nicht mögen, man kann sie sogar ablehnen, aber die Geisteshaltung, die diese Bauten ermöglichte, die ist in Dresden nicht vorhanden.

Ich spaziere durch die Stadt. Im Schloss ist der dritte Giebel mit Sgrafitti geschmückt. Der neue Flügelbau des Taschenbergpalais, der zum Zwinger weist, hat seine Höhe erreicht. Das Dach auf dem Italienischen Dörfchen ist geschlossen. Der Südflügel des Schlosses ist eingerüstet. Königskronen – einst von den Bürgern nach 1918 von den Gebäuden gerissen – werden wieder auf Gebäude und Portale gesetzt. Dresden holt die Vergangenheit zurück. Die Wettiner und der sächsische Adel kommen wieder in Straßennamen zu Ehren. Fleischer nennen sich jetzt Metzger, und Hühnchen heißen Hendl. Seine Königl. Hoheit Prinz Albert wirbt für seinen Wachwitzer Nachmittagskreis. Bekümmert äußert sich der Mann, dass ihm die sächsische Presse zu wenig Aufmerksamkeit schenkt. Den Habsburgern in Wien würden ganz andere Möglichkeiten geboten. Ich könnte ihn trösten: Das wird noch, ganz gewiss, das wird noch. Das Land muss nur etwas mehr an Wirtschaftsstärke zulegen. Aber gehässig, wie ich bin, verkneife ich mir meinen Optimismus. Ich lasse mir Zeit und erlebe aufs Neue den steinernen Zauber der Stadt. Der kommt von weit her. Und führt wohin? Elbflorenz ist ein Mythos, von Anfang an. Es kann bestenfalls als Kopie neu entstehen. Was wird dann aus jenen, denen Legenden und Mythos einer Stadt zum Leben zu wenig sind?

31. März 1995
Taschenbergpalais wieder aufgebaut

Ein großer Tag für Dresden, das so hartnäckig an seiner barocken Vergangenheit festhält. Das Taschenbergpalais wird offiziell als Kempinski Hotel eröffnet. Ein glückliches Ende ist der über Jahrzehnte behüteten Ruine beschieden. Zu einer Luxusherberge umgestaltet und dem Baudenkmal verpflichtet, beweist es Dresdner Gastfreundschaft.

Hier auf dem Taschenberg, in unmittelbarer Nähe des Dresdner Residenzschlosses, begann Dresdens glücklichste Bauzeit. August der Starke befahl, das Palais für seine Geliebte, die Gräfin Cosel, zu errichten. Ein Haus aus Liebe entstand. Vielleicht strahlte Anna Constantia von Hoym vor Glück, als ihr der Kurfürst mitteilte: „Wir haben gute Nachrichten erhalten. Wir können das Haugwitzsche Haus erwerben. Der alte Oberhofmarschall ist gestorben. Die Witwe wird Geld benötigen. Wir sollten das Haus kaufen und für Sie, liebste Constantia, auf dem Taschenberg ein Palais errichten."

Anna Constantia von Hoym wird dies zu schätzen gewusst haben. Als Hoyms Frau war sie 1704 nach Dresden gekommen. Sie willigte ein, die Mätresse Augusts des Starken zu werden. Am 24. August 1705 hielt der Schreiber des Hofkalenders fest, dass die „Madame Hoymin in ihr Hauß aufm Taschenberge" gezogen ist. In diesem Haus erlebte sie große Feste, hier empfing sie den dänischen König, als er Dresden besuchte.

Das Taschenbergpalais ist in sehr kurzer Zeit wieder aufgebaut worden. Am 6. November 1992 erfolgte der erste Spatenstich. Im Februar 1993 begannen die Bauarbeiten. Der Grundstein wurde am 30. Juni gelegt. Richtfest war im April 1994, im Januar 1995 empfing das Hotel die ersten Gäste, obwohl es noch nicht offiziell an den Bauherrn und Nutzer übergeben war. War das ein Strömen in den ersten Januartagen des Jahres 1995! Zu Tausenden kamen die Dresdner – an einem Wochenende über 3 000 – um das „Kempinski Hotel Taschenberg Palais" zu besichtigen. Und sie konnten feststellen: Das Taschenbergpalais, mit dem das barocke Bauen in Dresdens Stadtzentrum begann, hatte seine äußere historische Gestalt weitgehend zurückerhalten.

Die im Zweiten Weltkrieg zerstörte und nun wiedererstandene Frauenkirche wurde am 30. Oktober 2005 geweiht.

22. Juni 2004 Kreuz über Dresden

Das war ein aufregender Nachmittag. Wind wehte, zwischendurch kräftig. Im Elbtal gab es Turbulenzen, ein paar Regentropfen fielen. Einige zehntausend waren zum Neumarkt gekommen, um ein Schauspiel zu erleben, das Heben des vergoldeten Turmkreuzes mit dem Strahlenkranz auf die Kuppel der Frauenkirche.

Das alte Turmkreuz wurde am 1. Juni 1993 im Ruinenberg der Frauenkirche entdeckt. Das originale Kreuz, fünf Jahre nach dem Tode George Bährs 1743 auf die Kuppel gesetzt, war halbwegs erhalten. Sehr bald gab es Stimmen, die eine Wiederherstellung des Kreuzes forderten. Damit befanden sie sich in Übereinstimmung mit dem archäologischen Wiederaufbau des Gotteshauses. Das Original sollte die neue Frauenkirche krönen. Aber schließlich entschieden sich die Experten, Denkmalpfleger, Restauratoren, die evangelische Landeskirche für ein neues Kreuz. Sie meinten, eine Restaurierung und Teilrekonstruktion des alten Kreuzes sei weder vertretbar noch machbar. Es war doch zu zerstört und verformt worden, Teile waren verloren gegangen. Der Bauherr, die Stiftung Frauenkirche, traf eine weise Entscheidung. Er bot den Briten an, sich an der Finanzierung des neuen Kreuzes zu beteiligen.

Einer, der wesentlichen Anteil am neuen Kreuz hat, ist der Engländer Dr. Alan Russell. Als er vom Ruf aus Dresden zum Wiederaufbau hörte, war er zur Mitwirkung bereit. 1993 wurde in Großbritannien der Dresden Trust, eine Stiftung, gegründet. Ihr Vorsitzender wurde Alan Russell. Die Gründer waren entschlossen, den Wiederaufbau der Dresdner Frauenkirche zu unterstützen. Nicht nur Teile des Turmkreuzes, nein, das gesamte neue Kreuz wollten die Briten spenden. Dafür waren etwa 500 000 Euro notwendig. Dresden Trust ging in die Offensive, warb für die Frauenkirche. Dies fand im Vereinigten Königreich Widerhall, anfangs fast nur auf privater Ebene. Bald deutete sich an, dass das nötige Geld für den Bau des Kreuzes zusammenkommen könnte. Vertreter von Dresden Trust erhielten eine Einladung nach Dresden, um über das „Kreuz des Friedens", wie es auf der Insel genannt wurde, zu sprechen. Die Stiftung sicherte ihnen zu, die Planung zu liefern. Zum fünfzigsten Jahrestag der Zerstörung Dresdens besuchte der Herzog von Kent die Stadt. Er überreichte der Stiftung eine farbige Grafik vom neuen Turmkreuz. Das war der Auftakt eines stillen, großen Wirkens. Dresden Trust schrieb den Bau des Kreuzes in London aus. Im Mai 1998 erhielt die Londoner Gold- und Silberschmiedefirma Grant MacDonald den Auftrag zum Bau des Turmkreuzes. In der Werkstatt war der Silberschmied Alan Smith beschäftigt. Er war der Sohn des Bomberpiloten Frank Smith. Frank Smith war 1945 einer der Piloten der 57. Bomberstaffel. Er warf am 13. Februar die tödliche Last über Dresden ab. Alan Smith hat das erst viel später erfahren. Frank Smith erlebte die Geste der Versöhnung nicht mehr. Er starb zuvor.

Das fertig gestellte Turmkreuz wurde im Innenhof des Schlosses Windsor aufgestellt. 1998 reiste Bundespräsident Roman Herzog zum Staatsbesuch nach London Er besichtigte mit der englischen Königin Elisabeth II. das „Kreuz des Friedens". Das Kreuz, für das auch die Königin aus ihrer Privatschatulle gespendet hatte, erregte in der britischen Öffentlichkeit große Aufmerksamkeit. Sie war vorwiegend zustimmend. Am 13. Februar 2000 übergab der Herzog von Kent das Turmkreuz an den Landesbischof Volker Kreß. Ein kurzer Hagelschlag ging nieder. Sogar ein Donnerschlag wurde vernommen. „Donnerschlag", das war das Geheimwort für die Bombardierung Dresdens.

Vier Jahre stand das Turmkreuz vor dem Kirchbau, der unaufhaltsam in die Höhe wuchs, stand bis zum 22. Juni. 17.23 Uhr. Die heftigen Windstöße hatten nachgelassen. Stille. Ohne Ankündigung gleitet das Turmkreuz in die Höhe. Stilles Staunen. Es ist, als halten Zehntausende den Atem an. Langsam, lautlos, schön schwebt das Turmkreuz ins Blau, zum Zentrum der Laterne, sinkt herab, wird verschraubt.

Über Dresden schwebt das „Kreuz des Friedens". Am Ende des zehnten Baujahres leuchtet wieder das Kreuz über der fast 800 Jahre alten Stadt, 59 Jahre nach ihrer Zerstörung im Februar 1945. Brücken bauen wollte das Aufbauteam mit der Frauenkirche. Die Brücken sind gebaut. Und Tausende aus aller Welt haben mit ihren Spenden und ihren Ermutigungen dazu beigetragen, dass sich das Kreuz gen Himmel erhebt, dass sich die Versöhnung im Turmkreuz versinnbildlicht hat.

800 Jahre Dresden ein glückliches Ereignis

Die Stadt gegen Ende des Jahres 2005. Zur Weihe der wieder aufgebauten Frauenkirche am 30. Oktober hat die Welt nach Dresden geschaut. Nach reichlich elf Jahren Bauzeit ist das Bährsche Gotteshaus vollendet. Hosianna. Die Stadt hat große Pläne. Sie möchte gern zu den zehn führenden deutschen Großstädten aufsteigen, sagt Dresdens Oberbürgermeister Ingolf Roßberg. Aber davon ist sie noch weit entfernt. Der Baustart der Waldschlösschenbrücke, um den seit Jahren gestritten wird, scheint auch in diesem Jahr auf der Strecke zu bleiben. Der Hauptbahnhof ist noch immer eine große Baustelle. Zügig voran geht es am Erlweinspeicher, der zum Kongresshotel umgebaut wird. Der Neumarkt, dessen Wiederaufbau sich stark der zerstörten ursprünglichen Bebauung verpflichtet fühlt, ist zu Dresdens größter Baustelle geworden. Das Hotel de Saxe soll im kommenden

Mai seine Türen öffnen, das Quartier an der Frauenkirche wird auch im Jubeljahr eingeweiht. Der Postplatz ist aufgewühlt, die Verkehrsführung wird dort neu gestaltet. Wer hier warten wird, soll künftig bei Regen im Trockenen stehen können.

Auf dem Rathaus fehlt der Rathausmann. Es ist nicht sicher, ob er zum Jubiläum wieder auf dem Dresdner Rathaus steht. Es fehlt Geld für seine Sanierung. Das Schloss der Wettiner ist in seiner äußeren Gestalt nahezu vollendet. Nur noch die Lücke am Ostflügel ist zu schließen. Im Inneren des Schlosses steht das historische Grüne Gewölbe vor seiner Vollendung. 15 Jahre sind seit der deutschen Einheit vergangen. In der Stadt ist viel gebaut worden. Ganze Stadtviertel sind saniert, in Löbtau, in Plauen, in Striesen. Die große Plattensiedlung Gorbitz ist heller geworden. Es ist viel passiert in der Stadt. Sie ist freundlicher, weltoffener geworden. Dennoch bleibt noch viel zu tun.

Das Stadtzentrum wirkt unfertig. Die Bebauung des Altmarktes blieb unvollendet, eine Wiederbebauung des Postplatzes ist nicht in Sicht, über den Pirnaischen Platz pfeift der Wind, nicht im mindesten von einer Platzkante aufgehalten. So schlimm ist das aber nicht. Auch Städte benötigen ihre Zeit, also müssen sie durch Zeiten laufen. Mal sind sie ihnen gewogen, mal weniger. Eines der Wohnhochhäuser nahe dem Elbufer, das den Blick ins Elbtal versperrte, ist abgerissen worden. Nun kann man wieder besser von der Brühlschen Terrasse auf die Höhen in Richtung Pillnitz schauen, auf die Elbwiesen, auf den Bogen des Flusses. Abgerissen wurde auch der Anbau am Polizeipräsidium an der Schießgasse. Wahrlich – schön war das Gebäude nicht. Jetzt kann dort gebaut werden. Wann, ist ungewiss.

Eine gute Nachricht wurde am 29. Juli, dem heißesten Tag des Jahres, in der Presse veröffentlicht. Das Regierungspräsidium, das als Aufsichtsbehörde fungiert, hat den Dresdner Haushalt für 2006 gebilligt. Freilich, der Preis ist hoch, den die Stadt dafür bezahlen muss. Um die Schulden im erträglichen Maße zu halten, will die Stadt ihr WOBA-Eigentum verkaufen. Damit kann sie – so ihr Bürgermeister Hartmut Vorjohann – Investitionen im Wert von 300 Millionen Euro ausführen. Die Schulden lasten schwer auf der Stadt.

Seit fünf Jahren gibt es in Dresden kaum noch Wachstum. Und die Sozialausgaben nehmen zu. Die Einnahmen der Stadt betragen im nächsten Jahre 1 317 Millionen Euro. Es fehlen 61,9 Millionen Euro im Verwaltungshaushalt. Eine Kreditaufnahme von 40 Millionen wäre möglich. Aber sie würde den Schuldenberg weiter erhöhen. Nein, nur Grund zum Jubeln gibt es nicht. Völlig unbefriedigend ist der Anblick am Wiener Platz. Dort klafft eine große Baulücke, seit Jahren. Es will sich niemand finden, der dort bauen will. Wahrlich kein schöner Anblick, wenn man aus dem Bahnhof tritt. Aber die Optimisten sagen: Die Stadt hat schon schwierigere Situationen überstanden, Krieg und Zerstörung, Pestjahre und Kontributionen, belastende Einquartierungen, Hungersnöte und verheerende Großfeuer. Diejenigen, die die Stadt lieben, trösten, wenn es hart kommt. Gehen Sie zur Brühlschen Terrasse und schauen Sie auf den Fluss, auf das Elbtal, auf die blauen Höhen, dann wissen Sie, woher alle Lebendigkeit der Stadt kommt! Welch ein wunderbarer Mythos wird da auf neue Art gewebt.

Am großen Festumzug – heißt es – wird noch gefeilt. 800 Jahre Geschichte wird er vorführen, Erfolge und Niederlagen, Feste und Alltag, auch Träume und Wünsche. Fast niemals hat sich die Stadt aus den Wirren der Zeit heraushalten können. Höhepunkt der Geschichtsbilder wird der Fürstenzug sein, der lange Ritt der Markgrafen, Kurfürsten und Könige aus dem Haus Wettin, das die Stadt stark geprägt hat. Arbeitslose Frauen in Rochlitz haben das große Bildwerk von Wilhelm Walther in der Augustusstraße für Dresden nachgestaltet. Welch eine schöne Geste!

Personenverzeichnis

Bildnachweis

Titel: SLUB
Rücktitel: privat
8/9 SLUB/Aufnahme vor 1929
11 SLUB
13 SLUB
16/17 Repro aus Otto Richter: Atlas zur Geschichte Dresdens. Dresden 1898
18 SLUB/Unbekannter Fotograf
21 Stadtarchiv Dresden
23 Repro aus „Schädelsche Weltchronik“ 1493
26 SLUB/Aufnahme: Martin Würker 1983
29 SLUB
32/33 SLUB
34/35 SLUB/Aufnahme: Rudolf Kramer, 1969
41 SLUB/Aufnahme: Rudolf Kramer 1968
50/51 SLUB/Aufnahme vor 1945
53 SLUB/Aufnahme: Rudolph Kramer 1960
56/57 SLUB/Aufnahme: Walter Möbius
61 dpa/Aufnahme: Matthias Hiekel
62 SLUB/Aufnahme: R. Andrich vor 1945
64/65 Repro aus Otto Richter: Atlas zur Geschichte Dresdens. Dresden 1898
67 Stadtmuseum Dresden/Unbekannter Künstler/Repro
74/75 SLUB/Aufnahme: Hans Reinecke 1991
88/89 SLUB/Aufnahme: Irene Godenschweg 1973
100/101 SLUB/Aufnahme: André Rous 1987
105 SLUB/Aufnahme: André Rous
109 SLUB/Aufnahme: Siegfried Bregulla 1991
110 SLUB/Aufnahme: Walter Möbius 1936
111 SLUB/Aufnahme: Regine Richter 1995
113 SLUB/Aufnahme: André Rous 1991
116 SLUB/Aufnahme 1937
119 SLUB/Aufnahme 1936
120 SLUB/Aufnahme:Walter Möbius 1935
123 SLUB
124 SLUB/Aufnahme: Walter Möbius
126/127 Sammlung Holger Naumann
128 Sammlung Holger Naumann
129 SLUB

135 Sammlung Holger Naumann
137 Sammlung Holger Naumann
140/141 SLUB/Aufnahme: Walter Hahn 1934
143 SZ-Bildarchiv/Aufnahme: Friedemann
144 SZ-Bildarchiv/Aufnahme: Bernhard Braun
149 SLUB/Aufnahme: Erich Höhne 1960
153 SZ-Bildarchiv/Aufnahme: Herbert Franke
155 SLUB
157 SZ-Bildarchiv
159 Bundesarchiv Koblenz-Zentralbild 1985/0213/418/Aufnahme: Löwe
161 dpa/Aufnahme: Backhaus-Pohl
163 SLUB
173 SZ-Bildarchiv/Aufnahme: Rigo Pohl
175 SZ-Bildarchiv/Aufnahme: Waltraut Kossack
177 SLUB/Aufnahme: Walter Möbius 1946
187 dpa/Aufnahme: Matthias Hiekel

SLUB = Sächsische Landesbibliothek, Staats- und Universitätsbibiliothek, Abteilung Deutsche Fotothek